SAMANTHA CHASE

Sempre *com* você

São Paulo

2017

Grupo Editorial
UNIVERSO DOS LIVROS

I'll Be There

The Montgomery Brothers

Diretor editorial: Luis Matos

Editora-chefe: Marcia Batista

Assistentes editoriais: Aline Graça e Letícia Nakamura

Tradução: Suria Scapin

Preparação: Sandra Scapin

Revisão: Geisa Oliveira, Alline Salles (AS Edições)

Arte: Aline Maria e Valdinei Gomes

Design de capa original: Dawn Adams

Adaptação de capa: Rebecca Barboza

Foto de capa: Shutterstock/kiuikson

Dados Internacionais de Catalogação na Publicação (CIP)

Angélica Ilacqua CRB-8/7057

C436s

Chase, Samantha

Sempre com você / Samantha Chase ; tradução de Suria Scapin.
– São Paulo : Universo dos Livros, 2017.

320 p. (Montgomery Brothers ; v. 3)

ISBN: 978-85-503-0205-8

Título original: *I'll be there*

17-1104 CDD 813.6

Universo dos Livros Editora Ltda.

Rua do Bosque, 1589 • 6º andar • Bloco 2 • Conj. 603/606

Barra Funda • CEP 01136-001 • São Paulo • SP

Telefone/Fax: (11) 3392-3336

www.universodoslivros.com.br

e-mail: editor@universodoslivros.com.br

Siga-nos no Twitter: @univdoslivros

Prólogo

– De jeito nenhum você conseguirá convencê-lo a fazer isso. De jeito nenhum.

William sabia que acrescentara as palavras finais por mera ênfase, e ainda se surpreendia com o fato de as pessoas duvidarem dele. Ele recostou-se em sua macia poltrona de couro e olhou para o irmão, Robert. Eles já tinham feito isso antes, já tinham lidado com situações como essa. E não há muito tempo.

– Robert – ele começou, pacientemente –, estamos ficando sem opções. É óbvio que Zach ainda não pode voltar para o escritório. Sua reabilitação não está indo muito bem, ele não está se concentrando, está revoltado com o mundo e, se não interferirmos, tenho medo do que possa acontecer.

– Acha que não sei de tudo isso? Sou o pai dele, William! Você pode se achar mais esperto que todos, mas não é. – Robert Montgomery andava de um lado para o outro. – Ele já demitiu pelo menos seis cuidadores, não quer ninguém lá.

William movimentou a mão, cansado de ouvir seu irmão.

– Zach não precisa de enfermeiros. Não mesmo! Ele tem cada vez mais mobilidade. Nos dias em que deixa o fisioterapeuta fazer seu trabalho, é possível ver o progresso. Só precisamos tirá-lo dessa autopiedade toda e, talvez, oferecer algum incentivo para ajudá-lo a deixar de ser teimoso.

– O segundo nome de Zach é teimosia – disse Robert, já cansado. –

Sinceramente, não sei que tipo de incentivo poderíamos oferecer para fazê-lo cooperar.

– Vamos tirar seu cargo na empresa.

Robert olhou para o irmão como se ele tivesse duas cabeças e disse:

– Você não acha um pouco duro demais?

– E você não acha que ele está passando dos limites?

– Olha – Robert começou, após sentar-se no sofá do escritório de William e passar a mão no rosto –, tudo o que eu quero é motivar o Zach a se recuperar. Inferno, não achei que isso acabaria se tornando um problema! Ele é um homem adulto, que gosta de viajar e de fazer aquele monte de esportes radicais... Achei que, agora, estaria se esforçando para poder voltar a fazer as coisas que ama. – Ele suspirou. – Não sei o que está acontecendo com ele e tenho de ser honesto, William: isso me assusta.

Mais uma vez, ninguém entendia o poder da capacidade de observação de William.

– Eu acho que o Zach sofreu um forte golpe em seu ego. Ele se achava invencível, e esse acidente provou que não é bem assim. Ele é humano, como todos nós.

– Então talvez precisemos levá-lo a um psiquiatra. Talvez essa seja a solução.

William sacudiu a cabeça.

– Se ele não aceita enfermeiros em casa, duvido que vá falar com um psiquiatra.

– São coisas diferentes. Acho que a ida de enfermeiros em sua casa faz Zach se sentir fraco. Um psiquiatra poderia ser quase um amigo, uma pessoa com quem conversar.

– Ele não fala nem com Ethan, e eles são amigos de infância. – William balançou a cabeça novamente. – Estou dizendo, está tudo perfeito para funcionar! Com este plano, temos a garantia de que Zach não apenas terminará a fisioterapia, como sairá desse fundo de poço em que se encontra e estará de volta ao escritório em, digamos, três meses, no máximo.

Robert riu da confiança de seu irmão.

– Não quero cortar seu barato, Will, mas não há garantia alguma. Primeiro de tudo, Zach é teimoso.

– Isso é um fato – concordou William.

– Em segundo lugar, não acho que ameaçá-lo vá funcionar. E não tenho certeza se me sinto confortável com isso.

William inclinou-se para a frente e colocou os cotovelos na mesa, encarando o irmão:

– Ok, só para constar, não será uma ameaça. Se há uma coisa que todos sabemos a respeito do seu filho, é que ele adora um desafio. Se jogarmos a isca, dizendo que ou ele aceita essa ajuda ou vai acabar perdendo o cargo na empresa pro Ethan ou pra Summer, ele vai ficar louco e reagir. Vai querer provar que é capaz e que estamos errados.

– Certo, vamos supor que ele morda a isca. Você não acha que está se esquecendo de um aspecto muito importante nisso tudo?

– Acho que não – disse William, com confiança. – Pensei em todas as possibilidades.

– Gabriella – disse Robert, com um sorriso arrogante. – Você vai ter de convencer a Gabriella a fazer isso. Ela pode muito bem nos dizer para pegarmos a nossa oferta e irmos embora. Ela não é o tipo de pessoa que apenas aceita ordens. Ao que parece, ela e Zach já vinham se estranhando há algum tempo.

William sorriu. Ele estava bem ciente do que podia ser chamado de "estranhamento" entre o sobrinho e sua assistente. Aquilo o divertia.

– Está bem, chamemos de "estranhamento", então.

– Ah, não... – Robert suspirou e baixou a cabeça.

– O que foi? Qual é o problema?

– Você está fazendo de novo, não é? Isso tudo não tem o objetivo de Zach melhorar; é só para você brincar de casamenteiro outra vez.

Por que argumentar?

– É um plano duplo! Zach fica melhor e ainda arranja uma namorada! É perfeito!

– E já passou pela sua cabeça que nem todo mundo quer se casar e... e...

– Ser feliz? – William completou. – Não, não e não. Zach realizou tantas coisas incríveis na vida e, ainda assim, não é feliz. Mesmo antes do acidente, ele andava… inquieto. Parecia um animal enjaulado.

– Por que a Gabriella? Se tudo isso der errado, você a terá feito perder o emprego e Zach, a assistente. Já pensou nisso?

– Oh, tenho certeza de que isso vai acontecer muito antes do previsto, mas, no final, tudo vai ficar no seu devido lugar.

Robert olhou para o irmão com cautela.

– Você tem um mês. E isso só e apenas se Gabriella concordar. Aposto o faturamento de um mês inteiro com você que ela vai recusar.

O sorriso no rosto de William se alargou.

– Aceito a aposta. E quando eu ganhar, vou colocar o dinheiro em um fundo da faculdade para o primeiro filho deles!

Robert não conseguiu deixar de soltar uma gargalhada.

– Você é implacável, sabe disso, não sabe?

– Sou mesmo, mas também sei que tenho razão. Acho que Gabriella Martine é a resposta para todos os problemas da vida de Zach. Pode escrever o que estou dizendo.

– Pode deixar que vou escrever. Tenho uma exigência.

As sobrancelhas de William se ergueram:

– Sério?

– Quero que eu mesmo fale com os dois a respeito dessa nova… situação.

Para William, parecia que seu irmão queria acabar com a festa dele.

– Posso perguntar o motivo?

– Zach vai desconfiar de você. E Gabriella também. Ambos sabem muito bem das palhaçadas que você apronta nesta família. Vão desvendar este frágil plano rapidamente e entender que, na verdade, não passa de mais uma de suas armações casamenteiras.

– Falando assim você me magoa, Robert – brincou William, ao estender a mão para o irmão. – Mas temos um acordo.

Eles apertaram as mãos, mas William sabia que teria de participar para que tudo desse certo, afinal, seu irmão era um grande homem de negócios, mas tinha pouca ou nenhuma habilidade no trato com as pessoas. Mesmo quando se tratava da própria família.

William observou Robert sair do escritório enquanto se recostava mais uma vez em sua cadeira. Eles se encontrariam mais tarde e discutiriam como Robert iria abordar o assunto com Zach e Gabriella. Ele tinha fortes suspeitas de que Gabriella apresentaria uma resistência simbólica, mas o maior desafio, certamente, era seu sobrinho.

Enquanto isso, ele só precisava pensar qual faculdade achava que o filho do novo casal escolheria.

Capítulo 1

Pouquíssimas coisas deixavam Gabriella Martine sem reação, mas essa conversa tinha feito isso e muito mais.

– Acho que não entendo – disse ela, cuidadosamente, com seus olhos azuis arregalados e confusos.

Robert Montgomery sorriu serenamente por trás de sua mesa, na sede da empresa da família.

– Zach não está melhorando – ele começou. – Ele demitiu todos os enfermeiros que apareceram e, na maioria das vezes, se recusa a trabalhar com o fisioterapeuta. Tecnicamente, Zach ainda deveria estar internado, cuidando de sua reabilitação, mas ele não aceitou essa opção de jeito nenhum e a família chegou a um acordo para que ele seguisse o tratamento em casa.

Gabriella balançou a cabeça positivamente. Apesar de se esforçar ao máximo para ficar fora do caminho de seu chefe durante seu processo de recuperação, ela ainda cuidava das coisas dele no escritório e acompanhava seu progresso através de Ethan Reed, vice-presidente da empresa e seu amigo. Tinha sido difícil adaptar-se à ausência de Zach por tanto tempo, mas ela também sabia que o melhor que poderia fazer era ficar longe dele. A última vez que o viu, ele quase teve um ataque cardíaco, o que não era exatamente uma bela referência de sua relação profissional.

– Senhor Montgomery – ela começou, pacientemente –, o senhor e eu sabemos que a minha presença pareceu… agitar Zach da última vez que estivemos juntos. Não acho que eu seja a pessoa certa para essa tarefa específica. Talvez o senhor devesse perguntar à minha assistente, Carolyn. Ela é muito eficiente e tem um bom relacionamento com Zach.

Balançando a cabeça, Robert apoiou as mãos sobre a mesa e inclinou-se para a frente.

– Eu não sei a causa de toda essa animosidade entre você e meu filho, e nem quero saber. O que sei é que você dirige este escritório como um sargento, e é exatamente disso que Zach precisa agora.

– Eu... eu não sei... – ela disse, já começando a se sentir em pânico.

Gabriella se importava com Zach – provavelmente mais do que deveria, – mas isso não significava que estivesse disposta a trabalhar com ele de maneira tão próxima. No escritório, o ambiente era seguro, havia outras pessoas para amenizar. Mas trabalhar em casa? Seriam apenas os dois. Passando os olhos pelo escritório, ela estava prestes a arranjar uma desculpa para levantar-se, quando bateram à porta. Ela e Robert se viraram e viram William entrar na sala.

Gabriella sentiu um enorme alívio: de todos os Montgomery – e eram muitos! –, William era com quem ela mais se sentia à vontade. Apesar de saber de seu gosto por tentar juntar casais, William nunca havia feito alguma insinuação nesse sentido e ela se sentia relativamente segura com ele.

– Sinto muito interromper, Robert, mas você deixou seu celular no meu escritório mais cedo e o médico do Zach está na linha.

Robert levantou-se, pegou o telefone da mão de William e, rapidamente, saiu. Assim que passou pela porta, William puxou a cadeira ao lado de Gabriella.

– Não esperava que ele fosse embora – disse, rindo. – Pensei que nós fôssemos sair para lhe dar um pouco de privacidade.

Gabriella não pôde deixar de rir com ele, embora, na verdade, estivesse bastante aliviada por Robert ter saído da sala. Toda aquela conversa sobre trabalhar em casa com Zach a estava incomodando. Em um mundo perfeito, ela teria aceitado a ideia de imediato, mas com a maneira como as coisas entre os dois haviam evoluído nos meses antes da desastrosa escalada de Zach, isso era impossível.

– Então me diga – William disse, interrompendo seus pensamentos –, como estão as coisas por aqui sem o Zach? Eu sei que o Ethan está fazendo o melhor que pode e todo mundo está tentando ajudar, mas ele deve estar fazendo falta.

– Bem, de certa forma tivemos a sorte de nos preparar para o mês que Zach estaria fora, escalando. Já tínhamos montado uma grande programação especial com alguns de nossos principais clientes para que nenhuma surpresa acontecesse durante o período de férias de Zach.

– Odeio dizer que foi uma sorte, mas suponho que os resultados foram positivos – William disse, pensativamente. – E agora? Já faz um bom tempo desde o acidente, certamente as coisas não seguiram o mesmo padrão.

Gabriella sacudiu a cabeça.

– Todos foram ótimos em assumir mais funções, inclusive certos aspectos do trabalho de Zach. Sei que Ethan conversa com Zach todos os dias e ele se mantém atualizado em relação a tudo o que está acontecendo, mas não acho que esteja realmente… envolvido. O senhor entende o que quero dizer?

William assentiu.

– Isso é o que tem preocupado a todos nós. Ethan não pode trabalhar com Zach tão de perto quanto seria necessário para mantê-lo envolvido em tudo o que e como está acontecendo, e acredito que esse seria o único jeito de fazê-lo sair desse momento difícil em que ele está. – Ele sorriu para Gabriella. – Apesar de eu achar "momento difícil" uma expressão muito sutil. Ele está, deliberadamente, afastando-se de tudo e de todos.

– Isso não é bom – Gabriella murmurou. – Não entendo por que ele não está se esforçando para melhorar. Conhecendo Zach por tanto tempo quanto conheço, imaginava que estaria ansioso para ficar bem e voltar a ser quem sempre foi.

– Nós todos imaginamos. – William suspirou. – É por isso que vai ser devastador ter de demiti-lo de sua posição na empresa.

– O quê? – gritou Gabriella, incrédula. – Como assim, demiti-lo? Zach é o presidente da empresa! Ele começou este escritório, você não pode apenas… apenas… substituí-lo!

– Não temos escolha – disse William. – Sabíamos que ele ia precisar de tempo para se recuperar e ficar bem, mas ele não está melhorando. Não está fazendo nenhum esforço para melhorar e, no final das contas, ainda temos um negócio para gerir. Obviamente, preferiríamos fazer isso com Zach no comando, mas ele não nos está deixando opção. Ele não quer trabalhar e precisamos de alguém que o faça.

– Isso vai matá-lo, senhor Montgomery – Gabriella disse, implorando. – O senhor não pode fazer isso. Esta empresa significa tudo para ele...

William sacudiu a cabeça.

– Eu costumava pensar assim. Talvez haja algo mais acontecendo com ele, eu não sei. Tudo o que sei é que não é justo fazer Ethan assumir tantas responsabilidades. Ele e Summer colocaram de lado seus planos de casamento e suas férias para ver como vai a casa na Carolina do Norte por causa da situação do Zach. Quanto mais eles devem esperar?

– Não faz tanto tempo assim, William. Por favor. Só... dê um pouco mais de tempo a ele.

Se havia uma habilidade em William que merecia destaque, esta era a sua capacidade de observar as pessoas e ver o que elas realmente queriam dizer. E todos os seus sentidos estavam lhe dizendo que Gabriella estava muito mais preocupada com Zach como pessoa do que como chefe. Ele só precisava ter certeza.

– Veja por esse ângulo: considerando a maneira como ele tratou você quando foi até o Alasca, você ficará livre de todo seu estresse e suas grosserias. Vamos colocar Ethan como presidente e, possivelmente, nomear Summer vice-presidente, caso ela esteja interessada. Ou talvez possamos começar a entrevistar alguns dos executivos juniores para o cargo. Eu prefiro promover gente de dentro da empresa. Você não vai ter uma grande transição para fazer, e tenho certeza de que vai querer ficar e ajudar, pelo bem do Ethan.

Gabriella estava se sentindo péssima. Não havia nenhuma maneira de fugir daquela situação. Como uma família podia ser tão fria? Eles não entendiam que Zach quase tinha morrido? Ele estava lutando por sua recuperação e tinha razões que nenhum deles poderia entender.

– Por que o senhor não tenta ajudá-lo em vez de se preparar para puxar o tapete dele? – ela perguntou a William.

– Gabriella, conversamos com Zach inúmeras vezes. Ele não está interessado. Precisa de ajuda. De mais ajuda do que qualquer um de nós pode lhe oferecer, e, além disso, ele se recusa a receber ajuda externa. Até que ele consiga colocar a cabeça no lugar, estamos de mãos atadas.

– E se… – Ela limpou a garganta. – E se eu fosse trabalhar com ele? Como o senhor acabou de dizer, ele precisa de alguém que possa mantê-lo atualizado das operações diárias da empresa.

As sobrancelhas de William se ergueram diante da oferta.

– Sério? Você faria isso?

Ela assentiu com a cabeça.

– Não estou dizendo que vou conseguir mais do que vocês conseguiram, mas posso tentar.

– Oh, não sei – disse William, que quase teve que morder a língua para não sorrir. – Robert e eu conversamos a respeito de falar dessa possibilidade com você, mas não acho que seja uma boa ideia.

– Por que não? Robert e eu estávamos falando sobre isso quando o senhor entrou.

– É mesmo?

Ela assentiu novamente.

– Não achei uma boa ideia, mas agora que sei o que estão planejando fazer com Zach, sinto que devo ao menos tentar.

– Bem, isso é muito louvável da sua parte. – Ele apertou a mão de Gabriella. – Infelizmente, eu não acho que seja a coisa certa a fazer.

– Mas… mas Robert disse…

– Eu sei, eu sei. Como eu disse, discutimos essa possibilidade, mas quanto mais penso a respeito, mais acho que não será benéfico para ninguém.

Gabriella sentiu a coluna endurecer.

– Eu trabalho com o Zach há muitos anos. Melhor do que ninguém, eu sei como lidar com ele quando o assunto é trabalho. Tenho lidado com seu humor e suas frustrações, e já separei muitas brigas entre ele e

Ethan. Acho que seria a candidata perfeita para entrar em cena e ajudá-lo nesse processo.

– É muito gentil de sua parte oferecer-se, mas acho que sei o que é melhor para meu sobrinho – disse William, enquanto acariciava a mão de Gabriella e se levantava. Ele encolheu-se em seu próprio tom intencionalmente condescendente, na certeza de que isso reforçaria ainda mais a decisão de Gabriella. – É duro, querida. É hora de pararmos de mimá-lo. Se tirarmos o emprego dele e o deixarmos sem função por um tempo, ele acabará por sair desse processo de autopiedade e colocará a cabeça de volta no lugar.

Gabriella levantou-se e encarou o homem que sempre acreditou ser o mais amável da família e disse, em tom de desgosto:

– Essa é a coisa mais fria que já ouvi! O senhor pode estar disposto a desistir, mas eu não. Me dê uma chance de ajudá-lo.

– Nós não temos tempo…

– Apenas algumas semanas – ela implorou. – Um mês, no máximo. Se eu não conseguir nenhum resultado ou se Zach não demonstrar algum sinal de melhora, então me afasto – seus olhos imploravam tanto quanto suas palavras. – Por favor, William. Deixe-me tentar ajudá-lo.

William encolheu os ombros, fingindo indiferença.

– Não vejo motivo para você se preocupar. Pelo que vi no Alasca, Zach não parecia muito animado com sua presença lá. Como acha que ele vai reagir se você praticamente se mudar para a casa dele?

– Eu… eu não vou me mudar – ela esclareceu, dando um passo para trás. – Estarei lá exatamente no mesmo horário em que estaria no escritório em um dia normal de trabalho, e tentarei estabelecer algum tipo de rotina para ajudar Zach a acompanhar o que está acontecendo na empresa.

– Pode ser que não seja assim tão fácil, minha querida. Você pode ter que tomar conta de Zach.

– O que o senhor quer dizer?

– Quero dizer que você pode acabar trabalhando não apenas no horário comercial. Ele tem de fazer fisioterapia duas vezes por dia, e você terá de encaixar seu trabalho na agenda dele. Sua recuperação física está em primeiro lugar.

– Claro – ela concordou.

– Está disposta a basicamente deixar a sua vida em suspenso para trabalhar em torno de um homem que pode nem ao menos agradecer o esforço? – William odiava dizer aquelas palavras tão duras, mas precisava ter certeza de que Gabriella sabia onde estava se metendo e com o que estava se comprometendo.

Endireitando a postura, ela assentiu.

– Sim, estou. Eu acredito que Zach merece uma chance.

William não pôde evitar o sorriso que se espalhava em seu rosto quando estendeu a mão para Gabriella.

– Então parece que temos um acordo.

•

– O quê?!

– Você me ouviu. Sei que bateu a cabeça muito forte quando caiu daquela montanha, mas sua audição continua funcionando muito bem.

Zach Montgomery olhou para o pai e não sentiu nada além de raiva. Com tudo o que tinha passado, era isso que tinha conseguido?

– Então você está me demitindo?

Robert encolheu os ombros, tentando parecer indiferente ao filho e à situação em questão.

– Eu não diria "demitido"; é uma palavra muito forte. Estou apenas dizendo que, com tudo o que você está fazendo, talvez seja melhor ter menos responsabilidades.

– Eu fiz este escritório ser o que é! – Zach gritou. – Você e o tio William não queriam expandir para a Costa Oeste. Vocês estavam mais do que felizes com as coisas como eram. Eu aproveitei a oportunidade e comecei isso tudo, e eu fiz milhões para a empresa! Como pode se esquecer disso?

– Não estou me esquecendo de nada, Zach – disse Robert, cansado. –

Nós todos sabemos o que você fez e como trabalhou duro. Mas, com as coisas da maneira que estão agora, precisamos de alguém no comando, e você não tem como assumir essa responsabilidade. Precisamos de uma equipe executiva completa. Preciso voltar para casa e William também. Ethan não pode cuidar de tudo sozinho, e você não está fazendo a sua parte para ajudar.

– Então eu estou fora e Ethan está dentro? – Zach zombou. – E quem vai assumir a posição dele?

– Estamos pensando na Summer.

Era quase como levar uma bofetada na cara. Poucos meses atrás, Zach tinha achado a ideia de ter sua irmã trabalhando em seu escritório risível. Ela estava mais para monitora de acampamento do que para executiva de negócios e, agora, todos viam potencial para ela se tornar vice-presidente? Talvez ele tivesse batido a cabeça com mais força do que pensava.

– Esta é a coisa mais ridícula que já ouvi. A Summer não está pronta para assumir esse tipo de responsabilidade. Além disso, ela não tem um casamento para planejar ou algo assim?

– Tinha.

Robert levantou-se para buscar algo para beber. Ele não era capaz de encarar o filho naquele momento. A aparência de choque no rosto de Zach com a proposta de Summer assumir aquele cargo era cômica. Ele quase se sentiu mal a respeito.

– O que quer dizer com isso? Alguma coisa aconteceu? Summer está bem?

– Sim. Mas você sofreu um acidente, Ethan tem dirigido a empresa, e Summer realmente cresceu muito. Eles não tiveram tempo para falar sobre planos de casamento ou para ver como está a casa desde que voltaram. Você é a principal preocupação de todos. A vida deles está esperando por você. Eu sei que Summer esperava fazer sua festa de noivado em casa, mas ela não vai planejar nada até que você esteja melhor. Ela quer você lá. Todos queremos.

Zach não achava que as coisas fossem bem assim. Parecia que todo mundo estava se preparando para tirá-lo da jogada.

– Isso não é justo, pai – disse ele. – Não há uma previsão de quando vou ficar bem, nem mesmo *se* vou ficar bem.

– Haveria se você fizesse os exercícios que seu médico recomendou e tentasse ajudar a si mesmo.

– Acha que eu não tentei? – ele rebateu. – Você tem alguma ideia de tudo por que passei? Eles me dizem que eu vou andar novamente e que tudo vai voltar a ser como antes, mas não vejo isso acontecendo. Ainda existem regiões em que não posso sentir absolutamente nada, e quando sinto, dói como o inferno! Então, até que você tenha o seu corpo inteiro quebrado, não acho que possa vir aqui me cobrar por essa recuperação. Não é tão fácil assim!

– E desde quando você foge de um desafio? – retrucou Robert. – Zach, desde que era criança, sempre se recusou a receber ordens. Você desafiou sua mãe e eu em cada aspecto de sua maldita vida! Mas agora? Agora que realmente importa, agora que realmente é difícil, você vai simplesmente desistir?

– Não vou desistir! Eu apenas...

– Eu acho – Robert o interrompeu – que até agora conseguiu tudo na vida com muita facilidade. Você tinha um dom natural para os esportes. A escola e a universidade exigiram muito pouco esforço. Começar o escritório e fazê-lo decolar, enquanto era desafiador, ainda parecia ir de acordo com seus planos. Mas essa lesão? Esse acidente? Isso bagunçou a sua cabeça. Quando você não viu resultados imediatos, abriu mão e desistiu. A recuperação não está acontecendo rápido o suficiente para você. Bem, vou te contar uma coisa, filho: ninguém disse que ia ser rápido.

– Você não tem ideia de como é doloroso – Zach disse, com os dentes cerrados.

– Não mesmo – Robert disse, solenemente –, e odeio mais do que qualquer coisa que você tenha de passar por isso. Se eu pudesse, Zach, trocaria de lugar com você; passaria por toda essa dor eu mesmo. Mas não posso. Isso é algo que só você pode fazer. Precisa decidir se vai lutar ou se vai se deixar derrotar.

Zach olhou desafiadoramente para o pai por um longo minuto. Sério, tinha ele a mais vaga ideia do grau de dor com que o filho estava lidando? Sabia que, na maioria dos dias, era preciso um esforço hercúleo para que ele conseguisse sair da cama e passar para uma cadeira? Tinha ideia da humilhação que era precisar de alguém para ajudá-lo a se vestir ou a tomar banho?

– Acho que ao tirar a responsabilidade da empresa de seus ombros, você vai poder colocar toda sua energia e seu foco em sua recuperação – disse Robert, para quebrar o silêncio.

– Este ramo dos Montgomery é meu – Zach rosnou. – Sei que Ethan estava lá comigo desde o início e agradeço tudo o que ele está fazendo, mas você não tem o direito de colocá-lo no comando. Não é uma decisão sua.

– Que escolha eu tenho? – Robert disse, frustrado. – Podemos continuar dando voltas e voltas sobre isso. Não dá para você ter tudo, Zach! Você não quer trabalhar e há uma empresa que precisa de um gestor! E já basta! A decisão está tomada!

Zach tentou se levantar, mas as pernas não sustentaram seu peso e ele caiu de volta em seu assento. Ele xingou, frustrado, e queria gritar por toda aquela injustiça. Felizmente, seu pai não tinha se aproximado para lhe oferecer ajuda. Zach odiava quando as pessoas se apiedavam dele e o tratavam como se ele fosse um inválido. Tomando um minuto para se acalmar, ele flexionou as pernas até voltar a senti-las completamente antes de voltar a atenção novamente para seu pai.

– Por favor – ele pediu o mais calmamente possível –, estou realmente tentando encontrar um equilíbrio aqui. Não gosto de pedir ajuda. Não gosto de precisar de ajuda. O que… o que posso fazer para provar que estou tentando?

A expressão de Robert permaneceu neutra.

– Para começar, tem que parar de demitir os enfermeiros. Você não vai ficar melhor por conta própria, Zach. Você precisa deles.

– Mas eles são uns idiotas.

– Não, eles não são. Eles sabem o que estão fazendo e você precisa escutá-los. Nessa situação, eles são os especialistas, não você.

– Está bem – murmurou Zach. – Então, se eu fizer o tratamento direitinho, você desiste de me demitir?

– Não.

– Que diabos, pai! Eu perguntei o que tinha de fazer, você disse que tinha de fazer o tratamento e eu concordei!

– Isso é apenas uma parte.

Se Zach pudesse se levantar, ele o teria feito e atirado o pai para fora de sua casa. Toda aquela situação o estava deixando louco, e ele estava cansado daquele joguinho.

– Então, seja claro. Diga tudo o que tem para dizer!

– Você faz a fisioterapia duas vezes por dia, como foi prescrito...

– Feito.

– E volta a trabalhar.

– Não tenho como ir ao escritório – Zach disse rapidamente, quase entrando em pânico.

Ele não queria que ninguém o visse daquele jeito, e só voltaria ao escritório quando estivesse totalmente recuperado, quando voltasse a ser exatamente quem ele era antes do acidente. Zach prosseguiu:

– É muito cedo. Não preciso de uma plateia me observando toda vez que perco o equilíbrio ou não consigo me levantar.

– Não pedi que voltasse ao escritório. Podemos fazer o escritório vir até você.

– Como assim?

– Você vai voltar a ter a rotina de um dia normal de trabalho, exceto pelo tempo que terá que dedicar a suas sessões de fisioterapia. Mas todos os dias você vai ter que lidar com algumas responsabilidades relativas à empresa. Você vai se atualizar sobre novos projetos e clientes e, então, começaremos a introduzi-lo novamente às conferências telefônicas.

Zach já estava se sentindo um fracasso antes, mas, agora, se sentia ainda pior.

– Por que está fazendo isso? – ele perguntou, sua voz falhando na última palavra. – Por que não pode deixar eu me recuperar no meu próprio ritmo?

– Porque você não está cuidando da sua recuperação – Robert disse, com tristeza, ao se aproximar e sentar ao lado de seu filho mais velho. – Não posso assistir você desistindo da vida e não fazer nada, Zach. É pedir demais. Você precisa enfrentar o que aconteceu e seguir em frente com a sua vida. Ficar aqui, se escondendo do mundo, certamente, não é a maneira certa de fazer isso.

– Você não sabe...

Robert deu uma risadinha.

– Eu sei. Nenhum de nós tem a garantia de uma vida perfeita. Alguns dos pacientes que vimos quando você estava no hospital, no Alasca, não têm esperança de recuperação. Mas você tem, Zach. Não acha que essas pessoas dariam tudo para estar no seu lugar e saber que poderiam voltar a andar?

Zach não pôde deixar de se lembrar dos outros alpinistas que haviam sofrido o acidente em sua companhia e sentiu um aperto no peito. Um deles tinha ficado paralítico, imóvel da cintura para baixo, e outro tinha perdido uma perna. Ele sabia que o que seu pai estava dizendo era verdade, mas, ainda assim...

– E se eu não conseguir?

– Não conseguir o quê?

– Voltar a andar.

A expressão de Robert suavizou. Era a primeira vez que Zach demonstrava seus medos. Estendendo a mão, ele pegou a mão de seu filho e disse:

– Você e eu sabemos que vai conseguir. Você já fez grandes progressos.

Zach sacudiu a cabeça.

– Alguns dias eu consigo, mas tem vezes em que minhas pernas não ajudam. – Ele olhou para o pai. – Não sei o que vou fazer se não puder andar de novo, pai.

– Você nunca terá de descobrir – disse Robert, em voz baixa –, porque tenho certeza de que vai superar essa situação e ficar bem.

As emoções estavam formando um grande nó na garganta de Zach, então, ele apenas concordou com a cabeça. Os dois ficaram sentados em silêncio, lado a lado, por vários minutos, antes que Zach se aproximasse e abraçasse seu pai.

– Eu gostaria de ter a mesma confiança que você tem nisso.

– Apenas dê tempo ao tempo. Deixe-me ligar para o fisioterapeuta. Vamos começar agora mesmo.

O pânico quase o sufocou. Uma coisa era dizer que ia fazer as sessões de fisioterapia, outra, muito diferente, era ser forçado a começar de imediato.

– Pai, você acaba de dizer para dar tempo ao tempo e na sequência já começa a me obrigar a fazer as coisas? Precisa recuar um pouco e me deixar lidar com isso. Eu vou fazer a fisioterapia, mas você tem que... apenas me deixe fazer do meu jeito.

Robert levantou-se. A paz do momento anterior desapareceu completamente.

– Não. Eu sabia que você tinha concordado com muita facilidade com as minhas condições. Vai continuar me enrolando como se eu fosse trouxa. É agora ou nunca, Zach, não vou mais esperar o seu tempo. Ou você assume a responsabilidade de se cuidar de verdade ou não.

– Eu aceito, mas você aparece aqui hoje e solta esta... esta... bomba e espera que tudo mude de repente e tranquilamente? Bem, não funciona assim! – Zach retrucou, alterado.

– Você ao menos precisa tentar! – Robert disse, desanimado. – Precisa esforçar um pouco! Como acha que vai voltar a ser o homem que era antes do acidente se não tentar? Não é esse o seu objetivo? Voltar a ser aquele cara?

– Quer saber de uma coisa? – Zach disse, enquanto se esforçava para ficar em pé. Suas muletas estavam ao lado do sofá e ele rapidamente estendeu a mão para alcançá-las e poder enfrentar seu pai. – Não importa quanto você grite, me pressione ou ameace, eu não vou ser aquele cara nunca mais. Não importa quanto eu queira, não importa quanto você queira. Olhe para mim! – ele gritou. – Nunca mais vou poder escalar outras montanhas ou saltar de um avião. Agora dependo de um par de malditas muletas para poder me locomover e ir aonde precisar. E essa não é a pessoa que quero ser! Talvez tivesse sido melhor se aquele maldito acidente tivesse me matado!

Robert ficou em silêncio, momentaneamente atordoado. Era a primeira vez que conversavam sobre o assunto, e ele não fazia ideia de que o filho estivesse enfrentando uma situação tão difícil. Tudo fazia sentido, e aquilo apenas o frustrava ainda mais, porque não havia nada que pudesse fazer para Zach sentir que sua vida não tinha acabado.

– Eu vou fazer a maldita fisioterapia – disse Zach – e vou trabalhar em casa e assumir o papel de presidente ausente, mas pode parar de querer me dizer como, onde ou quando. E se isso for pedir muito, então, pode ficar com a porcaria da empresa. Não há uma recuperação rápida para essa situação e é uma vergonha você tentar forçar que isso aconteça.

Um suspiro escapou antes que Robert pudesse detê-lo.

– Eu não estou tentando forçar uma recuperação rápida. Estou tentando encorajá-lo a não desistir. Você é meu filho e eu te amo. Não posso suportar mais tempo vendo-o simplesmente se desligar de tudo! Não consigo!

– Então, faça-nos um favor e pare com isso. Volte para o Leste. Você fez tudo o que podia e, honestamente, não quero mais que esteja aqui. Quero que vá embora.

As palavras de Zach foram calmas e não transmitiam a raiva, a dor e a ansiedade que o dominavam. Ele estava tremendo tanto que temia que as muletas pudessem não o sustentar, mas seguia lutando.

– Zach…

– Não. É sério. Não tem mais nada para você fazer aqui.

Robert ficou imóvel, olhando para o filho. Cinco minutos antes, ele havia pensado que tinham se entendido, e agora… Ele baixou a cabeça, derrotado. E, enquanto pegava a jaqueta para sair, disse:

– Não me importa se você vai poder escalar uma montanha ou pular de um avião, Zach. Isso nunca me importou. Nada disso é condição para eu amar você. Só quero que seja feliz.

Zach esperou até ouvir o carro de seu pai se afastar para pegar o copo que tinha deixado apoiado na mesa de café e arremessá-lo contra a parede. O vidro quebrado não era o suficiente.

Nada seria suficiente novamente.

Ele, lentamente, andou pelo quarto e sentou-se na cadeira que tinha posicionado para poder olhar a paisagem. As montanhas eram tranquilas, serenas. Eram a única coisa que ele teria para observar por um bom tempo. Quem imaginaria, quando ele comprou a casa por causa da vista espetacular, que viria a desprezá-la de tal maneira. A casa, que costumava ser seu paraíso, agora era uma prisão.

Uma prisão que ele mesmo havia criado.

Zach resmungava enquanto se ajeitava para ficar mais confortável na cadeira. É claro que ele nunca desejou cair de uma montanha, mas também nunca imaginou que o processo de recuperação fosse assim tão duro. Os médicos e os fisioterapeutas tinham-lhe oferecido fortes analgésicos, mas Zach não aceitara. Ele não era um homem fraco e tinha alta tolerância à dor.

Ou, pelo menos, achou que tivesse.

A cada pequeno sinal de melhora, a dor aumentava mais do que Zach achava ser possível um ser humano suportar. Talvez ele conseguisse ignorar se visse avanços reais, mas, com a recuperação, vinha a incerteza. Havia dias em que ele sentia o corpo todo, mas havia outros em que não sentia nada. Os médicos achavam que isso estava relacionado ao sistema nervoso, mas Zach não tinha tanta certeza. Infelizmente, até o resto do inchaço ceder – e Deus, quando isso iria acontecer? –, ele estava preso.

Todo mundo achava que entendia pelo que ele estava passando. Todos achavam que tinham as respostas para o que ele precisava. Mas ninguém sabia de nada. Zach não desejaria esse tipo de inferno nem ao seu pior inimigo. Virando a cabeça, ele olhou para o bar no canto do aposento. Duas prateleiras alinhadas com algumas das melhores e mais caras bebidas do mundo. Apenas uma ou duas doses e ele poderia parar de se preocupar se sentia algo abaixo da cintura ou não.

Ele xingou. Essa opção não era melhor do que ceder e tomar os analgésicos, e ele sabia que era mais forte que isso. Zach largou a cabeça para trás, contra a cadeira, enquanto fechava os olhos. Não era como se não quisesse melhorar ou não quisesse voltar ao trabalho. Ele queria todas essas coisas, mas queria imediatamente. Paciência nunca foi seu ponto forte e, pela maneira como as coisas estavam caminhando, a vida seria muito dura até ele se sentir novamente confortável para interagir com outras pessoas.

Já era bastante desagradável que sua família o visse nesse estado. E Ethan. Tudo o que ele não queria era ficar em destaque, como uma espécie de curiosidade em um show de bizarrices. Ele era o cara forte, o cara atlético, sabia que era assim que as pessoas o viam.

A última coisa que ele desejava era que alguém o olhasse com piedade. Ou... pior: seria como a morte ver as pessoas olhando para ele e pensando como o grande e poderoso Zach estava destruído. Ele esperava que, mesmo que alguém ousasse pensar dessa maneira, tivesse a decência de guardar tal pensamento para si. Infelizmente, muitas vezes, ele tinha sido agressivo e arrogante, e havia, sem dúvida, uma multidão de pessoas que gostaria de vê-lo assim enfraquecido.

Droga.

O sol estava se pondo e ele tinha sobrevivido a mais um dia. Basicamente isso. A faxineira, que vinha uma vez por semana, dona Graham, também cozinhava para ele e colocava tudo em recipientes que podiam ser aquecidos no micro-ondas. Se não fosse por ela, certamente Zach morreria de fome. Seu estômago roncou e ele franziu a testa. Estava sozinho e com fome; então, o que estava esperando?

Alguém com quem compartilhar pode ser bom.

De onde esse pensamento tinha surgido? Por muito tempo, Zach teve pessoas ao seu redor, ajudando-o a fazer até mesmo a mais básica das funções. Isso o aborrecia. Ele era um homem que apreciava sua independência e sua solidão. Quando começou a recuperar a mobilidade, o suporte 24 horas foi a primeira coisa que ele dispensou.

Lentamente, levantou-se, agarrou as muletas e dirigiu-se para a cozinha. Tirou um bolo de carne do refrigerador, colocou-o no micro-ondas e esperou.

Ridículo.

Num passado remoto, ele jantava em restaurantes fantásticos, categoria cinco estrelas, com uma bela mulher em seus braços ou com amigos que riam e se divertiam. Seu reflexo no vidro do micro-ondas olhou para ele. Se algum de seus amigos o visse agora, ficaria horrorizado com sua aparência. Não lhe agradava a própria imagem; no entanto, ultimamente, ele andava deprimido demais para se importar com isso. Sem dúvida, a primeira coisa que um de seus amigos diria quando o visse seria: "Caramba, o que foi que aconteceu com você?". E isso seria quase tão ruim quanto saber que sentiam pena dele.

Graças a Deus, ninguém iria vê-lo em nenhum momento próximo para ter a oportunidade de fazer tal comentário.

Capítulo 2

– Meu Deus, o que aconteceu com você?

Essas foram as primeiras palavras que Gabriella pronunciou quando, no dia seguinte, entrou na casa de Zach. Ele estava coberto de suor, com a mão sangrando, e uma mulher de aparência arrogante percorria o ambiente com uma vassoura na mão, recolhendo e arrumando as coisas.

Zach olhou para Gabriella e depois para a mulher da limpeza.

– Acabou o trabalho! – ele gritou, e a mulher saiu pela porta, deixando-a bater. Os olhos de Zach se voltaram imediatamente para Gabriella. – O que você está fazendo aqui?

Ignorando o tom áspero de sua voz, Gabriella tirou o casaco e o pendurou no cabideiro diante da porta, colocando sua bolsa de couro no chão.

– O que aconteceu com a sua mão?

– Não é da sua conta – ele grunhiu. – E você pode tirar seu casaco dali porque não vai ficar.

Gabriella revirou os olhos. O homem tinha ficado nervosinho. Ela podia estar do lado mais fraco, mas era alta e, sobre seus saltos, podia olhá-lo de frente. Zach estava horrível, parecia que não dormia há semanas, e ele mal conseguia se apoiar nas muletas. Se fosse uma garota mesquinha, ela provavelmente faria questão de deixar claro que podia derrubá-lo sem fazer o mínimo esforço.

– O casaco fica onde está – ela respondeu friamente.

Gabriella aproximou-se, observando o amplo piso sem paredes. Seu olhar foi imediatamente atraído para as janelas com vista para as montanhas que ficavam atrás da casa. Ela decidiu manter o deslumbramento com a paisagem para si, ao menos por mais um tempo, e se manteve de costas para ele por dois motivos. Primeiro, precisava de um momento para se recompor – em todos aqueles anos trabalhando com Zach, Gabriella nunca o tinha visto daquela maneira, descuidado, praticamente sujo, e derrotado. Segundo, ela esperava que ele começasse a agredi-la verbalmente, na tentativa de fazê-la ir embora.

Mas ela estava tranquila, afinal, eles tinham jogado esse jogo dezenas de vezes no escritório, e ela sempre fora capaz de derrotá-lo. Zach odiava o silêncio tanto quanto odiava quando as pessoas não faziam exatamente o que ele queria, no momento em que queria.

Ela tinha perdido isso. E tinha perdido Zach.

– Você pode ficar aí o dia todo achando que está por cima, mas eu tenho uma informaçãozinha para você – ele provocou. – Sua presença aqui não significa nada e, assim que acabar de admirar a Mãe Natureza, você vai embora. Entendido?

Um pequeno sorriso formou-se nos lábios de Gabriella. Tão prepotente. Tão arrogante. Com cuidado para recompor-se e apresentar uma expressão neutra, ela se virou para Zach.

– Você tem muita atitude para um cara que está prestes a perder o emprego.

Zach empalideceu. *Porcaria*. Ele deveria ter imaginado. Seu pai mencionara que ele precisaria voltar a ter um trabalho regular, e isso incluía a presença de Gabriella.

– Parece que você não tem conversado com meu pai ultimamente – ele disse, dando o melhor de si para parecer calmo, mesmo com as mãos latejando e as pernas tremendo por estar tanto tempo em pé. Droga, não havia a menor chance de ele desmoronar na frente dela.

– Na verdade, acabei de falar com ele – ela respondeu, tranquilamente. – Talvez você é quem não tenha falado com seu pai ultimamente.

O olhar de Zach se estreitou:

– Quem ficou no seu lugar no escritório?

– Carolyn.

– Ela não pode lidar com a sua carga de trabalho. Você precisa voltar lá. Mande Bob ou Darren ou... qualquer um. Melhor ainda, não mande ninguém. Basta me manter atualizado via e-mail. Podemos fazer uma conferência telefônica ou por Skype, algo assim.

Gabriella sacudiu a cabeça.

– Boa tentativa, espertinho. A única maneira de isso funcionar é você realmente se acalmar e retomar o trabalho. Estarei aqui com você de segunda a sexta, das oito às cinco, como sempre fizemos no escritório. Vai fazer suas sessões de fisioterapia duas vezes por dia e, enquanto isso, eu vou almoçar e cuidar de qualquer assunto pessoal que você precise, assim não vou atrapalhar.

– Não vai acontecer, Gabby – Zach certificou-se de usar o apelido que sabia que ela odiava e quase sorriu quando viu a reação de Gabriella. *Golpe certeiro.*

Afastando-se das janelas, Gabriella caminhou lentamente na direção de Zach com os olhos fixos nos dele. Ela não parou até estar a poucos centímetros do chefe.

– Eu sei que você acha que se me pegar nos pontos certos me irritarei e irei embora. Bem, odeio desapontá-lo, mas não vai funcionar. Eu trabalhei ao seu lado por muito tempo para me irritar com uma besteira como um apelido, por isso, faça um favor a nós dois e desista. – Ela fez uma pausa e tentou avaliar a reação de Zach. Além de um leve pressionar de mandíbula, a expressão dele não mudou. – Não me importo de trabalhar para Ethan, mas prefiro trabalhar para você. Só Deus sabe por quê – ela concluiu, murmurando o final da frase enquanto se afastava dele e ia em direção à cozinha.

– O que acha que está fazendo? – Zach gritou.

– Claramente você se machucou e tem sangue escorrendo pelas muletas até o chão.

Gabriella aproximou-se com um pano molhado, que colocou sobre a mão dele, e com outro, com o qual limpou o chão. Quando se levantou, encontrou um olhar furioso no rosto de Zach.

– Vai me dizer o que fez com a sua mão?

Zach dirigiu-se cuidadosamente até o sofá e sentou-se. Sem olhar para Gabriella, ele limpou a mão e, quando terminou, recostou-se e suspirou.

– A fisioterapeuta estava me irritando. Nós estávamos no meio de uma sessão e eu pedi algo para beber, mas ela disse que eu devia terminar os exercícios antes de fazer uma pausa. Pedi de novo e ela, novamente, disse não. – Ele deu de ombros. – Então, dei a volta nela, peguei um copo de suco, joguei no chão e mandei-a sair. Ela gritou, eu gritei, e quando ela se recusou a ir embora, eu dei um soco na parede.

Muitas coisas passavam pela cabeça de Gabriella naquele momento. Que tipo de fisioterapeuta impede um paciente de beber algo? Robert estaria ciente do tipo de pessoas que estava sendo enviado para ajudar no tratamento de seu filho? Ela sabia como Zach deveria ter sentido seu orgulho ferido ao perder a calma na frente dessa mulher. Ela olhou para ele e ficou novamente surpresa com sua aparência e com o fato de ele não ter evoluído em sua recuperação como ela imaginava. Por mais que Ethan e Summer a mantivessem atualizada em relação ao progresso de Zach, ela achava que eles exageravam nas críticas. Mas, nitidamente, havia se enganado. E isso tornaria seu tempo com ele um desafio ainda maior. Se ele estava tão irritado a ponto de ter tido um ataque de fúria assim, trabalhar com ele seria um pesadelo, para dizer o mínimo.

Pior do que já costumava ser.

Que alegria.

– Você precisa de um curativo? – ela perguntou, calmamente.

Zach balançou a cabeça e suspirou alto.

– Olha, eu não preciso de você aqui brincando de ser minha enfermeira. Já tem gente demais cuidando de mim, como a minha família, além do fluxo constante de profissionais que passa por aqui. Eu só preciso ficar sozinho por um tempo. Então, volte para o escritório, onde você é realmente necessária, e pode deixar que eu cuido das coisas aqui.

Um sorriso lento se abriu no rosto de Gabriella.

– Eu não vou voltar para o escritório, Zach, aceite isso. Tenho uma tonelada de arquivos na minha bolsa para começarmos a trabalhar.

Temos uma conferência telefônica na sexta-feira com o pessoal da MacMillan, e é importante que você participe.

– Ethan pode fazer isso.

– Na verdade, ele não pode.

– Por que não? Achei que ele fosse algum tipo de super-herói que estava pronto para assumir o meu maldito lugar!

– Ethan não quer o seu trabalho, Zach. Ninguém quer. Mas se você não fizer isso, então seu pai vai colocar o Ethan para fazer.

– Isso não responde à minha pergunta sobre por que ele não pode cuidar dessa conferência – Zach disse, em tom de desafio.

Gabriella revirou os olhos e suspirou.

– Ele viaja para Seattle na sexta-feira pela manhã para se encontrar com alguns clientes em potencial e, em seguida, ele e Summer vão para o Leste passar o fim de semana e ver como vai a construção da casa deles.

– Então diga a ele para cuidar dessa conferência telefônica. Ele pode fazer isso de dentro do avião.

– Está se escutando? Por que você não pode fazer isso? Não há nada de errado com a sua cabeça ou com a sua voz. Foi você quem fez o contrato com a MacMillan, então só faz sentido que você fale com eles. – Gabriella levantou-se e caminhou até sua pasta. – Eu tenho o arquivo deles aqui comigo. Estão interessados em se expandir...

– Mande o Ethan fazer.

Jogando a cabeça para trás, frustrada, Gabriella resmungou. Então respirou fundo, deu um passo em direção a Zach e jogou o arquivo em seu colo.

– Não.

Antes de jogar o arquivo no chão, Zach olhou para ela. Ele cruzou os braços à frente do peito e estremeceu de dor quando tentou fechar a mão ferida em punho.

Gabriella imitou sua pose.

– Isso fez você se sentir melhor? Porque vou lhe dizer que você está agindo como uma criança mimada. – Ela se abaixou, pegou os papéis e os colocou na mesa de café. – Deixa eu perguntar uma coisa: quer que Ethan tome posse como presidente?

– De jeito nenhum! Esta ainda é a minha empresa! – ele rugiu.

– Então, aja como tal – ela retrucou. – Não há nenhuma razão pela qual você não possa fazer o trabalho que fazia antes do acidente! Não quer ir para o escritório? Ótimo, não vá. Mas pelo menos seja homem o suficiente para trabalhar de casa e salvar o seu traseiro!

– Como ousa? – Zach foi se levantar e, imediatamente, caiu de volta no sofá. Ele xingou violentamente antes de voltar sua raiva e frustração para Gabriella. – Não tente se enganar, Gabs – ele rosnou. – Você não está fazendo isso por ter um belo e bondoso coração. A questão é que, se eu rodar, você vai logo na sequência, porque Ethan trará seu assistente com ele e você perderá seu posto. Então, me poupe dessa encenação de mártir.

Uau. Tudo dentro dela simplesmente se contraiu. Como chegaram a esse ponto? Como tinham ido de uma equipe que trabalhava tão bem para esse confronto abertamente hostil? Ela queria gritar que estava preocupada com ele e apenas isso. Se ele não estivesse na Montgomerys, tampouco ela queria estar lá. Ele era a única pessoa que a desafiava, alguém a quem tinha admirado em algum momento.

Mesmo quando agia como um completo idiota.

A mandíbula dela apertou-se e lágrimas ameaçaram escorrer de seus olhos, mas ela tentou segurá-las. Não era comum Gabriella demonstrar que alguém a tinha machucado, afinal, tinha aprendido há muito tempo que as pessoas muitas vezes confundem estar ferido com fraqueza. Engolindo o nó na garganta, ela fez o seu melhor para esconder o fato de que as duras palavras dele a tinham atingido e colocou um sorriso sereno no rosto.

– Pense o que quiser – ela disse calmamente, com suavidade –, mas você está errado. Acredite ou não, Zach, não estou preocupada com o meu trabalho. Se Ethan assumir como presidente e trouxer seu assistente com ele, eu terei outro emprego dentro da empresa. Seu tio me assegurou isso.

– O quê? Quando? – Zach perguntou, com os olhos arregalados. – Quando William ofereceu um emprego para você?

– Quando voltamos do Alasca. Falamos sobre a minha experiência e sobre como trabalhar como assistente era realmente um cargo um pouco abaixo das minhas habilidades. Ele ofereceu-se para me colocar em uma posição mais desafiadora, mas recusei. – Sentindo-se um pouco satisfeita por ter deixado Zach momentaneamente sem palavras, Gabriella se sentou em uma cadeira na frente dele. – Veja bem, meu futuro está garantido. Não estou preocupada com isso. Você, por outro lado, deveria estar agradecido por ter alguém do seu lado disposto a garantir que não seja demitido.

– Pode parar de se achar – ele resmungou. – Eu odeio isso tudo. Toda essa maldita situação. Não está certo.

– Concordo – ela disse. – Falei para o seu pai e o seu tio que eu não estava de acordo com a decisão deles de afastá-lo de sua posição, mesmo que fosse temporariamente. É por isso que estou aqui, Zach. Eu não sou o inimigo. Deixe-me ajudá-lo com isso. Trabalharemos como sempre fizemos. Trabalharemos daqui, em vez de trabalharmos do escritório.

Ela fez uma pausa e esperou que ele discutisse com ela.

E esperou.

E esperou.

Zach passou a mão pelo cabelo. Ele estava claramente agitado com aquela situação.

– Vamos tentar – ele disse, enquanto pegava o celular. – Só hoje. Se até o final do dia eu achar que não está funcionando, paramos com isso. Sem discussões. Sem brigas. Você vai embora e me deixa cuidar das coisas do meu jeito.

– Não.

Ele xingou.

– O que está acontecendo com você? – ele indagou. – Por que isso é tão importante para você? Por que quer estar aqui quando, claramente, não é desejada?

Gabriella tinha visto as mudanças em Zach, particularmente nos meses antes do acidente, mas em todo esse tempo ele só ladrava, não mordia. Já o homem sentado agora na frente dela era apenas… mesquinho.

No fundo, ela tinha dúvidas se ele não estaria tomando alguma coisa. Que tipo de pessoa se abriria intencionalmente a intermináveis horas de abuso verbal?

Inclinando-se para a frente em seu assento, Gabriella certificou-se de que seus olhos estivessem fixos nos dele.

– Sabe de uma coisa? Acho que você precisa de mim. Pode não querer admitir isso, e com certeza não gosta da ideia, mas o fato é que a única pessoa que pode ajudar você a manter seu título e sua empresa sou eu. Você não está acostumado a precisar de alguém para se apoiar, e isso é incômodo. Da mesma forma, tenho certeza de que não gosta de ter de usar as muletas para conseguir andar. A situação é uma merda mesmo, Zach, mas é o que tem pra hoje. Pode aceitar a minha ajuda e manter o que é seu por direito ou eu posso sair daqui e deixar você aí, fritando, sabendo que Ethan e Summer estão no comando da empresa que você começou. A escolha é sua.

– Que escolha? – ele resmungou antes de pegar as muletas e se levantar.

Ele estava na metade do cômodo, quando Gabriella o chamou.

– Então é assim? Vai levantar e sair andando sem me dizer nada? – Ela levantou-se, mas se recusou a ir atrás dele. – Me responda, droga!

Zach parou, mas não se virou.

– Estou indo tomar um banho. Você pode organizar todo o material em que vamos trabalhar. Volto em meia hora. – Ele entrou em seu quarto e bateu a porta.

•

Zach olhou para o seu reflexo no espelho do banheiro e franziu a testa. Quando foi que a sua maldita vida ficou tão fora de controle? Houve um tempo em que as pessoas realmente o escutavam, escutavam cada palavra sua, e agora parecia que todos se sentiam no direito de comandar a vida dele.

Você não tem ninguém para culpar, além de você mesmo.

Não era a primeira vez que esse pensamento passava por sua cabeça, especialmente nas últimas semanas. Ele sabia que estava sendo difícil e que estava causando problemas a todos apenas para provar ser capaz, mas não parecia estar funcionando muito bem.

E agora ele tinha Gabriella em sua casa.

Zach abaixou a cabeça e suspirou. Ele, certamente, preferia ter morrido naquela montanha, porque sua vida se transformara em um inferno. Não havia outra maneira para descrever aquilo. No escritório, ele era capaz de manter alguma distância de Gabriella, bastava fechar a porta da sua sala. Mas em sua casa? Não havia lugar para se esconder.

Droga.

Xingando, Zach olhou para o seu reflexo novamente. Estava horrível, o que era bastante adequado, já que se sentia da mesma maneira. Por mais que odiasse admitir, seu pai e Gabriella tinham razão. Ele precisava sair daquela situação, seja qual fosse seu nome. Ele estava ficando fora de controle e, se não agisse logo, Zach estava certo de que nunca conseguiria percorrer o caminho de volta.

E era uma merda que precisasse de ajuda para seguir na direção correta, principalmente quando a ajuda vinha na forma deslumbrante e irritante de Gabriella Martine.

Caminhando para o chuveiro, Zach ligou a água e tirou a roupa. Quando o vapor começou a encher o ambiente, ele entrou embaixo da ducha e gemeu de prazer. A pressão da água e o calor ajudaram a fazer que ele se sentisse quase humano outra vez, e esse era um sentimento que tinha se tornado raro. Mesmo sabendo que sempre poderia se sentir assim, havia dias em que tudo era muito difícil.

Nos dias em que conseguia concluir as sessões de fisioterapia, tomar um banho quente era uma necessidade. Além do alívio que oferecia a seus músculos, o esforço que precisava fazer o deixava suado, como se tivesse corrido uma maratona. Mas nos dias em que fazia apenas uma parte dos exercícios e mandava o fisioterapeuta embora... Bem, nesses dias, ele costumava apenas ficar sentado se lastimando, todo suado.

Algo tinha de mudar. E logo. Quanto antes Zach conseguisse controlar a situação e provar para o seu pai que estava melhorando, mais rapidamente poderia ficar tranquilo em relação à sua posição na empresa e mandar Gabriella de volta para o escritório, que era o seu lugar.

Zach esfregou o cabelo e, por um momento, colocou sua irritação com ela de lado e apenas... pensou sobre ela. No dia em que Gabriella entrou em seu escritório para ser entrevistada para a posição de assistente executiva, o queixo dele quase caiu no chão. Ela era deslumbrante. Normalmente, isso teria pesado negativamente, já que não havia a menor possibilidade de ele se envolver romanticamente com ela, mas tudo nela era perfeito. As qualificações relacionadas em seu currículo encaixavam-se com exatidão em tudo o que ele precisava.

Então, ele deixou a atração inicial de lado e comprometeu-se em ser um profissional capaz de controlar-se diante de uma mulher bonita.

Infelizmente, quanto mais trabalhavam juntos, mais a atração dele crescia. Gabriella era inteligente e espirituosa, e antecipava todos os seus pensamentos e necessidades, fazendo a vida dele funcionar perfeitamente. Ela o fazia rir e o fazia pensar. Ele viu-se querendo falar com ela quando tinha questões com algum cliente, muitas vezes antes mesmo de falar com Ethan. Zach sabia que Gabriella poderia acompanhá-lo em qualquer negócio, e sempre seria um sucesso.

Mais de uma vez, ele encarou os homens que ficaram com ela mais tempo do que deveriam na esperança de chamar sua atenção.

Ela era sua... sem realmente ser. Era uma situação horrível.

Sem sequer perceber, Zach a colocara em um pedestal. Gabriella era quem ele tomava como base quando conhecia outras mulheres, e ela representava um padrão difícil de ser atingido. Mais de uma namorada tinha expressado sua irritação com as constantes comparações com Gabriella.

O que é estranho nessa coisa de pedestais é que, às vezes, as coisas não são vistas como elas realmente são. Zach acabou percebendo isso quase por acaso, e o relacionamento deles mudou para sempre. Não, aquilo não estava certo. O universo parecia estar contra ele, e uma série de eventos acabou por mudar o rumo de tudo.

Antes, Zach adorava interagir com seus funcionários. Gostava de ter um ambiente de trabalho divertido, com cestas de basquete nas salas de reuniões, mesa de pingue-pongue e alvo de dardos na sala de descanso, por exemplo. Era um chefe legal, e todo mundo gostava dele.

Ou, ao menos, era o que ele imaginava.

Então, numa noite de sexta-feira, Zach tinha saído para tomar alguma coisa com seus amigos e, na metade do caminho para o bar, percebeu que tinha esquecido seu celular no escritório. Rapidamente, fez o retorno e chegou ao prédio, pegando o elevador até o décimo primeiro andar. A maioria das luzes já estava apagada, mas ele sabia que alguns funcionários estavam trabalhando até tarde para finalizar um contrato.

Zach correu para o seu escritório, pegou o telefone e já estava indo embora, mas decidiu entrar e ver como sua equipe estava cuidando dos últimos detalhes daquela negociação. Ele estava a apenas alguns metros de distância da porta, quando percebeu que a conversa não era sobre o contrato ou o cliente.

Estavam falando sobre ele. E Gabriella.

– Fala sério – alguém disse –, você não acha que ele leva a Gabriella nessas viagens de negócios por causa de suas habilidades de digitação, né? – Todos riram. – Ele é um sortudo, isso, sim. É incrível que consiga trabalhar.

– E quem disse que ele trabalha? – acrescentou outro funcionário. – Olha só, estamos todos aqui, às sete da noite de uma sexta-feira, e ele, supostamente, está fora com os amigos. – O rapaz bufou com descrença. – Eu poderia apostar que, nesse momento, ele já desfez o penteado de Gabriella e está tirando a roupa dela.

– Oh, mas nada de tirar os sapatos! – um outro gritou, com um assobio de lobo. – É melhor deixá-la com os sapatos. Quero dizer... droga! A mulher fica um tesão com aquele salto!

Mais assobios.

– Não vou mentir para vocês – o primeiro cara disse. – Já dei um Google no nome dela.

– Sério? E o que você achou? Encontrou fotos? – Todos riram.

– Algumas, mas todas muito comportadas. – Então, ele baixou a voz. – Parece que, antes de vir para cá, Gabriella trabalhava para outra empresa de alto nível, e as más línguas dizem que ela teve um caso com um colega de trabalho, que, por acaso, era um alto executivo e... casado.

– Não acredito! Cara, como você descobriu? No Google é que não foi, ela não rende tantas notícias assim.

– Conheço um cara que trabalha na empresa em que ela trabalhava. Então, fiz algumas perguntas. E querem saber a parte mais intrigante?

– Claro!

– O cara com quem ela tinha um caso acabou se divorciando e casando com a irmã da Gabriella!

– Você só pode estar brincando! Isso é totalmente absurdo!

– Então acha que ela veio para cá atrás de outro executivo para se envolver?

Mais risadas.

– É, e nem precisou procurar muito; basta ver a maneira como Zach praticamente se joga sobre ela quando estão juntos. Mas também, quem poderia culpá-lo? Como eu disse, ele tem sorte!

Zach já tinha ouvido o suficiente. Invadiu a sala como um louco, furioso, e ameaçou demitir todos que voltassem a falar daquela maneira sobre Gabriella ou sobre ele. Deixou todos avisados e saiu, enraivecido.

A ideia de ir ao bar encontrar-se com os amigos já não o animava. Queria ir para casa, ficar fritando a noite toda, cheio de culpa. Ele não tinha a menor ideia de que as pessoas o viam dessa maneira. Só de pensar que Gabriella teria de entrar naquele ambiente na segunda-feira quase o deixou doente. Então, na manhã seguinte, ligou e perguntou se poderiam conversar. Pessoalmente.

Olhando para trás, tinha ouvido algo no tom de voz dela que deveria ter sido suficiente para ele entender que não era um bom momento. Ela vacilou, desculpou-se, mas, como sempre, Zach só pensou em suas necessidades, e foi até a casa dela. Quando chegou, descobriu que ela não estava sozinha. Toda a sua família estava na cidade: pais, irmã e cunhado.

Se ao menos ele tivesse ficado de boca fechada, pedido desculpas e ido embora... Mas não. Fez questão de levar a cabo o objetivo de sua visita, e puxou-a de lado para contar o que tinha ouvido no escritório. Infelizmente, ele não era o único propenso a escutar a conversa dos outros ali e, logo, toda a família dela se aproximou. Zach esperava que fossem defender Gabriella com unhas e dentes.

Mas não.

Em vez disso, todos compartilharam sorrisos de conhecimento e comentaram como algumas coisas nunca mudavam. As bochechas de Gabriella se ruborizaram, e ela desviava o olhar dos olhos de Zach.

– O que há de errado com você? – Zach perguntou quando a confrontou sobre o que estava acontecendo. – Por que está deixando que digam essas coisas? Eles estão errados! Os caras do escritório estão errados. Por que não está se defendendo?

Então, claro como o dia, sua assistente, sempre eficiente, o surpreendeu.

– Não fará nenhuma diferença. Confie em mim.

– Por quê?

– Porque não se pode fugir da verdade – disse a irmã, praticamente salivando por ter a chance de contar a história. – Quero dizer, ela teve um caso com o chefe. O chefe casado. – Ela deu de ombros e agarrou o braço do marido, aquele maldito sorriso continuava em seu rosto. – Esperávamos que ela tivesse aprendido a lição, mas... acho que não foi o que aconteceu.

A irmã de Gabriella riu. Todos riram.

Exceto Zach e Gabriella.

Ele a olhou, seus olhos imploravam para que negasse tudo, se defendesse de alguma forma, mas ela não fez nada. Tudo o que conseguiu fazer foi olhar para ele e dizer:

– Você precisa ir.

– Não vou deixar você aqui assim. Não vou simplesmente sair enquanto essas... *pessoas* falam com você dessa maneira!

– Eles são a minha família – ela declarou, calmamente.

Zach vinha de uma grande família, e com todos os agregados a família ficava ainda maior, e nunca, em toda a sua vida, testemunhara qualquer um de seus parentes se comportando daquela maneira. Não importava se fosse com um de seus irmãos, com a sua irmã ou com qualquer um de seus primos; se alguém estivesse sendo intimidado, como estava acontecendo com Gabriella, ele tomaria a frente para defendê-los.

– Gabriella, por favor – Zach implorou, inclinando-se em sua direção. – Peça-lhes que saiam. Você não tem que ficar ouvindo esse tipo de abuso em sua própria casa. Por favor.

– Eu quero que você vá embora, Zach – ela, finalmente, disse. – Você é meu chefe, nada mais. Quanto mais ficar aqui, criando uma cena, pior vai ficar a situação.

Ele queria ficar. Queria discutir com ela e depois levá-la com ele, levá-la para qualquer lugar longe daquelas pessoas horríveis.

– Vamos a algum lugar conversar. Eu preciso entender...

– Se quiser a minha demissão, entenderei perfeitamente – ela disse, olhando para baixo.

Zach não queria a demissão de Gabriella. Vendo que não conseguiria conversar com ela naquela situação, ele partiu. Nunca lhe pareceu ser a opção correta deixá-la ali, mas Gabriella tinha manifestado muito claramente a sua vontade. E, daquele momento em diante, as coisas nunca mais voltaram a ser como antes. Em um período de vinte e quatro horas, tudo o que Zach pensava saber sobre a sua vida havia mudado.

Seus empregados o viam como um idiota que pegava a assistente.

E Gabriella, que se comportava casta como uma freira na sua frente, tinha tido um caso com um homem casado.

E ele, Zach, não significava nada para ela.

O resto daquele fim de semana foi um borrão. Quando voltaram ao escritório na segunda-feira de manhã, Zach tinha deixado seu jeito simpático e agradável no fundo de uma garrafa de Jack Daniel's. A mesa de pingue-pongue foi removida, assim como o alvo de dardos e as cestas de basquete. Ele passou a dirigir o escritório como um ditador, e que ninguém ousasse discordar de suas ordens.

Desde então, ele e Gabriella nunca falaram nem fizeram qualquer referência ao que se passara na casa dela ou a como tudo tinha mudado. Só não mudara a atração que ele ainda sentia por ela. Talvez, agora, ainda mais do que antes.

Merda.

A água estava começando a esfriar e Zach desligou o chuveiro e pegou uma toalha. Sua perna esquerda começava a tremer, e ele sabia que precisaria se sentar o mais rápido possível e permanecer assim o máximo de tempo possível. Foi assim que começou: ele esforçou-se, então o tremor começou, depois o formigamento, e então... nada. Ele perdeu a sensibilidade. Normalmente, Zach reconhecia os sinais e sempre conseguia mandar embora quem estivesse em sua casa. Houve apenas um cuidador que testemunhou um desses episódios, e ele foi demitido no dia seguinte.

Gabriella não era idiota. Ela iria perceber que algo estava errado. No entanto, se ele conseguisse vestir-se rapidamente e ir para a sala de estar, sentar-se no sofá, havia uma chance de distraí-la. O que não faltava era trabalho para mantê-los ativos até o fim do dia.

Era a sua única esperança. Ele tinha de manter a atenção focada apenas nos arquivos de trabalho que ela trouxera e em mais nada. Ela acharia que ele apenas estava tirando o atraso.

Gabriella nunca saberia a verdade sobre o que estava acontecendo.

A respeito de tudo.

Nunca.

•

Horas depois, Gabriella levantou-se e se espreguiçou. Eles haviam revisado todos os arquivos que ela levara. Duas vezes. Ela estava começando a ver sinais de que o velho Zach estava ali, mas ainda havia algo estranho. Ela não sabia exatamente o que era, mas, como o conhecia muito bem, sabia que havia algo errado e não conseguia definir se era relacionado ao trabalho ou se ele não estava se sentindo bem.

Ou se continuava chateado por ela estar lá.

De vez em quando ele fazia uma careta, mas, desde que voltara do banho, não tinha se levantado nem uma única vez. No fundo, Gabriella sabia que, provavelmente, aquilo tinha algo a ver com o fato de ele simplesmente não ter mais a mesma mobilidade de antes, algo com o que ela ainda não estava acostumada.

Mas sua intuição dizia que era algo mais.

– Você está se sentindo bem? – Gabriella, finalmente, perguntou.

Zach levantou a cabeça e olhou para ela.

– Claro. Por quê?

– Bem, você parece um pouco... tenso. E fica fazendo careta. Está com dor?

– Caí de uma maldita montanha, Gabriella. O que você acha?

– Se quiser descansar... podemos fazer uma pausa. Perdemos a hora do almoço trabalhando. Quer que eu compre alguma coisa para você comer ou tem algo aqui que eu possa pegar para você?

– Eu não sou um inválido! – ele retrucou. – Se quiser algo para comer, posso muito bem pegar eu mesmo. – Zach fez uma pausa e respirou fundo antes de falar com ela novamente. – Por que não vai buscar alguma coisa para você comer?

– Tem certeza? – ela perguntou. – Eu posso trazer um sanduíche da rua, se você quiser.

– Sim, está bem. Pode trazer qualquer coisa – ele disse, enquanto pegava um arquivo para começar a ler.

Gabriella conhecia aquele tom. Ele queria que ela fosse embora.

– Certo. Bem, provavelmente ficarei fora por uma hora. Há alguma coisa que precise que eu faça? Mercado? Correios?

– Eu estou bem – ele disse, sem olhar para ela.

– Certo – ela disse de novo. – Te vejo em... em pouco tempo.

Gabriella virou-se e caminhou até a porta da frente, onde pegou seu casaco e sua bolsa. Lançou um último olhar por cima do ombro, para certificar-se de que Zach estava bem, abriu a porta e saiu.

Assim que se afastou, Gabriella pegou o celular e ligou para o escritório, na esperança de conseguir falar com um dos Montgomery. Não pôde deixar de sorrir quando a voz de William a cumprimentou.

– Como está o paciente hoje? – ele perguntou.

– Está sendo uma manhã difícil.

William riu.

– Tenho certeza. Ele já fez a sessão de fisioterapia hoje?

– Zach demitiu a fisioterapeuta que estava aqui esta manhã, e ninguém mais apareceu desde então. Não tenho certeza se a empresa que ele contratou enviará outra pessoa. Você ou o Robert poderia verificar isso e me avisar?

– Eu faço isso. Então... o que achou do Zach? Você não o via desde o Alasca. Quais são as suas impressões?

– Ele está... está muito zangado – ela começou cautelosamente. – Acho que eu não estava esperando... quero dizer, ele sempre foi um pouco grosso comigo, mas era... diferente.

William fez uma pausa.

– Você tem certeza de que está tudo bem lá? Ele não a está desrespeitando, está?

Ela riu.

– Não mais que o normal. Ele só... Bem, ele... eu nunca o vi...

– Ele parece estar vivendo na floresta – William concluiu a frase de Gabriella, e suspirou. – Conheço esse garoto desde que nasceu, e ele sempre teve uma aparência naturalmente bela, independentemente de qualquer coisa. Isso que ele está fazendo agora, quer dizer, esse visual de homem das montanhas, sem se barbear, é um pouco chocante.

– Exatamente – disse Gabriella, aliviada por não ser a única a pensar assim. – Eu queria dizer algo a ele sobre isso, mas...

– Você não quer cutucar a fera?

Gabriella começou a rir.

– Oh, isso é horrível, mas é muito engraçado – ela disse, quando finalmente parou para respirar. – Obrigada.

– Pelo quê? – William perguntou, rindo com ela.

– Eu precisava rir. Tem sido uma manhã tensa, e eu realmente precisava de uma pequena pausa.

– Pode me ligar a qualquer hora, minha querida!

Eles desligaram alguns minutos depois, com William prometendo que a informaria assim que soubesse quando um novo fisioterapeuta seria enviado. Gabriella estava ansiosa e aflita por receber tal informação. Ela sabia que Zach ficaria louco quando chegasse um novo fisioterapeuta, mas também sabia que era parte do seu trabalho certificar-se de que ele realmente seguisse o tratamento.

E assim começaria mais uma discussão.

Ela quase grunhiu ao pensar nisso.

Pouco mais de uma hora depois, Gabriella voltou para a casa de Zach com almoço para os dois. Ela abriu a porta, entrou, e encontrou Zach sentado no mesmo lugar, com a cabeça apoiada sobre as almofadas e de olhos fechados. Por um minuto, ela ficou só olhando. Ele parecia tão relaxado e sereno – tão diferente de como tinha estado durante toda a manhã. Verdade que ainda precisava fazer a barba e cortar o cabelo, mas, pelo menos, ele não estava gritando ou rosnando. Um passinho de cada vez.

Na sala de estar, Gabriella moveu alguns dos arquivos, para poder colocar a comida sobre a mesa de café. Sua intenção era passar ao lado de Zach, mas seu salto se enroscou no tapete e ela tropeçou em si mesma, e acabou caindo no sofá, ao lado dele.

– Oh, Deus! Oh, Zach, desculpa! Machuquei você?

Zach abriu os olhos, como se acabasse de se dar conta de que ela estava ali.

– Isso foi rápido – ele disse, enquanto se ajeitava e se espreguiçava.

Gabriella olhou para ele como se ele fosse louco.

– O que foi? – ele perguntou. – Qual é o problema?

– Eu chutei você no tornozelo quando tropecei – ela disse. – Tive medo de te machucar.

Os olhos de Zach se escureceram quando olhou para ela e, então, sua expressão ficou neutra. – Não. Você não me machucou. Não foi nada – ele disse ao se inclinar para a frente, para ver o que Gabriella tinha trazido para o almoço.

Algo não estava certo. Gabriella percebeu que a posição em que ele se encontrava era estranha. As pernas dele não se moviam, e ele só estava usando o corpo da cintura para cima. Então se deu conta de que Zach não havia movido as pernas desde que voltara do banho. Gabriella levantou-se rapidamente e começou a tirar a comida da embalagem, certificando-se de que tudo o que ele pudesse precisar estivesse facilmente ao seu alcance. Ele agradeceu, sem olhar para ela, e começou a comer seu sanduíche.

Incomodada, Gabriella desculpou-se e caminhou até a cozinha para pegar as bebidas. Ela estava muito aflita e não sabia se deveria dizer alguma coisa a respeito do ocorrido. Já fazia cinco minutos inteiros que ele não esbravejava, e ela não queria fazer nada que pudesse abalar aquela calma.

Mas era preciso.

– Hummm… Zach? – ela chamou da cozinha.

– Sim?

– Onde você guarda os copos?

Ele ficou em silêncio por um minuto.

– No armário superior, ao lado da geladeira.

A cozinha era enorme e havia armários de ambos os lados da geladeira.

– Esquerda ou direita?

– Escolha um.

Ela revirou os olhos.

– Está bem. – Olhando em volta, ela tentou pensar em outra coisa. – Quer gelo para a sua bebida?

– Não.

Boa, ela zombou de si mesma. Como querer gelo o faria ir até a cozinha se ela já estava lá? Ela precisava de algo maior, algo garantido para fazê-lo ter de levantar-se e ir até lá.

– Ai, meu Deus! – ela gritou. – Acho que vi um rato! Zach! Venha aqui!

Silêncio.

– Aquilo ali é um buraco no canto da parede? Ah, não! Você acha que há mais de um?

Silêncio.

Oh, pelo amor de Deus.

– Você tem o número de uma empresa de exterminação em algum lugar?

Como Zach seguiu sem responder, ela caminhou de volta para a sala de estar e olhou para ele. Ele estava feliz, comendo seu sanduíche, como se ela não estivesse fazendo papel de boba. Ela aproximou-se, colocou as bebidas na mesa e se sentou.

– Você se sente melhor agora? – Zach olhou para ela serenamente, enquanto pegava uma batata frita.

– O que você quer dizer? – Decidindo que os dois poderiam jogar, Gabriella pegou a sua salada e começou a comer.

– O que foi aquela cena absurda ali? – Zach acenou para a cozinha. – Eu não tenho ratos e você esteve aqui antes, sabe muito bem onde estão os copos. O que aconteceu?

Gabriella poderia apenas ficar muda, ou poderia confrontá-lo.

Olhando para cima, viu que ele não estava muito contente, sua expressão estava mais para hostil. Deixando a salada de lado, ela suspirou.

– Certo, tudo bem. Queria que você fosse até a cozinha.

– Por quê?

– Porque não se levantou em horas, e quando eu voltei e o chutei, acidentalmente, você nem percebeu. O que está acontecendo?

Zach resmungou, jogou o sanduíche sobre a mesa de café e, passando a mão pelo cabelo, disse:

– Precisamos voltar ao trabalho.

Gabriella sabia que estava certa, e sabia também que pressioná-lo a falar sobre o assunto – especialmente naquele momento – não daria em nada. Então, com um suspiro, ela pegou seu *tablet* para checar a agenda.

– Está bem, onde estávamos?

Durante as quatro horas seguintes, eles trabalharam. Gabriella examinou cada arquivo pela terceira vez e, então, abordaram a reatribuição de clientes com quem Zach tinha trabalhado exclusivamente para alguns dos executivos juniores. O tempo voou, porque, quando não estavam brigando, eles trabalhavam muito bem juntos. Como já tinham trabalhado especificamente nos arquivos de cada cliente, Gabriella já tinha uma ideia bastante concreta de que executivo ficaria com qual projeto.

Foi depois das seis, quando finalizaram tudo, que ela percebeu que tinha sido possível fazer tudo o que esperava para o primeiro dia.

– Amanhã vou trazer alguns contratos que o jurídico quer que você leia, assim como os currículos para a nova divisão que você começou a planejar antes da viagem para a escalada. Ethan mencionou a possibilidade de precisar de um espaço maior no escritório, mas conversei com o administrador do prédio e descobri que existem alguns escritórios disponíveis no piso inferior. Trarei as plantas também.

– Não, você não vai fazer nada disso.

De novo essa discussão. Gabriella suspirou alto.

– E por que não?

– Olha, você veio aqui hoje, cumpriu seu horário, e planejo contar ao meu pai tudo o que conseguimos fazer. Mas não quero alguém em minha casa o dia todo, algo que eu achava que todos já tivessem entendido. Quer dizer, demiti todos os que vieram trabalhar aqui. Eu não gosto e não quero ninguém na minha casa. Volte para o escritório amanhã, afinal, lá é o seu lugar. Vamos trabalhar remotamente.

– Sério, nós estamos de novo discutindo o mesmo ponto? – Gabriella retrucou, frustrada. – Você não entende, não é mesmo? Não é você quem manda nessa situação, Zach. Está fora de seu alcance! Diabos, está fora do meu também! Nós rendemos tanto hoje, por que você quer fazer isso dar errado?

– Eu não estou fazendo nada dar errado! – Zach gritou. – Disse que faria o trabalho e fiz! E posso fazer tudo o que você mencionou aqui em casa. Sozinho. Não preciso de você aqui! Eu não quero você aqui!

– Bem, que pena para você! Olha, eu não sei qual é o seu problema comigo, mas…

– Como mencionou anteriormente, não há nada de errado com a minha cabeça. Eu ainda tenho o voto majoritário nessa empresa e, se alguém quiser vir discutir comigo, será muito bem-vindo. – Ele se inclinou para a frente. – Fui claro?

Gabriella estava irritada. Esse ódio que ele sentia por ela se transformara em algo tão feio, tão intenso, que ela não tinha ideia do que fazer. Tudo o que sabia era que precisava ir embora. Naquele momento. Ou começaria a chorar ou a passar mal. E ela não faria isso na frente de Zach Montgomery.

– Muito bem – ela disse, enquanto se levantava e começava a juntar os arquivos que havia levado. – Você quer que eu deixe isso aqui ou posso levar tudo de volta para o escritório?

– Pode levar tudo de volta. Já revisamos o suficiente.

Tudo o que ela fez foi assentir. Assim que terminou de guardar os arquivos em sua bolsa, limpou a mesa onde haviam comido e colocou os copos na máquina de lavar louça, mantendo a cabeça erguida o tempo todo. Não podia deixar que Zach soubesse como as suas palavras a haviam devastado.

Quando voltou para a sala de estar, viu Zach movendo as pernas com uma expressão de dor no rosto. A necessidade de ajudá-lo, embora ele tivesse sido tão cruel, foi quase esmagadora. Mas ela resistiu. Ele só a odiaria ainda mais por isso. Mas ela não pôde impedir seu coração de se sensibilizar.

Segurando-se firme, Gabriella atravessou a sala, pegou a bolsa e foi até a porta, onde vestiu seu casaco bem devagar. Procurando ganhar tempo, ela fez o seu melhor para parecer calma. Quando não conseguiu mais encontrar uma desculpa para permanecer ali e já tinha certeza de que Zach não iria dizer mais nenhuma palavra, ela saiu pela porta, fechando-a com toda a dignidade que podia.

Zach ficou no sofá, e esperou até ouvir o som da porta do carro se abrindo e depois o ligar do motor. Esperou ainda um pouco mais para certificar-se de que ela tinha ido embora. Quando teve a certeza de que estava sozinho, tentou flexionar as pernas e esticá-las. Durante a última hora, a sensibilidade tinha começado a voltar e ele estava ansioso para tentar se mover.

Agarrando suas muletas, ele se levantou. Era bom estar fora do sofá. Ele olhou ao redor da sala e viu que tudo estava impecável. Era quase como se Gabriella nunca tivesse estado lá.

Mas ela tinha estado.

E tinha visto mais do que ele queria que ela, ou que qualquer outra pessoa, visse.

E é por isso que ela tinha de ir embora. Não havia como aceitar que o visse naquele estado todos os dias. Embora, se fosse honesto, teria de admitir que tinha desfrutado o dia de trabalho. Ele sentia falta de ir ao escritório. Fazer o que haviam feito permitira Zach lembrar-se de que ele tinha uma vida para viver e uma empresa para comandar. E ninguém ia tirar isso dele.

Tudo de que ele precisava era tempo para fazer tudo do seu jeito. Sem a ajuda de seu pai e, certamente, sem nenhuma ajuda de Gabriella Martine.

Capítulo 3

Zach estava levando a xícara de café aos lábios quando ouviu alguém entrar em sua casa. *O que é isso?* Ele sabia que seu pai e Ethan tinham uma cópia da chave, mas nenhum dos dois tinha mencionado que iria fazer-lhe uma visita. Sentado no sofá, com o *laptop* à sua frente, ele quase deixou cair o café quente no teclado quando Gabriella entrou.

Ela fechou a porta e atravessou a sala em linha reta até ele, sua mão estendida, para tentar impedi-lo de dizer uma palavra.

– Sabe de uma coisa? – ela começou. – Trabalhamos juntos há muito tempo para que as coisas fossem como ontem. Eu vim aqui, fiz um favor a você, e o que ganhei pelo meu esforço? Nada. Posso entender a sua raiva e a sua frustração por conta da situação em que se encontra e por conta do seu processo de recuperação, mas nada disso é culpa minha. Então, é o seguinte: você pode crescer e enfrentar o fato de que não importa o tipo de valor que acha que tem dentro da empresa, ele não vai ser suficiente para salvar o seu emprego, e admitir que precisa da minha ajuda, ou… eu posso ir embora e parabenizar Ethan pelo seu novo cargo de presidente.

Gabriella cruzou os braços à frente do peito e esperou.

Zach estudou sua assistente por um longo momento. Seu cabelo preto estava puxado para trás em seu tradicional coque, sua saia lápis azul-marinho vestia seu corpo com a perfeição de uma segunda pele, e a blusa lisa, branca – algo que não deveria fazer diferença –, estava esticada por conta do volume de seus seios com um botão pronto para abrir. Talvez fosse por conta da postura, mas Zach observava a figura de sua assistente há muitos anos.

Ele sentiu que começava a suar.

Foco, droga! Fazendo o seu melhor para permanecer impassível, Zach tentou ignorar sua excitação, embora estivesse secretamente impressionado com a coragem dela de aparecer em sua casa naquela manhã, na hora certa. Eficiente, como de costume.

Ele tinha duas opções. A opção um era arremessar algo e exigir que ela fosse embora, fazendo um grande escândalo, e ameaçando ligar para o seu pai, para Ethan e para quem mais pudesse se lembrar, exigindo a demissão dela. Mas até mesmo ele já estava ficando cansado dessa opção. Claro, Zach se sentiu bem na primeira meia dúzia de vezes em que atirou coisas e forçou alguém a ir embora de sua casa ou do quarto do hospital, afinal, ele realmente sentia que ainda podia fazer alguma coisa. Mas estava começando a perceber um padrão em seu comportamento que não o agradava em nada. Além disso, estava começando a ficar sem copos.

Estreitando os olhos um pouco, decidiu optar por uma abordagem um pouco diferente, mas buscando os mesmos resultados. A opção dois era ignorar aquela cena, deixar que Gabriella se sentisse um pouco mais confiante e, depois, fazê-la concluir que ir embora era uma opção pessoal. Ela nunca perceberia o que ele estava fazendo.

Recostando-se no sofá, ele cruzou os braços enquanto continuava a observá-la. Na verdade, ele nem sequer sabia por que ela o estava incomodando tanto. Não era como se Zach odiasse Gabriella – longe disso, na verdade. Mas ela tinha deixado seus sentimentos claros há muito tempo. Desde então, ele dava o melhor de si para limitar a quantidade de tempo que passavam sozinhos um com o outro. Ele temia que ela visse diretamente através dele, e Zach não queria demonstrar sua vulnerabilidade. Por isso, precisava que ela fosse embora. Era a única maneira que tinha de se defender. Gabriella, de fato, estava fazendo um favor ao tentar ajudá-lo, mas isso parecia irritá-lo ainda mais. Como ela poderia querer ajudá-lo quando ele a tratava tão mal? Sério, por que ela não desistia dele?

Seus olhos azuis, transparentes, o observavam com cautela, e Zach sabia que seu silêncio começava a incomodá-la. Em geral, ela conseguia o que queria em situações como essa. E Zach a deixaria vencer. Ao menos por enquanto.

– Você trouxe as plantas da área disponível para o escritório? – ele perguntou, agradavelmente.

O queixo de Gabriella quase chegou ao chão.

– Ãh… sim.

Ela, rapidamente, colocou a bolsa na cadeira e tirou o casaco. Zach observou-a cruzar rapidamente a sala para pendurá-lo, antes de voltar para perto dele com a pasta com as plantas nas mãos.

– De quantos escritórios estamos falando? São espaços individuais ou é uma área grande, como a que nós temos, com espaço para fazer vários escritórios?

Gabriella abriu a pasta e pegou a planta.

– É um espaço aberto, cerca de um terço do que temos, no décimo primeiro andar. Serve muito bem para os propósitos de expansão. – Sentando-se ao lado dele, ela apontou alguns dos destaques. – Seria um espaço destinado exclusivamente aos propósitos dessa nova divisão. Há uma área de recepção, uma sala de espera, quatro escritórios particulares, uma sala de conferências e, também, espaço suficiente na área principal para dez mesas com divisórias. – Ela pegou uma segunda folha. – Falei com a empresa que administra o edifício e consegui negociar um preço melhor para o aluguel. Eles estavam pedindo mil dólares a mais por mês, mas relembrei-os de nosso tempo no prédio, da nossa posição na comunidade e de como a Montgomerys trabalha para a manutenção do edifício, ainda que não o ocupemos completamente.

Zach não se surpreendeu com a eficiência dela nem com o fato de ter tomado a iniciativa de negociar em nome da empresa, mas ficou impressionado.

– Você trabalhou bastante. Isso tudo parece ótimo. Poderia fazer uma visita ao espaço e gravar um vídeo para que eu possa conhecê-lo? É difícil imaginar como é o espaço apenas tendo as plantas como referência.

– Não acho que seja um problema. – Ela parecia aliviada.

– Está bem conservado? Será preciso fazer alguma reforma?

Gabriella sacudiu a cabeça.

– Nada muito grande ou importante. Os inquilinos anteriores deixaram tudo pintado e limpo antes de se mudarem. Além de levar as mesas, o mobiliário e a decoração padrão, é possível ter tudo pronto, em uma previsão realista, dentro de duas semanas.

Zach assentiu.

– Precisamos entrar em contato com a empresa que fornece nossos móveis de escritório, ver se eles têm disponibilidade de móveis similares aos que já temos. Apesar de serem andares diferentes, quero que a decoração seja a mesma.

– Um passo à sua frente. – Gabriella tirou uma folha de papel da pasta e entregou a Zach. – Eles já estão com quinze mesas e uma dúzia de estantes e cadeiras para a área de espera reservadas para nós enquanto aguardam a sua aprovação. Consegui negociar o preço com base em nosso relacionamento anterior com eles. E podemos contratar a mesma firma de design que usamos no escritório principal para cuidar da decoração, incluindo persianas, obras de arte e coisas assim. Assim, tudo ficará combinando. – Ela puxou outra folha. – Já falei com eles também, e esse é o valor que nos cobram para fazer o que precisamos.

Zach riu.

– O que foi?

Incapaz de se controlar, Zach virou para Gabriella e sorriu.

– Acho que nem precisava de mim para cuidar disso. Você parece já ter pensado em tudo.

O rosto de Gabriella se iluminou com o elogio.

E Zach sentiu como se tivesse recebido um chute no estômago. *Droga*. Por que ela tinha de ser tão bonita? Ele, imediatamente, retomou sua seriedade e limpou a garganta.

– Ok, qual é o próximo assunto? Você mencionou contratos, certo? Ontem você disse que havia alguns contratos que o jurídico queria que eu olhasse.

Com o sorriso lentamente desaparecendo, Gabriella colocou a pasta referente à expansão na mesinha lateral e pegou a pasta com os contratos.

– Há três deles que eles querem suas observações. Podemos examiná-los em voz alta, tenho duas cópias de cada um. Depois, posso enviar as alterações que você quiser que sejam feitas ao departamento jurídico e pegar as cópias finais para sua assinatura quando eu for almoçar.

– Parece bom.

Estavam no meio do primeiro contrato quando ouviram uma batida na porta. Sem perguntar, Gabriella levantou-se e foi atender. Ao abrir a porta, encontrou um homem musculoso, vestindo roupas esportivas.

– Pois não?

– Eu sou Alex Rebat. – Ele estendeu um cartão de visita. – Fui enviado pelo doutor Webb para a sessão de fisioterapia do senhor Montgomery.

Gabriella afastou-se e o deixou entrar, voltando seus olhos imediatamente para ver a reação de seu chefe. Alex atravessou a sala e estendeu a mão para Zach. De pé à porta, Gabriella soltou um suspiro de alívio.

– Gabriella – Zach chamou do sofá –, vou me preparar para a sessão com Alex. Por que não vai gravar o vídeo do novo espaço do escritório enquanto isso? Nos encontraremos novamente depois do almoço.

Zach quase riu diante do olhar chocado no rosto de sua assistente.

– Ah, claro. Acho que eu poderia fazer isso mesmo.

– Mas? – Zach a interrompeu.

– Mas estamos quase terminando de ler o primeiro contrato… E se Alex pudesse nos dar trinta minutinhos para terminarmos ou se eu puder acompanhá-los no início da sessão para fazer as correções, isso nos economizaria muito tempo. Eu poderia entregar a versão comentada diretamente para o departamento jurídico e mandá-los trabalhar nas revisões.

– Não.

Zach ficou surpreso quando Gabriella não discutiu. Com um simples aceno de cabeça, ela pegou sua bolsa e sua pasta, que estavam sobre a mesa, e disse que voltaria depois do almoço.

Ele suspirou aliviado quando ela foi embora.

•

– Não vou mentir – Alex disse, enquanto começava a passar uma série de exercícios para as pernas de Zach –, sua reputação no mundo da fisioterapia é bastante conhecida.

Deitado de costas, Zach riu.

– Também não vou mentir, senhor Rebat, tudo o que ouviu é verdade.

Os dois riram quando Alex segurou o joelho de Zach contra seu peito.

– Você quer andar sem aquelas muletas?

– Mais do que tudo. – A resposta saiu sem que Zach tivesse tempo de pensar. Mas qual seria o ponto em mentir?

– Então, por que está dificultando tanto o processo?

Boa pergunta.

– Estou acostumado a fazer as coisas do meu jeito – Zach respondeu. – Não gosto de pessoas entrando na minha casa, ignorando meus pedidos e minhas perguntas. Ou, pior, ignorando as coisas que eu digo quando tento explicar o que estou sentindo.

– O que você está sentindo?

Zach fez uma careta quando Alex, lentamente, endireitou sua perna e flexionou seu pé.

– Estou me sentindo desanimado.

Alex assentiu com a cabeça.

– Não é de estranhar. Pelo que li na sua ficha, você era um cara muito ativo fisicamente. Não ser capaz de se levantar e fazer o que quiser certamente o está afetando.

– Isso pra dizer o mínimo.

– Vou te propor uma coisa: por que não me diz como vê a evolução das sessões de fisioterapia e o que acha que podemos fazer para transformar esse tratamento em algo com que você se comprometa?

– Nós? – Zach perguntou, incrédulo.

– Sim. Nós. – O profissional soltou a perna de Zach e afastou-se. – Você passou por um número suficiente de fisioterapeutas diferentes, e já falou com médicos o bastante também. Sabe o que precisa fazer e o que não quer fazer. Você é um empresário. Elabore um plano para trabalharmos até você jogar as muletas fora.

Por um minuto, Zach ficou sem saber o que dizer. Desde o acidente, ninguém lhe perguntara o que ele queria. Todos apenas diziam o que ele precisava fazer. O pensamento de, finalmente, ter espaço para direcionar sua própria recuperação foi quase o suficiente para que ele tivesse um pouco de esperança.

Quase.

– Então está me dizendo – Zach começou, enquanto se sentava – que se eu lhe disser exatamente como gostaria que fossem as sessões de fisioterapia, você fará como eu quero?

Alex sorriu maliciosamente.

– Dentro do bom senso, sim. Se me disser que só quer que eu venha dois dias por semana para sessões de trinta minutos, não vou concordar. Mas se desejar participar ativamente de sua recuperação e quiser apresentar um plano que o motive a fazer as coisas que você sabe que precisa fazer, então, garanto que estarei ao seu lado quando se livrar das muletas.

Zach o olhou com cautela.

– Você não pode fazer esse tipo de promessa.

– Acho que posso. – Alex deu um passo para trás, afastando-se de Zach, e começou a andar casualmente pelo quarto. – Olha só, eu estudei sua ficha com atenção. Você teve uma lesão espinhal traumática, que foi agravada pelos vários ossos quebrados e também pelas lesões internas. Já conseguiu uma recuperação impressionante em termos de amplitude de movimentos. O problema é que ainda tem alguns focos de inchaço e os músculos estão flácidos por não estarem sendo utilizados. É por isso que se sente fraco. É por isso que tem tanta dor durante as sessões, porque estamos tentando fazer com que esses músculos se recuperem.

– Não entendo o motivo para sentir tanta dor – Zach reconheceu. – Eu tinha uma excelente forma física no momento do acidente, e não faz tanto tempo assim. Por que está sendo tão difícil? Você deve achar que isso não é nada de mais.

– Zach, você conquistou aquela excelente forma física da noite para o dia?

– Bem, não. Quer dizer, sempre fui um garoto atlético e cresci fazendo esportes. Foi um processo natural para mim.

– Ok, isso é ótimo, mas você não treinava? Não levantava pesos?

– Claro.

– Precisa pensar nisso como se estivesse começando tudo de novo. É uma droga e vai doer, mas sabe qual será o resultado final. Confie em mim. Vamos pensar juntos em uma lista de exercícios. Se algum exercício machucar, ou se você não entender por que estamos fazendo alguma coisa, me fala. Não estou aqui para torturar você. Acredite ou não, quero que se levante, ande, corra e até que suba outra montanha. Quero isso tanto quanto você!

De alguma forma, Zach não acreditava.

– Eu não acho que seja possível.

– Você também é assim pessimista e inseguro nos negócios? – Alex perguntou, com braços cruzados diante do peito.

– Não, não – Zach disse com firmeza.

– Então, por que está agindo assim agora?

– Sinceramente?

– Não espero nada menos do que isso – Alex respondeu, assentindo com a cabeça.

– Durante toda a minha vida, as coisas sempre foram muito fáceis. Mas isso? Isso não é nada fácil. – Ele fez uma pausa por um momento. – Sei que a queda não foi minha culpa. E sei que foi uma série de circunstâncias infelizes que resultaram essa situação. Mas odeio ter de contar com a ajuda de tanta gente para realizar minhas tarefas diárias básicas.

– Qualquer um em sua situação odiaria.

Zach sacudiu a cabeça.

– É mais do que isso. Odeio veementemente que qualquer um me veja em uma situação de vulnerabilidade. E sempre que alguém testemunha isso, preciso que vá embora. Não consigo suportar olhar para aquela pessoa e saber que ela sente pena de mim.

– Por isso a enorme rotatividade de fisioterapeutas – concluiu Alex.

– Sim. No fundo, sei que é contraproducente e que não faz sentido, mas não consigo evitar. Mantenho minha família longe exatamente porque não quero que me vejam assim. Cheguei a mandar minha própria mãe embora do hospital. – Zach bufou com desgosto. – Quero dizer, quem faz isso?

– Um cara que está lutando para superar o maior desafio da sua vida.

Zach achou surpreendente a franqueza de Alex, e, ainda assim, aquilo, de certa forma, o deixava mais confortável. Sentiu que Alex estava realmente ouvindo o que ele dizia sem julgar, ou, melhor, sem sentir pena.

– É... pode ser. Mas acho que a maioria das pessoas seria um pouco mais... receptiva a ter pessoas por perto, especialmente a própria família. Eu sei que eles me amam e que estão preocupados comigo. Sei que querem me ajudar. Mas é muito difícil aceitar ajuda deles porque nunca precisei disso antes.

– Isso é orgulho.

Zach olhou para Alex.

– Não é...

– Orgulho – o fisioterapeuta reiterou. – Normalmente, eu diria que um pouco de orgulho é bom. Mas agora? Nessa situação? – Ele balançou a cabeça. – Você está apenas se machucando e estragando as chances de conseguir uma recuperação completa.

– Então... o que eu deveria fazer? Abrir a porta e deixar todo mundo que conheço vir aqui e bancar a babá? Deixar que todos me vejam lutando para andar, me mover ou me vestir? Por que não colocar algumas barras nas portas e me tratar como uma aberração em uma gaiola? Eu poderia cobrar ingresso.

– Qual é o seu ramo de negócios? Entretenimento?

A expressão no rosto de Zach demonstrava que ele tinha ficado confuso.

– O quê? Não! Por quê?

– Porque a sua imaginação é muito fértil! – Alex riu. – Acha mesmo que sua família e seus amigos iriam se divertir com as suas dificuldades?

– Tenho certeza de que algumas pessoas se divertiriam, sim.

– Poderia haver algumas com razões para isso – Alex disse –, mas eu acho que as pessoas que realmente se importam com você não sentiriam nenhum prazer em vê-lo nessa situação.

Novamente, Zach não tinha tanta certeza.

– Então... o que nós temos de fazer?

Alex abriu um largo sorriso.

– Para começar, preciso conhecer sua agenda. Acho que era sua assistente que estava aqui antes, certo?

– Gabriella. Meu pai achou que seria útil eu começar a trabalhar novamente e mandou ela vir aqui para me ajudar a voltar a participar das coisas.

– Pela falta de entusiasmo em sua voz, eu diria que você não está exatamente feliz com isso.

– Esse é o eufemismo do ano!

Alex suspirou e pensou por um minuto antes de fazer sua proposta.

– Podemos trabalhar de duas maneiras: podemos fazer suas sessões nos dias úteis, uma de manhã e outra à tarde...

– Não seria um problema para você?

Com um encolher de ombros, Alex disse:

– É o meu trabalho. Não me importo em nada.

– E qual é a segunda opção?

– Eu falo com seu pai e digo a ele que você precisa concentrar todo o seu tempo e a sua energia em sua reabilitação, e que ter sua assistente aqui, forçando você a trabalhar, está dificultando o seu progresso.

– Então, você mentiria para ele? – Zach perguntou com um pouco de sarcasmo.

– Ah, então é uma mentira? – Alex provocou.

Droga. Zach percebeu que Alex tinha conseguido pegá-lo no pulo ao admitir que ter Gabriella por perto e voltar ao trabalho não era o que estava impedindo sua recuperação.

Mas, surpreendentemente, Alex não o pressionou.

– Se for necessário para você se comprometer com a sua recuperação, então eu faria isso.

A ideia era mais do que atraente para Zach. Ele se livraria de Gabriella sem ficar de vilão, e sua família o deixaria em paz, porque ele estaria, finalmente, comprometido com a sua recuperação. Ganharia com a situação, não importava por qual ângulo a observasse.

Você é um covarde.

Oh, sim, esse era o ponto. De vez em quando, a consciência de Zach resolvia aparecer e dizer que ele estava morrendo de medo. Zach gostaria de mandá-la ficar quieta e ir embora, mas sabia que havia muita verdade naquilo. Gabriella, em si, não era o problema, mas era, sem dúvida, uma distração. Uma distração bonita e *sexy*. Ele gemeu.

– Você está com dor? Tem alguma coisa começando a incomodar? – Alex perguntou, dando um passo à frente.

– Não. Apenas estava pensando em… – Zach suspirou - ... em tudo.

– Ah. Como eu disse, podemos lidar com isso do jeito que você preferir. Quero personalizar o nosso tempo juntos para que seja o mais benéfico possível para você.

Seria muito fácil colocar o fisioterapeuta para correr dali e ficar livre para lidar com a própria reabilitação física do seu jeito e no seu próprio tempo. Alex parecia ser um cara bastante decente, e Zach sentiu que seriam capazes de trabalhar juntos sem muito confronto. Mas era realmente isso o que ele queria? Trabalhar com Gabriella e envolver-se com a empresa novamente, até certo ponto, tinha servido para revigorá-lo. Seria mesmo possível recuar e deixar Ethan assumir para depois pedir-lhe seu cargo de volta, quando estivesse pronto para voltar a trabalhar? Simplesmente, não parecia justo.

Aquela situação não era nada fácil. A única coisa que se destacava como uma necessidade clara era não ter Gabriella tão perto. Assim como era claro que nunca haveria nada entre eles, não importando quanto ele fantasiasse. Zach tinha de afastá-la pelo bem de sua própria sanidade, para conseguir paz de espírito.

Zach observou Alex por um longo momento.

– Normalmente, sei avaliar bem as pessoas – começou ele. – Não me faça me arrepender de ter confiado em você.

Alex sorriu e tirou o iPad da bolsa.

– Vamos começar a trabalhar para que você possa voltar a escalar montanhas em breve.

•

Duas horas depois, Gabriella estava de volta. Ela viu o carro de Alex ainda parado na entrada da garagem, então, ocupou-se em organizar a próxima rodada de contratos e arquivos que apresentaria para a aprovação de Zach, bem como o vídeo do espaço proposto para o novo escritório. Quando terminou essa tarefa, aproveitou para organizar rapidamente a sala de estar e a cozinha e para tirar o lixo. Como Alex e Zach não voltavam, Gabriella acomodou-se e começou a responder seus e-mails.

Alex entrou na sala vinte minutos depois.

– Tivemos uma sessão excelente – ele disse.

– Isso é maravilhoso. Como acha que ele está evoluindo? – ela perguntou, preocupada por seu tom.

– Acho que ele ainda tem um longo caminho a percorrer, mas se continuar conforme traçamos hoje, vai começar a ver uma grande melhora relativamente rápido.

Gabriella arregalou os olhos.

– Sério? Como pode ter tanta certeza?

– Trabalho com isso já há bastante tempo, então, posso dizer que muito da recuperação do paciente tem a ver com sua atitude. Zach e eu passamos grande parte de nossa sessão hoje apenas conversando e nos conhecendo. Agora sei de suas expectativas e ele sabe das minhas. Estamos prontos para começar.

Gabriella quase começou a chorar de alívio e surpresa, e teve de enxugar uma lágrima que acabou escorrendo.

– Então... então, como vai funcionar? Quantas vezes você estará aqui? Existe alguma coisa que eu possa fazer para ajudar?

– Duas vezes por dia, para começar. Zach pediu que eu fosse sua primeira atividade pela manhã, então a sessão não deve interferir no seu horário de trabalho. Depois, voltarei mais para o fim da tarde, quando você estiver se preparando para ir embora. Dessa forma, cada um de nós pode se concentrar no que tem para fazer aqui.

– Eu... eu simplesmente não posso acreditar que ele realmente concordou com isso. Todo mundo estava esperando e rezando para que ele se envolvesse, mas... – Gabriella não pôde esconder sua animação, que saiu na forma de uma risadinha. – Você é uma espécie de milagreiro!

– Bem... não fique tão animada ainda. Acho que estamos começando bem, mas é preciso estar preparado para dias bons e para dias ruins. Pode haver momentos em que você apareça aqui, depois que tivermos feito uma sessão intensa, e ele esteja exausto demais para trabalhar, ou talvez eu precise vir mais cedo à tarde e acabe interrompendo seu dia de trabalho. Você fica confortável com isso?

– Claro! Pode contar comigo para o que for preciso para garantir que Zach se recupere e volte a ser feliz. Se houver algo que eu possa fazer para ajudar no processo, só precisa me informar.

– Apenas seja paciente com ele – Alex disse, pedindo licença para ir guardar seu equipamento no carro.

Gabriella estava positivamente atordoada. Estava tão feliz, que sabia que era preciso voltar a um estado mais neutro antes de Zach entrar na sala. Ela não queria pressioná-lo ou dar-lhe a oportunidade de questionar sua curiosidade sobre sua sessão com Alex. Então, Gabriella entrou na cozinha, serviu-se de um copo de água e colocou outro para Zach na mesa de centro.

Quando se virou, Alex estava bem atrás dela.

– Oh! Não ouvi você voltar – ela disse, assustada, com a mão no peito.

– Desculpe – disse Alex, colocando a mão no bolso para entregar-lhe seu cartão de visita. – Aqui está meu número. Se tiver dúvidas ou preocupações, não hesite em me ligar.

– Obrigada. – Ela pegou o cartão das mãos dele, mas não tinha um bolso para guardá-lo. – Agradeço por me passar seu contato. Quero ter certeza de que estou ajudando da maneira que puder.

– Zach tem sorte de ter você. – Alex sorriu para Gabriella.

– Que bonitinhos! – Zach disse enquanto entrava, lentamente, na sala, auxiliado por suas muletas. – Acredito que esteja sendo paga para trabalhar, Gabriella, não para ficar flertando com o meu terapeuta.

– Zach... sério, cara... – Alex o interrompeu.

– Está tudo bem. – Gabriella sorriu para Alex. – Obrigada pelo seu tempo. – Ela virou-se e caminhou até a bolsa para guardar o cartão de visita e manteve-se ocupada até ouvir a porta da frente se fechar. Lentamente, contando até dez, ela esperou antes de se virar e encarar Zach, fingindo que ele não acabava de insultá-la na frente de Alex. – O que gostaria de ver primeiro: o vídeo do espaço para o novo escritório ou o resto dos contratos que devemos passar para o jurídico?

Zach olhou para ela, enquanto caminhava rumo ao sofá. Ao se sentar, olhou para tudo o que ela havia organizado e pegou uma pasta.

– Vamos começar pelos contratos, para que você possa obter as revisões do departamento jurídico o mais rapidamente possível.

Cautelosamente, Gabriella sentou-se e logo entrou no seu ritmo de trabalho. Toda vez que Zach lia uma parte do contrato em silêncio, não podia evitar que sua mente vagasse. Por que ele não podia ser assim o tempo todo? Havia alguma coisa que pudesse fazer para ajudá-lo a... relaxar? Relaxar e deixá-la um pouquinho em paz?

Se ela pudesse apenas descobrir o que havia de errado com ele ou qual era o problema dele com ela, faria tudo o que estivesse ao seu alcance para que voltassem a ter o relacionamento que uma vez tiveram. Ela sentia falta do velho Zach. Houve um tempo em que Gabriella sentia vontade de ir para o escritório, mas, agora, normalmente sentia um pouco de medo, de pavor. Embora fosse verdade que adorava o que fazia e que era muito boa nisso, Zach tinha uma maneira de sugar toda a sua alegria e fazê-la se sentir como se não fosse boa o suficiente.

Mais ou menos da mesma maneira como era tratada todo o tempo por sua própria família. E aquilo estava, realmente, começando a irritá-la.

Gabriella sabia que era uma boa pessoa e uma boa funcionária. Merecia ser reconhecida como tal. Esse sentimento estava crescendo dentro dela fazia algum tempo, mas talvez não fosse o momento certo para colocar Zach contra a parede. A verdade é que nunca haveria um bom momento. Seria muito doloroso e, no fim, um deles sairia machucado.

E tinha a sensação de que seria ela.

– Gabriella?

Ela olhou para cima e encontrou Zach observando-a.

– Desculpe… o que foi?

– Eu estava apontando esta cláusula no artigo quatro. Quero que mude os termos para "sessenta líquidos" e, em seguida, no parágrafo C, peça para alterarem a redação de forma a incorporar todas as divisões da Montgomerys.

– Incluindo a Costa Leste? – ela perguntou.

– Sim.

Terminaram de trabalhar aquele contrato e os outros dois que Gabriella tinha levado, e ela, rapidamente, os colocou de lado e configurou o vídeo para Zach poder assistir.

– Se concordar, gostaria de deixá-lo assistindo essa gravação enquanto ligo para o escritório e passo seus comentários. Eu mesma gravei o vídeo e fiz a narração. Acho que considerei todas as suas perguntas e preocupações, então, estou falando durante todo o vídeo. – Ela deu um meio sorriso. – Desculpe.

Zach não pôde deixar de rir.

– Tenho certeza de que vou sobreviver. Estou acostumado a trabalhar com você e a ouvir você falar o tempo todo, Gabriella. Não vai ser nenhuma novidade.

Era, possivelmente, a declaração mais longa e mais agradável que ele lhe fizera desde que sofrera o acidente. Aquilo aqueceu seu coração, mas ela rapidamente virou-se para que ele não notasse quanto suas palavras lhe haviam agradado.

Os dois trabalhavam separadamente: Gabriella falava ao telefone com o escritório e Zach assistia ao vídeo e tomava notas. Assim que ela desligou o telefone, ele a chamou.

– Acho que o espaço parece bom. É muito semelhante ao que já temos no andar de cima, e espero que no próximo ano possamos nos mudar para um prédio nosso.

– Sério? Tão cedo?

Ele assentiu.

– Está na hora. – Zach folheava suas anotações, expressando as questões a Gabriella, que tomava suas próprias notas. – Se puder dar início a isso e pedir à administração um modelo de contrato, já podemos começar a organizar a entrega dos móveis e o trabalho da decoradora.

– Muito bom. Vou ligar para eles agora, e espero conseguir pegar o contrato amanhã de manhã, quando estiver vindo para cá.

– Por que você não trabalha no escritório amanhã? Seria bom ver como Carolyn está se saindo e certificar-se de que tudo está indo bem.

E lá vamos nós novamente.

– Mantenho contato com Carolyn. Com Ethan. E com Summer. Está tudo bem, Zach. Meu trabalho é com você, não com o resto da empresa.

– Quando eu não estou lá, você precisa estar – ele disse, já um pouco irritado.

– Ok. Olha só – ela disse, expressando seu próprio aborrecimento mais do que óbvio –, houve um tempo em que realmente gostávamos de trabalhar juntos. Não me interprete mal, ainda trabalhamos bem juntos, mas já estou cansada dessa sua... atitude.

– Minha... atitude? – Ele a imitou.

– E da sua arrogância – ela acrescentou, respirando fundo e esperando pelas consequências de suas palavras.

– Só para ficar claro – Zach disse, enquanto se endireitava no sofá e apoiava os cotovelos sobre os joelhos. – Eu sou o chefe e você é minha funcionária, certo?

Gabriella assentiu com a cabeça.

– Sim, mas...

– Uh-uh. Você começou essa discussão, e acho justo que eu possa dar a minha opinião.

Ela revirou os olhos.

– Eu não comecei nada. Foi você quem começou... anos atrás. E eu, finalmente, gostaria de saber o motivo! Gostaria de saber o que fiz para você me tratar como... como se eu fosse incompetente!

– Eu nunca disse...

– E nem precisou dizer! Está em seu tom de voz, em sua atitude... todos os dias! – ela gritou. – Não importa o que eu faça ou o quanto eu faça bem, você sempre encontra algum problema. Se me acha tão ruim, por que não me demite? Por que não me manda embora?

– E por que você não se demite se esse emprego a faz tão infeliz? – ele questionou.

– Eu perguntei primeiro!

Zach soltou uma gargalhada, não pôde evitar. O fato de Gabriella ser tão perfeccionista era cômico.

– Você não é incompetente, Gabriella, e nunca achei que fosse.

– Bem, não é o que parece. – Ela levantou-se e começou a andar. – Vamos ver os últimos dois dias. Eu estive aqui, me esforçando ao máximo para que você possa recuperar as coisas que perdeu nos últimos meses e certificando-me de que consiga manter sua posição, mas você está agradecido? Não! Você tem tentado se livrar de mim e me trata como se eu fosse algum tipo de incômodo e precisasse voltar para trás de uma mesa para ficar atendendo telefonemas, porque não sou necessária aqui!

– Porque você não é! – ele gritou de volta. – Eu estava lidando com as coisas muito bem antes de você aparecer, e vou lidar com tudo muito bem se você continuar trabalhando no escritório!

– Ah, é mesmo? – ela perguntou, sarcasticamente. – E como eu faço com os contratos que precisam da sua assinatura?

– Há muitas coisas de trabalho que eu faço sem você ter de segurar a minha mão – Zach disse defensivamente.

– Poderia ter me enganado – ela murmurou.

Zach passou a mão no cabelo, irritado:

– O que você quer de mim?

– Eu quero saber... o que mudou? O que eu fiz de tão errado para continuar sendo punida?

Você é uma distração. Você disse que eu não era nada para você. Que eu era seu chefe e nada mais.

– Eu não gostei da fofoca que rolou no escritório – ele respondeu, beligerante. – Estávamos passando muito tempo juntos e não queria que ninguém pensasse que eu estava envolvido com você.

Era verdade. Embora, apenas parte dela.

– Mas... mas você e eu sabemos separar as coisas, Zach. Não precisava chegar a esse extremo comigo. Eu mereço mais do que isso.

– Eu não vejo dessa maneira – ele disse, suavemente. – Você é minha assistente. Não merece qualquer tipo de tratamento especial para fazer o seu trabalho.

Se ele a tivesse chutado, teria doído menos.

– Dou tudo de mim nesse trabalho. Não estou pedindo tratamento especial, estou pedindo um pouco de gentileza. Um sorriso. Um agradecimento que não pareça estar te matando para dizer.

– Não concordo com você. Apenas preciso que faça o seu trabalho. É cansativo tentar elogiá-la tanto quanto você parece precisar. – Ele deu de ombros. – Isso não vai acontecer. Você me conhece e sabe como trabalho, Gabs. Não fico por aí elogiando ninguém por nada. Está sendo paga para fazer o seu trabalho e isso deve ser o suficiente. Então, realmente, a bola está com você... Pode ficar e parar de me encher o saco ou pode pedir para sair.

Gabriella mal podia respirar. Nunca poderia imaginar que Zach fosse dizer aquelas coisas para ela. Ele andava de péssimo humor e sendo bastante grosseiro, mas aquilo? Aquilo já era demais. Ela sentiu a garganta apertar e os olhos arderem, mas manteve-se firme e forte, dentro do possível.

– Como ousa falar assim comigo? Não estou procurando nenhum tipo de aprovação ou um parabéns. Estou falando de simples decência humana. Não te mataria apenas dizer um obrigado de vez em quando – ela disse, com os dentes cerrados, enquanto se aproximava dele. Ela parou quando estava a apenas três pés de distância de Zach e curvou-se ligeiramente, para se certificar de que pudesse ver seus olhos. – Eu costumava ter respeito por você. Costumava admirá-lo. Mas agora? Olhe para você. Você é uma tristeza, é cruel. Qualquer elogio vindo de você, agora, seria inútil.

Ela rapidamente se virou, pegou os arquivos e o *tablet* e os colocou na bolsa. Ao pendurá-la no ombro, virou-se para encarar Zach mais uma vez.

– Você costumava ser o tipo de homem que os homens admiram e as mulheres desejam. Admito que já te achei atraente em um dado momento. Mas não mais. Dê uma boa olhada no espelho e veja o homem que você se tornou. É totalmente ridículo.

E então ela se foi.

Capítulo 4

– Eu desisto.

– Por quê? O que aconteceu?

Sentada ao lado de William, Gabriella passou uma mão trêmula pelo cabelo. Como poderia explicar? Era algo óbvio para todos que estiveram próximos de Zach desde o acidente.

– Pensei que fosse dar conta, mas as coisas entre nós são muito… voláteis. – Ela olhou para William e desejou que seus batimentos cardíacos se acalmassem. – Não vou mais trabalhar para ele. Eu mereço mais do que ficar o dia todo ouvindo ataques verbais.

William inclinou-se para a frente em sua mesa, seu cenho franzido, preocupado.

– Está bem, vamos lá – ele disse calmamente. – Por que não me conta o que aconteceu?

Por onde começar? Tomando um momento para se recompor – fazia apenas trinta minutos desde que saíra da casa de Zach –, Gabriella respirou fundo e soltou o ar lentamente. Com riqueza de detalhes, ela compartilhou com William exatamente como havia sido o dia e todas as coisas que haviam dito um ao outro.

– Estou tão envergonhada de mim mesma – ela disse, quando terminou o relato. – Sei tudo o que ele está passando e eu… eu não aguentei.

– Eu diria que você se saiu muito bem para o tanto que foi provocada. – William suspirou. – Eu, realmente, não gostaria que você desistisse,

Gabriella, mas também não acho que voltar para a casa de Zach seja a coisa certa a fazer.

Ela sentiu um enorme alívio.

– Em geral, eu não fujo das coisas, e odeio que seja assim dessa vez.

– Você não está fugindo, minha querida. Aguentou Zach mais do que qualquer um de nós. Acho que merece os parabéns.

Um leve sorriso cruzou seu rosto.

– É que... Estávamos avançando tão bem com o trabalho. Talvez fosse melhor que Carolyn fosse até a casa dele levar o trabalho pela manhã, e depois, na parte da tarde, fosse buscar. Dessa forma, ele poderia trabalhar sozinho. Como sempre quis.

– Pode ser o que ele quer, mas não é do que ele precisa – William disse, cautelosamente, recostando-se em sua cadeira. – Eu, honestamente, não achei que Zach iria tão longe. É inaceitável.

– Por favor, William... Senhor Montgomery, não tome nenhuma atitude drástica. Zach tem suas razões para estar com raiva agora. Eu apenas fui o saco de pancadas conveniente.

William negou com veemência.

– Não, não aceito isso. Ele é um homem adulto e deve saber como controlar suas emoções. Demos a ele a oportunidade de fazer a coisa certa e, em vez disso, ele usou essa chance para agredi-la. Não posso tolerar isso.

William pegou o telefone e ligou para o irmão, pedindo-lhe que se juntasse aos dois para resolverem a situação.

Gabriella sentiu um forte frio na barriga. Realmente, não era seu objetivo criar nenhum tipo de problema para Zach. Ela só precisava respirar.

– Está acontecendo alguma coisa? – Robert Montgomery perguntou ao entrar na sala e perceber a tensão entre William e Gabriella. – Algum problema?

William contou toda a história para o irmão, que se sentou ao lado de Gabriella.

– Robert, sei que é seu filho, mas o que ele fez é imperdoável. Não permitirei que se comporte dessa maneira com nossos funcionários.

Oferecemos a ele uma chance e ele simplesmente a jogou fora. Precisamos resolver a papelada para que Ethan assuma como CEO até novo aviso.

Robert suspirou alto e amaldiçoou em voz baixa.

– Eu sinceramente esperava que não chegasse a esse ponto.

– Acredite em mim – disse William –, foi exatamente assim que me senti. Mas não podemos tolerar esse tipo de comportamento. Gabriella foi gentil o suficiente para ir lá e tentar ajudá-lo e ele ignorou esse fato.

– Ele aceitou um novo fisioterapeuta – comentou Gabriella, tentando aliviar o clima tenso. – Seu nome é Alex, e eles passaram muito tempo juntos hoje, conversando e trabalhando em um cronograma para manter Zach engajado no tratamento. Alex parece acreditar que vão conseguir bons resultados em breve.

– Bem, pelo menos isso já é alguma coisa – disse Robert. – Talvez o tenhamos pressionado demais. Talvez não devêssemos tê-lo feito aceitar as duas coisas ao mesmo tempo. Sua saúde deve vir primeiro. Sei que Ethan não quer passar por cima de Zach e, além disso, ele já está um pouco sobrecarregado com tudo o que temos passado para ele, mas vai ter de assumir mais essa função.

William assentiu com a cabeça.

– Você quer falar com Zach em particular? – ele perguntou ao irmão. – Eu posso falar com Ethan e com nossos advogados para começarmos a cuidar de toda a papelada.

O coração de Gabriella se quebrou. Tudo o que ela queria fazer era ajudar Zach. Aquele maldito grosseiro!

– Eu… eu sinto muito por ter decepcionado vocês. Sinto-me péssima.

Os dois homens olhavam-na como se ela estivesse dizendo alguma insanidade.

– Decepcionar? – perguntou Robert. – Gabriella, você parece ter sido a única que conseguiu algum avanço com meu filho. Nos dois dias em que esteve lá, conseguiu mais do que qualquer um de nós. E estamos tentando há dois meses! Nós é que sentimos por ter decepcionado você.

– Como? Do que estão falando?

– Nós a colocamos lá e tudo isso aconteceu. Honestamente, acreditávamos que seria uma boa coisa. Nenhum de nós esperava que Zach se comportasse de modo tão abominável. Você nunca deveria ter tido de passar por uma situação como essa – William disse, balançando a cabeça. – Espero que possa nos perdoar.

– Não há nada a perdoar. Na verdade, fui eu que me ofereci para ir lá depois de termos tido uma pequena discussão. Achei que poderia ajudar. – Gabriella encolheu os ombros. – No final das contas, deixei as coisas ainda piores para ele.

– Ele fez isso sozinho – disse Robert, triste, quando se levantou da cadeira. – Se vocês dois me derem licença, preciso descobrir como vou falar disso com ele.

Gabriella observou como Robert saía pela porta e sentiu-se ainda pior do que antes. Voltando-se para William, sentiu lágrimas se formarem em seus olhos.

– Fui eu que causei isso. A culpa é minha.

– Gabriella, precisa parar de se culpar! Zach levou você ao limite. Ele sabe melhor do que ninguém como fazer isso, especialmente com uma mulher.

– Mas... o olhar no rosto de Robert – ela disse, segurando o choro. – Zach é filho dele. Não importa o que aconteça, sempre estaremos falando do seu filho. E por minha causa, ele vai ter de dar essa horrível notícia para o filho.

William sacudiu a cabeça.

– Zach sabia as regras do jogo. Ele precisava fazer as sessões de fisioterapia e trabalhar. Deveria ter entendido, implicitamente, que abusar verbalmente de sua assistente não seria aceitável.

– Antes era... – ela murmurou.

William estendeu a mão para Gabriella e sorriu quando ela a pegou.

– Nenhum de nós imaginava que as coisas fossem sair do controle dessa maneira. Se tivéssemos imaginado, teríamos colocado um ponto final para ele já há muito tempo. Eu sinto muito. Dê-me alguns dias e vamos encontrar outro cargo para você dentro da empresa. Qualquer cargo que deseje assumir, em qualquer lugar. Se quiser ir embora de

Portland, pagaremos todas as despesas de deslocamento. É só dizer, Gabriella, e o cargo é seu.

Foi tentador, tão tentador que ela quase aceitou a oferta, mas talvez a melhor opção fosse afastar-se completamente da Montgomerys, procurar outros caminhos. Gabriella sempre quis um negócio próprio, sempre imaginou-se dirigindo uma agência de treinamento para assistentes executivos, assim como ela. Uma empresa em que poderia treinar seus candidatos em todos os aspectos, contando com as habilidades que tinha aprimorado ao longo dos anos, para que fossem excelentes assistentes executivos. Era um sonho pequeno, mas, se recebesse um empurrãozinho, talvez não fosse uma má ideia. No entanto, sem o apoio para iniciar sua própria empresa, se tivesse de tomar uma decisão naquele momento, pediria para ser transferida para o outro lado do país, para que nunca mais tivesse de ver Zach.

Contudo, o pensamento de nunca mais voltar a vê-lo fez seu coração doer ainda mais.

– Vou pensar em sua proposta, senhor Montgomery – ela disse, calmamente. – Eu gostava muito de trabalhar aqui neste escritório, mas tenho certeza que Ethan vai querer seu assistente com ele.

– Vou conversar com ele sobre isso. Tire os próximos dias de folga para se recuperar, se quiser. Até o final da semana, segunda-feira, o mais tardar, entro em contato com você.

– Obrigada. – Ela apertou a mão de William e sorriu antes de deixar seu escritório.

Já era tarde, e por isso Gabriella não se sentia mal em, simplesmente, ir para casa. Ela caminhou até sua mesa, pegou todos os arquivos e os entregou a Carolyn, juntamente com instruções sobre o que ela precisava para acompanhar a evolução do trabalho no dia seguinte, sem mencionar sua situação com Zach ou sua possível mudança de cargo.

– Ei! Está indo embora? – Ethan perguntou ao sair de seu escritório, com um grande sorriso no rosto. – Eu estava esperando uma chance para falar com você.

Apesar de não ser o que ela queria, pediu-lhe apenas um minuto para terminar com Carolyn, dizendo que, em seguida, iria ao seu escritório. Ethan era um bom amigo e colega de trabalho, mas também era o melhor amigo de Zach, o que a deixava em dúvida se poderiam ter uma conversa razoável. Ela voltou a falar com Carolyn.

– Você terá de fazer a maioria dessas ligações hoje, antes de ir embora, para colocar a bola em jogo – disse Gabriella à sua assistente. – Todos os números estão aqui nestes arquivos.

Com um sorriso e uma palavra de agradecimento, Gabriella pegou suas coisas e caminhou até o escritório de Ethan.

– Entre – ele disse quando ela bateu à porta. – Sente-se, sente-se. Diga-me como vão as coisas na toca da onça.

– Toca da onça? – ela repetiu, com uma risada.

– Você sabe, é como se Zach estivesse vivendo em uma caverna ou algo assim, e agora até deixou a aparência ficar combinando com isso. Logo teremos de nos certificar se ele ainda sabe usar os talheres para comer. – Ethan deu risada da própria piada.

Gabriella tentou rir com ele, mas não conseguiu. Ethan imediatamente ficou sério.

– Hmmm... Pode se abrir comigo. O que está acontecendo?

Gabriella já estava cansada de falar sobre aquilo, pois cada vez que o fazia se sentia ainda mais culpada por suas palavras de despedida para Zach, independente de quanto elas fossem merecidas.

– Então, agora William quer que eu tire alguns dias de folga e decida para onde quero ir e... – Ela hesitou. – E acho que Robert vai falar com Zach. – Gabriella colocou uma mão sobre a boca. – Acho que eu não deveria nem estar falando sobre isso, porque a situação também afeta você.

Ethan meneou.

– Por favor, eu sabia que isso acabaria acontecendo. Zach tem de chegar no fundo do poço antes de conseguir começar a agir. Só que eu, sinceramente, achei que ele já tivesse chegado lá. – Ele suspirou. – Agora sei que eu estava errado.

– Não é possível. Você é muito bonito para estar errado.

Ambos se viraram para ver a noiva de Ethan, Summer Montgomery, entrar no escritório com um grande sorriso no rosto e quase saltitante.

Gabriella observou como os olhos de Summer se iluminavam ao olhar para Ethan. Se ela não gostasse tanto dos dois, teria começado a odiá-los naquele momento.

Ethan puxou Summer para sentar-se em seu colo, beijou-a intensamente, e depois começou a contar sobre o que estavam conversando.

– Gabriella chegou ao seu limite. Até ela só durou dois dias com Zach.

– Oh, meu Deus. Sinto muito, Gabriella – disse Summer à amiga.

– Eu também – disse Ethan. – Não sei o que devemos fazer...

– Claro, entendo – disse Summer. – Isso significa que não podemos ir para a Carolina do Norte neste fim de semana, certo?

– Gente – Gabriella interrompeu Summer –, vocês ainda vão poder fazer tudo o que planejavam. Só que vão ter um pouco mais de funções. Sei que William me disse para tirar alguns dias de folga, mas posso ficar aqui para que vocês possam sair da cidade. Faço isso sem problemas.

– Não, acredito que você precise desse descanso mais do que nós, Gabs – disse Summer. – Zach é meu irmão, e lembre-se de que eu também tive de sair da cidade para conseguir me afastar dele. Eu sei exatamente o que você está sentindo.

Gabriella se lembrava. Quando Summer chegou à Montgomerys, Zach dificultou bastante a vida dela, e eles brigavam diariamente.

– Não me cairia nada mal um dia para aliviar a cabeça – admitiu Gabriella –, mas posso vir quinta e sexta-feira para ajudar a garantir que tudo esteja bem. – Ela olhou para Ethan. – Vou trabalhar com Carolyn e com sua assistente, Dawn. Pode ser o momento perfeito para eu treiná-la para o cargo de assistente do CEO.

– O quê? Por quê? – perguntou Summer.

Com um suspiro dramático, Gabriella olhou para a amiga.

– Summer, todos nós sabemos que Ethan vai assumir o comando da empresa, pelo menos temporariamente. E isso significa que ele precisará de Dawn ao lado dele. Há algumas coisas que eu faço e ela não tem conhecimento. Só estou dizendo que vou trabalhar com ela e que espero que isso facilite a transição.

– Bem, na verdade... – Summer começou, e então olhou de volta para Ethan.

Voltando-se para Gabriella, Ethan sorriu e disse:

– Bem, veja bem... Summer e eu pensamos, praticamente, em todos os cenários possíveis que essa situação poderia desenhar. Por mais que eu não queira ver Robert e William tirando Zach de seu posto, acho que ele precisa disso para se reerguer e voltar para a terra dos vivos. – Ao lado dele, Summer mal conseguiu conter uma risada. – De qualquer forma, conversamos sobre isso e decidimos que Dawn continuaria com Summer e você ficaria comigo. Isso é... se você quiser.

Gabriella ficou sem palavras. Ela olhou para os dois sem acreditar.

– Diga alguma coisa, Gabs – sussurrou Summer.

– Eu... eu não sei o que dizer. Nunca pensei que fosse ser assim.

– Você e Zach trabalham juntos há muito tempo. Se achar que ele tem condições de trabalhar em casa com você, tratando-a bem, retiro a proposta sem nenhum ressentimento. Sei que Dawn continuaria a trabalhar comigo, e também temos Carolyn. Além disso, tenho certeza de que seria possível conseguir alguém aqui, sem problemas. Não quero que se sinta pressionada. Apenas... pense a respeito, ok? – Ethan pediu.

– Pensarei. E... obrigada. Preciso ir. Foi um dia longo.

Rapidamente, Gabriella disse adeus para os dois e saiu do escritório a caminho do elevador. Foi apenas quando já estava lá dentro que finalmente se deixou relaxar.

E deixou, também, cair a primeira lágrima.

•

– Nós também podemos jogar pedra, papel e tesoura – Ethan sugeriu, com um sorriso, algo que ele instantaneamente lamentou ao ver a expressão fechada de Robert para ele. – Ou não.

– Isso não é um jogo, Ethan. Vamos ter de entrar lá e aguentar a nossa cota de grosserias depois de contarmos a Zach o que fizemos.

– Tecnicamente, ainda não fizemos nada. Os papéis não estão redigidos nem assinados, e ainda há uma esperança…

– Não. Eu estou mortificado pelo modo como ele tratou Gabriella. Não tenho dúvidas de que ele foi igualmente abusivo com todos os profissionais de saúde e fisioterapeutas que passaram por sua casa. Ele é meu filho e eu o amo, mas não posso aceitar isso. Não posso deixar que continue tratando as pessoas assim, e tenho medo de que, se eu não tomar uma atitude mais radical agora, essa passe a ser a sua forma de lidar com o mundo para o resto da vida.

Ethan sacudiu a cabeça.

– Acho que não. Zach está frustrado agora e está zangado com o mundo. Uma vez que comece a se sentir melhor, a conseguir se mover com mais segurança e a se reconhecer novamente, ele vai voltar a ser o homem que nós conhecemos.

– Mas não para Gabriella – disse Robert, com tristeza. – Não posso acreditar que ele jogou fora a assistente perfeita. Por que faria isso?

– Você quer a minha opinião honesta ou a politicamente correta?

Eles estavam sentados no carro de Robert, na entrada da casa de Zach, sem nenhuma vontade de descer.

– Você sabe que eu prezo a honestidade, Ethan.

– Conheci Zach desde pequeno. Sei como é o seu humor, sei do que ele gosta e do que não gosta. Eu sei o que o motiva. Ele tem uma queda pela Gabriella desde que a contratou.

– Como é que é?

Ethan assentiu com a cabeça.

– É verdade. Ele nunca mencionou isso, mas, como eu disse, conheço seu filho muito bem. Fomos a clubes e bares juntos vezes o suficiente para eu saber os sinais que o entregam. Fiquei um pouco surpreso quando ele a contratou mesmo sabendo que se sentia atraído por ela. Zach é contra se envolver com gente do escritório, mas ele sempre se manteve na linha. Nada impróprio aconteceu, mas… cara, ele foi pego pelo cupido.

– Acho difícil de acreditar. Zach nunca se apaixonou por ninguém.

– Confie em mim, podíamos estar discutindo sobre negociações de contrato ou clientes difíceis, mas era só a Gabriella entrar na sala que eu conseguia ver as estrelas nos olhos dele. – Ethan riu. – Durante um tempo, achei que ela também sentisse algo por ele, mas aí, um dia, alguma coisa aconteceu, e desde então eles vivem se alfinetando. Zach nunca falou sobre isso, não importa quanto eu o tenha cutucado.

– Estou atordoado – disse Robert, apoiando novamente a cabeça no encosto do banco. – Então... se eles tiveram algum tipo de desentendimento, por que ela continuou trabalhando na empresa?

– Essa é a parte estranha. Eu não acho que eles chegaram a ter uma discussão. Pelo menos, ela não discutiu com ele. O que quer que tenha acontecido, só o Zach sabe.

– Como pode ter certeza?

– Porque a Gabriella, assim como todos nós, ficava perplexa com o comportamento dele. Não acho que ela saiba a causa da mudança ou até onde pode ir. Se soubesse de que se trata, não acha que teria tentado consertar isso nessa oportunidade? A mulher é um maldito gênio em todos os aspectos do seu trabalho, e, ainda assim, aceita toda a grosseria do Zach e continua voltando... Isso não está certo.

– Bem, isso foi assim antes, mas, claramente, ela chegou ao limite.

– Eu não estaria tão convencido – Ethan disse, com um leve sorriso nos lábios.

– Do que está falando? – perguntou Robert. – E por que está sorrindo?

– Acho que se dermos alguns dias de descanso para os dois, eles vão se acalmar e voltar a trabalhar juntos antes de nos darmos conta.

– Mas... eu pensei que Gabriella fosse começar a trabalhar com você – Robert comentou, com uma expressão absolutamente confusa.

– Esse é o plano para agora, e é isso o que temos de contar para o Zach. – Ethan riu e concluiu: – Observe a reação dele quando dermos a notícia e depois me diga se notar algo... incomum em seu filho.

– Todas as reações de meu filho têm sido incomuns desde o acidente. É como se eu não o conhecesse mais.

Ethan colocou a mão sobre o ombro de Robert, tentando tranquilizá-lo.

– Dê ao seu filho um pouco mais de tempo. Acho que depois de hoje, finalmente, vamos começar a caminhar na direção certa. Eu só preciso que confie em mim e siga a minha liderança, Robert.

– Espere, sou eu quem vai dar a notícia do seu novo cargo... Como posso estar seguindo a sua liderança?

– Estou me referindo ao que envolve Gabriella. Fale tudo o que tem para falar e, então, entro na sequência para apresentar o meu plano para a empresa.

Os olhos de Robert se arregalaram.

– Planos? Que planos?

– Planos que, eu garanto, farão Zach voltar a liderar a empresa antes que a tinta do meu contrato como CEO interino seque.

Robert sacudiu a cabeça e riu.

– Sabe, você e o meu irmão deveriam trabalhar juntos. Vocês dois são muito sorrateiros! Meu Deus!

Ethan sorriu.

– Sim, mas conseguimos bons resultados!

•

Trinta minutos depois, Ethan recostou-se, desconfortavelmente. O ambiente estava silencioso – silencioso demais. Ele e Robert tinham, finalmente, ido à casa de Zach, e Robert tinha falado durante a maior parte do tempo. Ele compartilhou sua decepção com o comportamento de Zach em relação a Gabriella e ao fato de Zach colocar a empresa em risco por tratar um funcionário de maneira tão abusiva.

Zach não tentou dar desculpas nem se defender. Se Ethan tivesse que dar um palpite, diria que seu amigo sabia o que tinha feito e que não estava nada orgulhoso de suas ações. Não importava qual tinha sido o motivo. Ethan só queria que um deles dissesse alguma coisa. Qualquer coisa. O silêncio começava a assustá-lo.

Movendo-se em seu assento, Ethan entendeu que, se quisesse uma conversa, teria de iniciá-la.

– Sinto muito por isso, Zach – ele começou, com simpatia. – Sei que nada disso é o que você quer, e sei também que não é o que eu estava procurando. Infelizmente, temos muita coisa acontecendo na empresa e muitos planos que queremos que se concretizem no próximo ano. Se não nos movimentarmos, perderemos o impulso e algumas grandes oportunidades.

Zach olhou para o amigo.

– Dawn está pronta para entrar nessa com você? Ela não é a pessoa mais preparada que conhecemos.

Um sorriso implorou para cruzar o rosto de Ethan, mas ele manteve a expressão neutra.

– Dawn vai ficar com Summer – respondeu.

– Então, o que você vai fazer? Contratar um temporário? Uma equipe de temporários?

– Na verdade... Gabriella vai trabalhar comigo. Ela será minha agora. – Ethan sorriu com sua escolha de palavras. – Quero dizer... ela vai ser minha assistente agora.

Robert tossiu ao seu lado.

– Do que está falando? – Zach perguntou.

– Bem, considerando o que você fez e a situação em que se encontra atualmente, você não precisa dela. A única coisa que faz sentido no momento é ela ficar comigo.

Zach fechou os olhos e disse, com os dentes cerrados:

– Como assistente.

– Sim, claro. – Ethan inclinou-se para a frente, com uma expressão séria. – Estou pensando que ela poderia viajar comigo neste fim de semana até Seattle, e assim aproveitaríamos para... você sabe, nos conhecermos melhor. Quando estivermos de volta ao escritório, na segunda-feira, já vai parecer que trabalhamos juntos desde sempre.

– Pensei que Summer iria com você.

Ethan deu de ombros.

– Mudança de planos.

– E Summer, está de acordo com isso?

– Sim. Não há como continuar viajando juntos agora que um de nós precisará estar no escritório o tempo todo; então... – Ele deu de ombros novamente.

– Que diabos isso significa?

– Esta situação não é ideal para ninguém, Zach. Eu estava ansioso para passar uns dias no Leste, ver como vão as obras da casa e apenas ter um pouco de tempo a sós com Summer. Obviamente, isso não vai acontecer agora. Todos temos de fazer a nossa cota de sacrifício. Summer vai para a Carolina do Norte sozinha e eu... eu vou viajar com a Gabriella.

Ethan queria rir do olhar chocado no rosto de Zach.

– A trabalho – Zach rosnou. Depois resmungou: – Que seja...

– Talvez seja o melhor para todos – disse Robert. – Agora você pode se concentrar em recuperar sua força. Gab... Quero dizer, ouvi que seu novo fisioterapeuta já tem uma agenda específica para você. Você gosta dele?

Zach encolheu os ombros.

– Se ele fizer o que diz que pode fazer, então, sim. Mas não tenho grandes esperanças.

– Por que ele, então? – Ethan perguntou.

– Ele foi o primeiro fisioterapeuta que realmente conversou comigo, perguntou o que eu queria conseguir e como eu me sentia em relação à rotina que precisaríamos manter. – Zach fez uma pausa. – Ele falou comigo como... um homem. Não apenas como um paciente.

– Definitivamente, esse é um passo na direção certa – disse Robert, com um sorriso cruzando o rosto. – O que mais podemos fazer por você, filho? Qualquer coisa...

Zach abriu a boca e logo a fechou. Olhou para Ethan com uma raiva que não conseguia nem mesmo disfarçar.

– Robert, acredito que você possa ir embora – Ethan finalmente disse, sem tirar os olhos de Zach por um segundo sequer.

– Você veio comigo. Como vai voltar para casa?

– Eu pego o carro do Zach e devolvo amanhã. – Ethan esperou que Zach consentisse, e quando viu o leve aceno de cabeça do amigo, voltou sua atenção para Robert. – Quero ficar aqui mais um pouco.

Robert hesitou por um momento, mas levantou-se e desejou-lhes uma boa-noite ao sair. Ambos esperaram até que a porta estivesse fechada e ouviram o carro dar a partida.

– Você não se importa de me emprestar o Porsche, não é?

Uma risada sem graça foi a resposta imediata de Zach.

– Claro, não é como se eu pudesse dirigi-lo.

Ethan levantou-se e foi até a cozinha pegar uma cerveja para ambos. Quando voltou, entregou a bebida a Zach e perguntou:

– Ainda não está cansado?

– De quê?

– De ser um completo babaca. – Ele riu e tomou um gole da garrafa. – Sabe, eu me senti mal por você por um bom tempo. Sentia empatia e incentivava a todos para que lhe dessem tempo. Mas sabe de uma coisa?

– Não sei, mas tenho certeza de que você vai me contar.

– Todo esse joguinho idiota de "ai de mim" já cansou. Eu te conheço há muito tempo para acreditar que esse é o cara que você quer ser.

– Então você não sabe merda nenhuma.

Ethan recostou-se e encarou o amigo.

– Do que você tem medo?

– Eu? De nada. De absolutamente nada.

– Não me enrole. É insultante para nós dois.

Zach suspirou alto.

– Quer saber do que eu tenho medo? Que tal... de perder o emprego? De ser traído pelas costas pelo meu melhor amigo? De nunca ser capaz de andar novamente? Quero dizer, seguir em frente, Ethan!

– Ok, agora estamos chegando a algum lugar! – Ethan disse, relaxando em seu assento, com um sorriso no rosto. – Perder seu emprego? Não é muito provável. O cargo ainda é seu, cara. Estou apenas tendo de assumir algumas das tarefas que você não pode ou não quer fazer. E não gosto disso mais do que você, então pode parar de alegar que foi traído ou qualquer coisa do tipo.

– Eu não sei o que fazer, Ethan – Zach disse, cansado, depois de um longo momento de silêncio. – Estou fazendo exatamente o que meu pai pediu, estou me comprometendo com a fisioterapia e estou trabalhando. E não é suficiente.

– Você não estava se comprometendo com o trabalho e sabe disso. Eu não sei que droga aconteceu aqui ou por que, mas o que você fez para Gabriella não foi legal. Ela ficou muito abalada.

– Ah, é? Bem, ela está, obviamente, recuperada, já que se atirou pro seu escritório rapidinho para trabalhar e viajar com você.

Ethan riu alto.

– O que foi? O que aconteceu de tão engraçado?

– O que esperava que ela fizesse? Você percebe o que poderia ter acontecido aqui? – Ethan não esperou por uma resposta. – Ela poderia ter apresentado todos os tipos de acusações de assédio contra você e contra a empresa! Agora, não estou dizendo que ofereci a posição para mantê-la quieta. Definitivamente, não foi isso. Gabriella é absolutamente fantástica em seu trabalho. Uma em um milhão inteiro. Eu sei disso. Você também sabe. Eu seria um idiota se não a mantivesse na empresa.

– E essa história de viajar? – Zach questionou.

– Por que você está se fixando tanto na questão da viagem?

– Você está noivo da minha irmã! Não tem o direito de levar Gabriella com para lugar nenhum. Especialmente sozinho!

Ethan riu ainda mais.

– Droga, estou falando sério, Ethan! Não deveria viajar sozinho com Gabriella, e não posso acreditar que Summer concorde com isso.

– Summer e eu pensamos nisso tudo juntos. – Abaixando sua cerveja, Ethan inclinou-se para a frente, muito sério. – Deixe-me fazer uma pergunta: aconteceu alguma coisa entre você e Gabriella em qualquer viagem de negócios?

Um músculo na mandíbula de Zach saltou.

– Não.

– Então, por que tudo isso? E pode parar de dizer que é sobre a sua irmã, porque é mais do que isso.

– Não importa – Zach resmungou.

– Se não pode se abrir comigo, Zach, com quem você conversa? Eu sou seu melhor amigo, e é óbvio que há muito mais coisas envolvidas nisso. Vamos. Sempre falamos tudo um para o outro.

– Sério? Você me contou tudo sobre você e a minha irmã?

– *Touché* – Ethan disse e saudou Zach com sua garrafa de cerveja. – Tudo o que estou querendo dizer é que, às vezes, falar sobre nossos sentimentos ajuda.

Zach revirou os olhos.

– Nossa, que profundo. Você quer trançar meu cabelo enquanto falamos sobre isso?

Ethan deu uma risadinha.

– Se for preciso…

– O que você quer de mim, Ethan? Sério, o que mais quer de mim?

– A verdade seria uma boa opção. – Quando Zach ficou em silêncio, Ethan achou melhor dizer tudo de uma vez ou ir para casa. – Por que fica brigando com ela? Sério! Caramba, por que você fica lutando contra o que sente por ela? Faz anos… vamos jogar limpo. Por que não disse a ela como se sente?

– De que merda você está falando?

Agora era a vez de Ethan suspirar.

– Você se lembra de quando estávamos no segundo ano do Ensino Médio e você tinha uma quedinha pela Lisa McCay?

Um sorriso lento cruzou o rosto de Zach.

– A chefe de torcida? A que usava saias curtas durante todo o ano?

– Sim, ela mesma. Também se lembra de quanto tempo esperou antes de perguntar se ela queria sair com você?

– Seis meses.

Ethan riu.

– Você achava que ninguém sabia. Namorou outras garotas, ignorava a Lisa… mas não podia esconder de mim. Você ficava observando aquela garota o tempo todo. E é exatamente a mesma coisa que faz com a Gabriella. Desde o primeiro dia. Mesmo quando está brigando com ela por algo completamente ridículo, você fica ali, babando. Qual é o problema?

– Você não sabe do que está falando.

– Então você poderia me explicar.

Por um minuto, Zach se fechou, como se se recusasse a tocar no assunto, mas, então, começou a falar.... Contou de sua atração por ela, da conversa que ouviu dos funcionários anos atrás e, então, da família de Gabriella e do que ela tinha dito a ele.

– Então... foi por isso que você deu essa surtada e perdeu todo o bom humor? – Zach franziu o cenho, o que Ethan tomou como uma confirmação. – E foi a partir daí que as coisas mudaram entre você e Gabriella?

Zach assentiu.

– Cara, sabe por que ela disse tudo isso, não sabe? Por favor, me fala que você não é tão sem noção assim!

– Do que está falando? Ela disse a verdade. Eu não era nada para ela. E ainda não sou.

Ethan rosnou quando se levantou e foi até a cozinha. Na volta, virou-se para Zach:

– Como é que você pode ser tão genial e tão absolutamente imbecil ao mesmo tempo?

– Do que está falando?

– A família dela estava ali, basicamente insultando-a sobre algum suposto caso que ela tinha tido com um chefe anterior, certo?

– Sim.

– Então, se você fosse ela, admitiria que tinha sentimentos pelo seu chefe na frente daquelas pessoas?

Zach ficou sentado, olhando para Ethan pelo que parecia uma eternidade. E, então, Ethan viu o momento em que ele pareceu ligar os pontos.

– Merda.

– Bem... sim. – Ethan se sentou novamente. – Você é completamente idiota, cara. Está maltratando a Gabriella há anos simplesmente porque não entendeu que ela estava apenas tentando tirar você de uma situação mais do que embaraçosa. E, pior, usou isso tudo contra ela. – Ele balançou a cabeça. – Isso meio que faz com que você não seja melhor do que a família dela.

Com os olhos arregalados, em pânico, Zach inclinou-se para Ethan.

– O que eu posso fazer? Como posso me desculpar com ela? – Zach resmungou. – Você não tem ideia das coisas...

– Na verdade, eu tenho – Ethan interrompeu o amigo. – Ela me contou.

Zach abaixou a cabeça, envergonhado.

– Sério, o que eu faço?

– Acho que depende... – Ethan começou enigmaticamente.

– Depende de quê? – Zach perguntou, levantando a cabeça.

– Você a quer de volta? – Ethan perguntou, com os olhos fixos nos de Zach. – E não estou falando de tê-la de volta apenas como sua assistente.

– Isso é tudo o que ela é, Ethan – Zach disse, chateado. – Ela nunca demonstrou qualquer interesse em mim. Nunca.

Ethan levantou-se e levou a garrafa de cerveja vazia para a cozinha.

– Ok. Terminei por aqui.

– O que foi agora?

Tomando seu tempo, Ethan enxaguou a garrafa e a colocou na lixeira antes de lavar as mãos e caminhar lentamente de volta para a sala de estar. Ele olhou para o homem que era como se fosse seu irmão e balançou a cabeça.

– Se é nisso que acredita, então você, de fato, é um idiota.

– Como pode dizer isso? Quando é que Gabriella demonstrou interesse por mim? Você não acha que eu teria notado?

– Cara, por que acha que ela ainda trabalha para você? – Ethan perguntou, de maneira direta. – Ela é muito talentosa para ser apenas uma assistente administrativa, e poderia, certamente, encontrar um emprego em qualquer lugar, trabalhando para alguém que não fosse fazer dela um saco de pancadas. Pense nisso.

Estendendo a mão, Ethan apertou a mão de Zach, depois pegou as chaves do Porsche a caminho da porta da frente e foi embora.

Seu trabalho ali estava feito.

•

Horas depois, a cabeça de Zach ainda estava girando. Ethan estava certo: ele era um completo idiota.

Como podia ter interpretado algo tão crucial de maneira tão equivocada? Olhando para trás, graças à ajuda de Ethan, Zach agora conseguia entender exatamente o que Gabriella havia tentado fazer. E também o tamanho da merda que ele tinha feito. Zach a tratava mal e a castigava há anos, sem motivo algum.

Sim, ele era um imbecil.

Tendo clareza disso, Zach precisava colocar a cabeça para funcionar e pensar em uma maneira de acertar as coisas. Ele tinha sido horrível com Gabriella, como chefe e como ser humano, e não surpreenderia que ela nunca mais quisesse falar com ele ou vê-lo novamente.

Ele simplesmente não podia deixar isso acontecer.

Era uma pílula amarga de engolir pensar que, com todos os obstáculos que ele já estava enfrentando com a recuperação e a reabilitação, também teria de lidar com uma revisão completa de personalidade. Zach tinha ficado tão acostumado a ser grosseiro com Gabriella que não tinha ideia de como tratá-la diferente para que pudessem voltar a ter o relacionamento que tinham inicialmente. Pelo menos, não sem perder a cabeça.

E o coração.

Inferno, não havia nenhuma opção. Ele tinha de fazer alguma coisa imediatamente se quisesse ter esperança de acertar as coisas. Se esperasse muito tempo, Gabriella iria começar a trabalhar para Ethan, e Zach sabia qual seria sua carga de trabalho. Não haveria, absolutamente, nenhum tempo para ele. Não havia tempo para esperar que ela viesse até ele, já que ele não tinha condições físicas de ir até ela, para ficar ouvindo-o resmungar e implorar por seu perdão. Ele teria sorte se ela respondesse uma mensagem de texto.

Que situação.

Zach costumava ser uma pessoa melhor do que aquilo. Isso há muito tempo. Ele havia deixado pequenas fofocas virarem seu mundo de cabeça para baixo e o transformarem em uma pessoa diferente. Uma pessoa que ele não gostava de ser, mas que deixaria de ser naquele momento.

Olhando ao redor da sala, viu suas muletas, uma bengala e seu capacete de motocicleta. Droga. Era isso o que ele queria. Queria poder se levantar, atravessar a sala, pegar a moto e cair na estrada, com o vento batendo no rosto, até que estivesse exausto. Isso não iria acontecer se ele não se recuperasse e assumisse o compromisso de que sua vida não tinha ficado para trás. Nada mais de deixar outras pessoas influenciarem quem ele era e para onde estava indo. Doía muito. Suas pernas tremiam. Mas, pela primeira vez em meses, Zach optou por ultrapassar a dor e dar o primeiro passo.

E depois outro.

Quando terminou de atravessar a sala, estava coberto de um brilho fino de suor, e nada nunca havia sido tão prazeroso. Sentindo-se vitorioso, Zach apoiou a mão na parede à sua frente e riu triunfante.

– Estou de volta!

Capítulo 5

Poder relaxar por uns dias, com tudo pago, pode ser o sonho de algumas pessoas, mas não o de Gabriella. Ela andava pela sala de estar à procura de algo para fazer, até que acabou se sentando no sofá para ver o que passava em todos os mil e quinhentos canais de televisão. Sem encontrar nada para assistir, ela jogou o controle remoto longe, com desgosto.

Gabriella pensou em ligar para Summer, ver se ela queria sair para almoçar ou, talvez, ir ao salão fazer as unhas, mas rapidamente lembrou-se de como a amiga estava ocupada agora que Ethan estava sendo transferido para a posição de CEO e ela mesma estava assumindo as responsabilidades dele de vice-presidente.

Maldito Zach Montgomery.

Gabriella estava entediada e o som do silêncio a estava enlouquecendo, e foi por isso que ela gritou quando seu celular tocou. Com uma mão sobre o peito, Gabriella tentou se acalmar até sentir seus batimentos cardíacos se normalizarem quando leu, no identificador de chamadas, quem estava ligando.

Zach.

Teria sido mais fácil ignorar a chamada e deixar que fosse direcionada para a caixa-postal, mas sua curiosidade foi maior.

– Alô!

Nenhuma resposta. Gabriella achou que, talvez, ele tivesse ligado para ela por engano. Mas Zach falou:

– Olá... sou eu – ele disse, e Gabriella podia ouvir algo diferente em seu tom de voz.

– Oh – ela disse calmamente. – Olá.

– Eu, humm... falei com o Ethan ontem. Ele disse que você vai trabalhar com ele agora, já que ele vai assumir o meu cargo.

– Ainda não concordei. Ele me sugeriu essa opção, mas... – Gabriella suspirou e aninhou-se no canto do sofá. – Seu tio também me fez outra oferta, e não sei o que vou escolher.

– Que oferta? – A voz de Zach era suave, como costumava falar com ela há muito tempo.

– Ele disse que eu poderia escolher o meu destino e ser transferida para qualquer agência da Montgomerys, mas ainda não tenho certeza se quero me mudar ou algo assim. O fato é que a proposta dele é muito boa.

– Sim, ele é um príncipe – Zach resmungou.

– O que você quer, Zach? – Gabriella perguntou, ainda com o coração acelerado.

– Eu só queria... – ele começou, e parou para limpar a garganta. – Eu só queria dizer... dizer que sinto muito. Ultrapassei todos os limites com você. E não apenas ontem. Não tenho uma boa desculpa para dar e não vou mentir para você. Então... peço desculpas.

Gabriella respirou fundo. Não podia acreditar que Zach estivesse se desculpando com ela. E ele, realmente, parecia estar sendo sincero. Ela ficou um pouco nervosa, não sabia como responder àquilo.

– Obrigada – ela disse, calmamente. – Agradeço sua atitude.

– Escuta, sei que não tenho o direito de interferir na sua vida ou de pedir qualquer coisa para você, mas...

– Mas é isso que você vai fazer – ela disse com uma leve risada de frustração.

– Você me conhece muito bem – Zach disse, seu tom correspondente ao dela. – Não aceite trabalhar com Ethan. Por favor.

– Por quê? Faz todo o sentido. Estou familiarizada com as suas responsabilidades e sei como agendar o seu tempo. Acho que poderia fazer a transição ser muito mais suave do que se ele tiver outra assistente.

– Como Summer se sente em relação a você e Ethan trabalhando juntos?

Era uma pergunta estranha, ela pensou, mas guardou para si o estranhamento, ao menos por ora.

– Ela parecia de acordo com a ideia quando nós três falamos a respeito. Por quê?

Zach hesitou antes de dizer:

– Ah, você sabe... mas não é nada. Deixa pra lá.

– Não, sério, qual é o problema? Por que me perguntou isso?

– É só que... Você é uma mulher solteira, atraente, e Ethan está noivo da minha irmã. Eu não quero ele...

– Ai, meu Deus! Você não disse isso!

– Tecnicamente, não mesmo. Você não me deixou terminar.

Ela mentalmente contou até dez e depois suspirou alto.

– Não vou mais aguentar isso, Zach. Você não vai me enrolar com essa desculpa esfarrapada. Eu sei o que está insinuando e é insultante. Summer é minha melhor amiga, e o fato de que você ache de verdade...

– Quer saber? Você está certa. Está completamente certa – Zach disse rapidamente. – Eu sinto muito. Foi totalmente desnecessário. Nem sei por que mencionei isso.

Porque você é um idiota, ela estava tentada a dizer, mas decidiu segurar a língua. Os dois ficaram em silêncio por tanto tempo que Gabriella começou a ficar aflita.

– Bem... olha, Zach, gostei de ter ligado e tentado se desculpar...

– Eu pedi desculpas – ele a corrigiu.

– Ok, claro. Como preferir – ela disse –, mas não acho que tenhamos mais nada para falar. Espero... Espero que você e Alex consigam seguir o planejamento e que você se recupere.

– Gabs – ele disse suavemente –, eu sei que fui um grande idiota, mas, realmente, não quero que trabalhe para Ethan porque...

– Já chega! – ela o interrompeu. – Eu estou desligando. Não me ligue mais!

– Não! Espere! – Zach disse com a voz mais alta. – Por favor... por favor, apenas... me escute. – Ele fez uma pausa. – Estou totalmente empenhado em meu tratamento com Alex, mas também preciso de você aqui comigo para me ajudar a voltar a acompanhar o andamento da empresa. Entendo por que meu pai colocou Ethan no comando, entendo de verdade, mas quero que seja algo temporário. Eu preciso retomar as minhas funções. Não é justo que Ethan fique tão sobrecarregado nem que ele e Summer tenham essencialmente colocado suas vidas de lado por minha causa.

Gabriella relaxou um pouco, mas se manteve cautelosa. Ele parecia sincero, agradável, como o Zach que ela conhecera anos atrás.

– Você sabe que eles não se importam em fazer isso, Zach – ela disse, suavemente. – Estão preocupados com você. É só... Seria bom se você realmente apreciasse o que eles estão fazendo, em vez de ser tão hostil o tempo todo.

Silêncio.

Ela se amaldiçoou por ter cutucado a onça. Eles estavam apenas começando a estabelecer uma comunicação civilizada, e ela foi logo atacando um de seus pontos fracos. Então, tentou corrigir seu erro:

– Quero dizer...

– Sei o que você quer dizer – Zach disse calmamente, e suspirou. – Eu tratei todos vocês muito mal. Vocês estavam apenas tentando me ajudar e eu respondia sendo um completo idiota.

Não fazia sentido argumentar com ele, afinal, ele saberia que ela estava mentindo. Zach prosseguiu:

– Eu realmente gosto de você, Gabriella. Tudo o que você fez por mim... bem... Não sei como dizer o tanto que sou grato. Sempre cuidou de mim, desde o primeiro dia, e não sei por quê. Você devia ter me mandado à merda há muito tempo.

Ela riu.

– Acredite, não faltou vontade.

– Então, por quê? Por que não fez isso?

Como ela poderia responder àquela pergunta? Como poderia dizer-lhe que ficava porque desejava voltar a viver os dias de quando começaram a trabalhar juntos? Que adorava que ele a desafiasse? Gabriella, desde o início, ficou maravilhada com a maneira como Zach entendia o negócio, e foi emocionante ver a empresa crescer. Mas, acima de tudo, como poderia dizer-lhe que nunca foi embora porque a simples ideia de não o ver todos os dias, de não falar com ele todos os dias, era mais do que ela poderia suportar?

Ela não podia dizer aquilo tudo. A emoção fechou sua garganta, e ela se esforçava para simplesmente manter seu ritmo cardíaco normal, já que seu coração, naquele momento, parecia a ponto de sair de seu peito.

– Gabs?

Obviamente, ele não iria simplesmente aceitar o silêncio dela. Ele queria uma resposta.

– Não importa. Ao menos, não importa mais – ela disse.

– Para mim, importa – Zach respondeu, suavemente. – Você sempre esteve ao meu lado, mesmo quando eu não merecia. Eu quero... Eu preciso que as coisas voltem a ser como costumavam ser. Se vou me recuperar e voltar para o meu cargo na empresa, vou precisar que você esteja ao meu lado. Por favor, Gabriella. Eu preciso de você.

Ela quase gemeu em voz alta. Quantas vezes sonhara ouvir Zach dizendo aquilo? É verdade que, nesses sonhos, eles não estavam falando de trabalho, mas, ainda assim... Era impossível saber com muita certeza se ele estava sendo genuinamente sincero em seu pedido ou se estava apenas dando um jeito de mantê-la longe de Ethan.

Pensar nisso a deixou irritada. Ela não tinha interesse em Ethan. Nunca teve nem nunca teria. E além de ele ser seu amigo e de estar envolvido com sua melhor amiga, Gabriella nunca tinha achado Ethan atraente.

Não como Zach.

Droga.

– Eu não sei, Zach – ela começou. – Acho que aconteceu muita coisa. Não posso continuar sendo seu saco de pancadas.

– E não vai.

– Também não quero atrapalhar seu tratamento com Alex.

– E não vai. – Ele esperou. – Vamos, Gabs. Fazemos uma boa equipe.

Gabriella deixou escapar um suspiro trêmulo.

– Eu costumava pensar assim.

– Dê-me outra chance. Sei que estou pedindo muito e sei que não mereço, mas estou pedindo mesmo assim. Eu não vou conseguir sozinho.

– Por favor, Zach. Nós dois sabemos que você não está sozinho. Toda a sua enorme família está ansiosa para ajudá-lo. Tudo o que você tem a fazer é pegar o telefone, e qualquer um deles vai correndo até a sua casa.

– Não quero a minha família – ele disse. – Eu quero você.

Gabriella ignorou o palpitar de seu coração diante daquelas palavras.

– Eu poderia encontrar alguém para trabalhar com você. Posso cuidar do treinamento e ensinar tudo o que sei. Você não teria nenhum inconveniente. Dou a minha palavra.

– Não quero outra pessoa, eu quero você – ele insistiu.

Ela suspirou novamente. Será que ele tinha alguma ideia de como suas palavras a estavam afetando? Aquela voz doce… Gabriella balançou a cabeça e fez o possível para voltar para a terra. Claro que ele sabia o que estava fazendo. Ele era Zach Montgomery, o homem que sempre conseguia o que queria, nem que tivesse de jogar sujo para isso. Como ela poderia ter se esquecido disso tão facilmente?

– Sinto muito, Zach. Sinto mesmo. Mas… não posso. Tenho um pouco mais de autoestima do que isso. Não me disponho a dar chance para você voltar a me tratar mal. Eu sinto muito.

Zach ficou em silêncio por tanto tempo que Gabriella começou a se perguntar se ele ainda estava na linha. Estava prestes a chamá-lo, quando o ouviu suspirar.

– É o melhor para todos – ela disse com uma calma na voz que não condizia com os seus sentimentos. – Estarei com Ethan para manter as coisas em ordem. Eu sei em que você trabalha e sei como organizar seus dias. Bem… os dias dele, agora.

– E o que vai acontecer quando eu voltar para o escritório e Ethan voltar a ser o VP?

– Eu não sei. Vou pensar seriamente na oferta que seu tio me fez. Quando você voltar, estarei pronta para seguir em frente… em algum outro lugar.

– Entendo.

– Eu vou... vou garantir que alguém esteja treinado para assumir o meu lugar. Carolyn poderia fazer um grande trabalho. Ela vai precisar de uma assistente, mas eu cuido de tudo isso para que você não precise se preocupar com nada.

– Eu sei – Zach disse, com a voz baixa, triste.

Gabriella suspirou e apoiou a cabeça no encosto do sofá. Ela fechou os olhos e desejou que as coisas pudessem ser diferentes.

– Preciso desligar – ela finalmente disse.

– Sim, eu também.

– Cuide-se, Zach. E não se preocupe com coisas no escritório. Ethan vai cuidar de tudo, e qualquer coisa que precise de sua participação, Carolyn o informará. – Ela esperava que ele entendesse o que ela queria dizer.

– Não seria a pior coisa do mundo para você vir aqui de vez em quando. Sabe, só para fazer uma visita.

Ele estava louco? Será que não se lembrava de quantas vezes a tinha expulsado de sua casa apenas nos últimos dois dias? Aquela era a maior conversa civilizada que tinham em muito tempo.

– Certo. Veremos.

– Ok.

Seria apenas ela, ou Zach também parecia não querer desligar? Talvez fosse um pensamento ilusório, mas ele parecia tão relutante quanto ela em desligar o telefone. Por que não poderia ter sido sempre assim?

– Então... humm... quando você começa oficialmente a trabalhar com Ethan?

– Ainda não sei. Acho que eu, realmente, nem tinha me dado conta de que ia aceitar a oferta até alguns minutos atrás. Conversei com ele e Summer brevemente no outro dia, mas acho que faz sentido começar na segunda-feira.

– Sim, faz sentido. – Zach limpou a garganta. – Você pode... quer dizer... posso pedir um favor para você?

– O quê?

– Poderia passar aqui em casa neste fim de semana e pegar uma papelada? É o material no qual você e eu estávamos trabalhando quando você estava aqui. Por favor.

– Vou ligar para Carolyn e mandá-la buscar – Gabriella respondeu rapidamente.

Ela precisava de um tempo sem vê-lo. Precisava que ficassem longe, e sabia que se fosse até a casa dele, se o visse, se falasse com ele, não resistiria.

– Então é assim que vai ser? – ele perguntou, finalmente. – Estou tentando fazer as coisas direito e você vai continuar encontrando desculpas para não me ver?

Basicamente.

– Acho que assim será melhor para nós dois. Você precisa se concentrar em suas sessões com Alex e trabalhar nas coisas da empresa em seu próprio ritmo, sem que ninguém interfira nisso. E eu preciso… – Ela fez uma pausa.

– Fala. Do que você precisa?

A voz de Zach era grossa, macia, e a acariciava.

– Eu preciso… mudar de marcha. Preciso me lembrar de que não trabalho mais para você.

– Mas você ainda trabalha para Montgomerys. Isso não mudou.

– Não, isso não mudou. Mas vou começar a trabalhar para o Ethan agora. Carolyn vai garantir que você receba tudo o que precisar.

– Não era para ser assim. – Gabriella podia ouvir a angústia na voz de Zach. – Desculpe, Gabriella. Eu estou sincera e verdadeiramente arrependido. Eu … Se você pudesse passar aqui neste fim de semana. Eu, de fato, quero conversar com você sobre… sobre tudo. Por favor.

– Estamos conversando agora – ela o recordou. – E isso não está nos levando a lugar nenhum.

– Por favor. Apenas… meia hora do seu tempo – Zach implorou.

Suspirando profundamente, Gabriella sentiu sua resolução enfraquecer.

– Está bem. Eu passo aí em algum momento.

– Quando?

– Não sei, mas passo aí durante o fim de semana.

– Que tal se jantássemos juntos na sexta à noite? – ele sugeriu. – Podemos comer alguma coisa e conversar.

– Não acho que seja uma boa ideia. Além disso, você disse que são só trinta minutos.

– Ok. Tenho de aceitar o que é possível no momento – ele disse, sua voz soando um pouco mais esperançosa. – Mas você vai pelo menos concordar em vir na sexta à noite? Alex estará aqui até as seis. Poderia vir em torno de sete horas, se for um bom horário para você.

Sabendo que Zach não iria desistir, ela decidiu aceitar.

– Está bem. Sete horas, na sexta-feira.

– Obrigado, Gabriella. Você não tem ideia de quanto isso significa para mim.

E Zach não tinha ideia do que exatamente estava pedindo a ela e nem de quanto aquilo lhe estava custando.

– Vejo você na sexta-feira, Zach. Tchau.

– Tchau.

•

Quando se está por baixo, não se pode escolher. Esse foi o primeiro pensamento que passou pela mente de Zach, depois que ele desligou o telefone com Gabriella. Ele sabia que não seria fácil convencê-la a lhe dar uma chance e, tecnicamente, ela ainda não tinha dado. Era demais esperar que ela simplesmente concordasse em continuar trabalhando para ele, em vez de aceitar o trabalho com Ethan. E Zach poderia apenas culpar a si mesmo por tê-la afastado de sua vida e por ter de aceitá-la trabalhando sozinha com Ethan. O que passava pela cabeça dele?

Ainda assim, pelo menos ele conseguira convencê-la a ir novamente até a sua casa. Ela tinha dito que teria apenas trinta minutos, mas Zach estava bastante confiante de que seria capaz de convencê-la a ficar mais. E a jantar. E se tudo acontecesse de acordo com seus planos, Ethan estaria sozinho na manhã de segunda-feira, porque Gabriella voltaria a trabalhar com ele, em sua casa.

Claro, se os planetas estivessem no alinhamento correto e algum milagre acontecesse.

Não. Ele não podia pensar daquela forma. Zach tinha de lembrar-se de como precisava se esforçar para mudar seus pensamentos negativos. Era preciso parar de ver cada situação apenas pelo lado ruim e começar a encontrar o lado positivo das coisas. Zach queria que tudo voltasse a ser como quando ele e Gabriella se conheceram. Não ia ser fácil, e seria preciso abordar uma situação que, ele sabia, era dolorosa para ela. Ele planejou desculpar-se por não ter percebido antes como a situação com seus pais era ruim e por ter reagido da forma como reagiu.

Tudo o que podia fazer era rezar para que não fosse tarde demais.

Era incrível como ele se sentia agora. Era como se um grande peso tivesse sido tirado de suas costas. Agora que Zach, de modo consciente, havia decidido participar ativamente de sua recuperação e voltar ao trabalho, ele se sentia renovado, com um propósito na vida. Sentia-se esperançoso. Era apenas questão de conseguir fazer com que seu corpo cooperasse.

Então, de repente, ele se deu conta de que não tinha nenhuma razão real para confiar em Alex Rebat mais do que em qualquer um dos outros fisioterapeutas. Ele não sabia nada sobre o cara, exceto que ele tinha se importado em conversar com ele. Ainda assim, Zach tinha a sensação de que tinha tido de passar por todos os outros fisioterapeutas exatamente para chegar a Alex. Se ele conseguisse o que estava prometendo, não demoraria muito para que Zach pudesse abandonar as muletas.

E, depois, a bengala.

Antes que ele pudesse se dar conta, já estaria andando de moto novamente ou saindo para comer com os amigos. E poderia voltar a trabalhar no escritório em tempo integral. Poderia até estar pronto para sair em um encontro com uma mulher bonita e levá-la para dançar.

Levá-la para a cama.

E o único rosto que lhe vinha à mente era o de Gabriella.

•

– Tem certeza disso, Gabs? Você ficou muito chateada da última vez que foi lá.

Uma das muitas coisas que Gabriella gostava em Summer era o fato de que, embora estivessem falando sobre o irmão dela, Summer não tinha uma visão parcial da situação. Ela conhecia Zach e sabia quem ele era de verdade, não tentava amenizar as coisas para ele.

– Sim, tenho certeza. Acho que talvez eu precise de algum fechamento para essa história.

– Ou você adora se punir.

Gabriella revirou os olhos.

– Olha, você sabe como seu irmão é. Ele é persuasivo e implacável quando quer alguma coisa. Obviamente, quer me dizer alguma coisa que não conseguiu dizer por telefone.

– E isso não te assusta? Nem mesmo um pouquinho? – Summer perguntou enquanto relaxava na enorme cadeira de massagem no salão em que havia ido encontrar a amiga antes de partir de viagem com Ethan.

– Admito que não estou exatamente ansiosa para ouvir, mas, como eu disse, ele não iria desistir. Planejo ir lá, ouvir o que ele tem a me dizer e ir embora. A partir de então, Carolyn vai passar a ser a responsável por entregar e retirar a papelada que tiver de passar por Zach.

– Por que você odeia tanto a Carolyn?

– O quê? Eu não a odeio! Por que está dizendo uma coisa dessas?

– É só que você não pensou duas vezes antes de jogá-la na cova do leão, só isso.

Ah, isso.

– Não é bem assim. Ela se dá bem com Zach; além disso, ela não vai trabalhar diretamente com ele – Gabriella disse, balançando a cabeça. – Carolyn só será uma mensageira. Nada muito importante. Se for preciso alguém para trabalhar em casa com ele, vamos escolher um assistente temporário.

Agora era a vez de Summer revirar os olhos.

– Não sei você, mas eu acho bastante cansativo lidar com meu irmão. Não posso acreditar como ainda estamos, todos, pisando em ovos no que se refere a ele. O que quero dizer é que não sei o que pode acontecer de tão ruim agora… Ele nem sai de casa!

– Ele tem uma casca bastante dura – Gabriella resmungou. – E, confie em mim, não é nada bacana ter de aguentar suas agressões verbais.

Summer estendeu a mão e pegou na mão de Gabriella.

– É por isso que não tenho certeza se é uma boa ideia você ir até a casa dele esta noite. Eu acho que Zach, finalmente, entendeu muitas coisas desde o acidente, mas isso tudo está me parecendo um pouco fácil demais. Primeiro ele tem aquele surto absurdo e explode com você, e agora implora o seu perdão? Não me convence. Ele é meu irmão, eu gosto dele, mas Zach nunca pediu nada a ninguém em toda a sua vida.

– Ótimo – Gabriella disse, suspirando –, quando eu estava começando a relaxar sobre isso tudo…

– Olha, eu sinto muito. É só que não estou conseguindo acreditar. É um momento muito conveniente.

Gabriella pensou em sua conversa com Zach e percebeu que algo ainda a incomodava. Ela olhou para Summer e então mexeu-se desconfortavelmente na cadeira.

– Posso perguntar uma coisa?

– Claro.

– Você se incomodaria com o fato de eu trabalhar com o Ethan?

Summer riu.

– Por que está perguntando uma coisa dessas?

– Bem… Zach meio que… ele meio que deixou implícito que não seria apropriado.

Summer olhou para ela, como se a amiga estivesse louca.

– E eu pergunto de novo: por quê?

– Ele disse que eu era uma mulher solteira e atraente e que Ethan estava noivo e…

– Meu Deus! Por favor, me diga que você colocou o meu irmão no lugar dele! Quero dizer, é claro que você é uma mulher solteira e atraente, mas o que ele quis dizer é algo horrível para se pensar e, mais ainda, para se dizer em voz alta! Honestamente, o que há de errado com ele?

Gabriella nunca havia compartilhado com ninguém a história do seu passado. A parte feia. As mentiras. Zach tinha sido a única pessoa em sua vida que sabia de tudo, e veja só o que havia acontecido! Em vez de se abrir com Summer, ela apenas deu de ombros.

– Acho que ele está apenas tentando cuidar de você.

– Cuidar de mim? – perguntou Summer com um sorrisinho malicioso. – Talvez esteja preocupado em cuidar de você.

– Não seja ridícula.

– Não, não… me escute – Summer começou.

Gabriella sacudiu a cabeça.

– Zach perguntou especificamente se você estava bem com a situação. Confie em mim, ele estava preocupado com você.

– Ele disse que você era atraente – Summer lembrou a amiga.

– E?

– Eu acho que Zach estava com ciúmes de você começar a trabalhar com o Ethan. Acho que ele ficou incomodado de imaginar vocês dois trabalhando juntos em uma relação tão próxima como a que tinham quando você trabalhava com ele. E, para ser bastante sincera, eu diria que Zach está se punindo por todas as vezes que quis se aproximar de você e não o fez.

– Uau. Você realmente deveria considerar mudar de carreira outra vez. Acho que escrever ficção é definitivamente o seu futuro.

– Pode parar! – Summer riu. – Pode fazer piada, mas eu tenho razão.

– Não, você não tem.

– Sim, eu tenho. Ethan já falou disso comigo.

Gabriella arregalou os olhos.

– Do que está falando? O que ele disse pra você?

– Ele tem uma teoria de que Zach tem sentimentos por você.

– Zach não sente nada por mim, a menos que você esteja pensando em raiva, despeito, desdém…

Summer sacudiu a cabeça.

– Não. Ethan disse que Zach tem uma queda forte por você e que já faz tempo. Talvez até mesmo desde que você começou a trabalhar na empresa, mas que ele devia ter muito medo de fazer alguma coisa e atrapalhar o relacionamento profissional.

– Isso é loucura!

– Eu sei, mas é completamente possível, conhecendo o meu irmão. – Antes que Gabriella pudesse dizer qualquer coisa, Summer prosseguiu. – De qualquer maneira, quando Ethan foi visitar o Zach no outro dia, ele fez questão de provocá-lo especificamente a seu respeito. Ele fez parecer que estava muito ansioso em passar um tempo... – ela limpou a garganta e mudou a entonação – ... só com você. Ele disse que Zach quase teve um treco. Estou dizendo, Gabs, Zach está com ciúme, isso não tem nada a ver comigo.

– Não – Gabriella disse com firmeza –, você está errada. Além disso, Ethan nunca faria algo assim. Como é que o Zach ia cair em uma mentira tão absurda?

Summer olhou para ela com empatia.

– Querida, confie em mim. Zach é lento e metódico e adora ficar remoendo as coisas. Eu, honestamente, acredito que ele estava pensando demais nisso tudo há anos. E agora que você decidiu ir embora, ele quer você de volta.

– Falando desse jeito, você faz parecer que eu sou algum tipo de obsessão do seu irmão, algo que ele quer e não pode ter. É um pouco insultante.

– Ok, mas você e eu sabemos que ele não está sozinho nisso. Você também tem sentimentos por ele...

– Como é que é? Eu não... Eu nunca... Eu...

– Difícil negar? – Summer sorriu. – Tudo bem, Gabs. Eu te disse, lá no Alasca, que não me importo. Talvez você devesse ir à casa do Zach como Gabriella Martine, bela mulher solteira, e não como Gabriella Martine, assistente executiva.

– Hmmm... não. Isso não vai acontecer. Eu, realmente, não quero ir lá por qualquer outro motivo. Certamente, não estou indo para algum tipo de encontro romântico. Isso seria errado.

– Bem, é você quem sabe. Mas só estou dizendo que meu irmão não convidou você para ir na casa dele pegar alguns arquivos. Se fosse algo assim, tão importante, ele poderia ter entregue para mim, para o meu pai, ou apenas podia pedir que um mensageiro fosse buscar. Esta noite não é sobre trabalho. Ele tem outra coisa em mente, e você precisa estar preparada para isso.

– Você está se divertindo e me deixando louca, Summer!

Ela riu.

– Não mesmo… só estou devolvendo o favor.

Gabriella bufou com desgosto.

– Acho que não. Não fiquei te deixando louca em tudo o que envolvesse o Ethan. Eu te dei apoio.

– Sim, os balões e os preservativos foram um presente discreto.

– Considerei *glitter* e confete também, mas percebi que seria um exagero.

As duas riram.

– Gabs, você é minha melhor amiga e eu te amo. E não acho que Ethan e eu teríamos tido essa segunda chance se não fosse por você.

– E o que isso tem a ver comigo e com o Zach?

Summer suspirou alto.

– Eu não tenho balões ou preservativos. Nem *glitter*. Mas quero que saiba que estou aqui para o que precisar. Eu acho, sim, que você e Zach têm alguns problemas um com o outro que precisam ser resolvidos… e talvez seja bom vocês se encontrarem. No entanto – ela continuou com certa cautela –, quero que tenha cuidado. Sei o quanto se importa com tudo. Eu vi você chorar por Zach e me lembro de como se magoou várias vezes por causa das coisas que ele lhe dizia. Você não é o tipo de pessoa que pode simplesmente ir embora. Precisa de encerramento. E se precisar falar com alguém hoje à noite, depois que a poeira baixar, quero que saiba que estarei aqui.

– Obrigada, Summer. Estou realmente torcendo para, dessa vez, estarmos exagerando. Talvez ele seja o único que esteja precisando de algum tipo de encerramento e apenas queira pedir desculpas pessoalmente.

– Isso seria uma coisa muito digna a se fazer.

– Mas… – Gabriella começou.

– Mas – Summer a interrompeu –, não posso deixar de achar que tem mais coisa nessa história.

– O que o Ethan acha disso tudo?

– Não sei. Não falamos sobre isso.

– Como assim? Vocês dois falam sobre tudo! Me lembro bem de estar com vocês durante uma conversa sem-fim a respeito de como você, certa ocasião, teve de pedir um pão com semente de papoula em vez de gergelim e como havia achado o número de sementes de papoula assustador… – Ela revirou os olhos. – Meu cérebro deu um nó naquele dia!

– Ok, às vezes a gente fala demais mesmo, mas Ethan está tão atolado com as coisas da mudança de cargo que eu não quis arranjar mais coisas para ele ter de pensar. Além disso, Zach esteve calado por dois dias inteiros. Foi bom.

Gabriella soltou um resmungo.

– Promete que vai me ligar mais tarde, se precisar de mim? – disse Summer, enquanto olhava para as flores pintadas nas unhas dos dedos dos pés. – Ai, que lindo!

– Prometo – respondeu Gabriella. – Mas acho que nós duas estamos levando isso longe demais. Eu vou lá, pego os arquivos, converso com ele rapidamente e volto para casa. Fim de história.

– Sim, claro que será só isso – Summer concordou, com ironia.

Gabriella resmungou, um pouco frustrada, e virou-se para a amiga:

– Por quê? Por que você não pode simplesmente me deixar ter o meu momento de ignorância feliz? Só um pequeno momento de tranquilidade. É pedir muito?

Um sorriso lento surgiu no rosto de Summer.

– Como eu já disse, estou apenas devolvendo o favor que você me fez com todos os úteis conselhos que me deu no Alasca.

Gabriella encolheu-se no assento e fez uma careta.

– Odeio você.

– Eu sei. Mas vou pagar o nosso almoço, então acho que vai me perdoar.

E, com uma piscadela atrevida, Summer levantou-se da cadeira para ir até a máquina que secaria suas unhas dos pés.

Gabriella a seguiu um minuto depois, e agora estavam sentadas uma de frente para a outra.

– Há apenas uma falha em sua suposição tão lógica.

Por que ela não podia simplesmente deixar o assunto morrer?

A sobrancelha de Summer se arqueou.

– Duvido, mas vá em frente.

– Você estava apaixonada por Ethan há anos. Anos! E ele, obviamente, estava se sentindo da mesma maneira. Ele não era o seu chefe e não era alguém intencionalmente malvado, que tratava você mal. A única coisa que os dois tinham como barreira era a sua família intrometida. Eu tive que te dar um empurrãozinho e um monte de conselhos porque você estava com muito medo de correr esse risco.

– Eu não estou vendo nenhuma diferença.

– Quando foi a última vez que fez teste de audição?

– Não há nada de errado com a minha audição – disse Summer, com um olhar sereno no rosto. – Pelo que Ethan me disse, Zach é bem a fim de você, e ficou bastante óbvio, enquanto estávamos no Alasca, que o sentimento é recíproco. Agora, concordo com você, Ethan não era tão duro comigo como Zach é com você, mas ele, certamente, não era um doce o tempo todo. Os homens fazem coisas estúpidas por causa de seus sentimentos. Tudo o que estou dizendo é para você dar uma chance ao meu irmão. Talvez ele tenha, finalmente, entendido o que deve fazer. Talvez ele tenha, finalmente, percebido que ninguém quer estar perto dele porque ele tem sido um grande idiota.

Brincando, elas simularam uma saudação militar:

– O capitão dos idiotas!

Summer riu.

– Vá lá esta noite com a mente aberta. – Ela parou e olhou para a amiga. – E, talvez, saia um pouco do "modo de trabalho" Gabriella de ser.

Gabriella franziu o cenho.

– O que você quer dizer?

– Quero dizer que você pode ser um pouco mais casual. Estamos aqui, fazendo as unhas e vamos comer grandes e gordurosos hambúrgueres de almoço… e está vestida socialmente e com o cabelo preso. Você nem estava trabalhando hoje! Sério, eu sei que você também tem jeans e blusinhas em seu guarda-roupa. E vi você usando várias no Alasca. Não vai até a casa do meu irmão a trabalho, e não importa que desculpa Zach tenha usado para convencer você a ir até lá. Vá mais casual. Um jeans, um suéter. E, definitivamente, de cabelo solto!

Gabriella revirou os olhos.

– Nunca soube que você tinha algum problema com a minha aparência.

– E não tenho! – Summer retrucou. – Gosto muito, inclusive! Não era isso que eu estava tentando dizer. Tudo o que eu quis dizer é que poderia ser bom o Zach conhecer um outro lado seu.

– Você já viu a aparência de seu irmão ultimamente?

– A versão homem das neves?

– Vamos torcer para que ele se arrume um pouco antes de eu chegar lá. Nunca vi Zach tão… descuidado.

– Ninguém nunca viu. Ele sempre pareceu aqueles modelos que ficam lindos em qualquer situação.

A manicure veio, verificou a secagem das unhas, e indicou que as duas já podiam ir embora. Elas se levantaram e foram caminhando para a saída do salão. Pagaram, saíram, e se viram em uma fresca tarde de setembro.

– Ok, agora chega de falar do Zach – Gabriella disse, enquanto colocava seus óculos de sol. – Vamos aproveitar nossos hambúrgueres, reclamar que nossas roupas estão muito apertadas quando terminarmos de comer, e você vai me contar tudo sobre o progresso na casa da Carolina do Norte e sobre o que planejou para o seu fim de semana lá.

– Eu acho que o nosso almoço vai durar mais que a viagem em si. Gostaria que Ethan e eu tivéssemos mais tempo para ficar por lá.

– Vocês vão ter. Em breve. Acho que estamos evoluindo com Zach. Eu diria que antes das festas você e Ethan terão suas vidas de volta.

– Ora… isso seria tão bom! – Summer suspirou. Mal posso esperar para passarmos nosso primeiro Natal juntos. Sei que a casa não estará pronta até lá, mas, mesmo assim, continuo sonhando secretamente com isso. – Elas caminhavam até o carro de Summer. – Acho que, mesmo que não esteja tudo completamente terminado, ainda posso tentar convencer Ethan de que devemos passar a semana lá, de qualquer maneira. A gente decora uma árvore e teremos a nossa festa de Natal.

Gabriella sorriu e sentiu uma pontada de inveja. Summer tinha esperança. Ela tinha o amor da sua vida ao seu lado e estava planejando o futuro, e tudo soava maravilhoso.

– Acho que soa perfeito para vocês dois. Um pouco rústico, assim como a maioria de suas aventuras até agora. Muito apropriado.

Então Summer deu o sorriso deslumbrante de uma mulher apaixonada e entrou no carro.

Capítulo 6

Zach olhou ao redor da sala e sentiu a primeira pontada de insegurança. E se ela não aparecer? E se ela simplesmente tivesse dito que iria só para conseguir desligar? Essas possibilidades não o agradavam em nada. Ele sabia que não era capaz de fazer muitas coisas sozinho atualmente, mas sentia que havia evoluído muito desde a última vez em que Gabriella estivera em sua casa. Passando a mão pelo rosto, Zach percebeu que o barbear estava mais do que vencido, e foi bom sentir a própria pele outra vez.

Ele olhou para o relógio pela décima vez em poucos minutos. Ainda não eram sete horas, mas Gabriella sempre chegava cedo. Sempre. Zach sentiu o estômago se apertar. Ele odiava essa sensação. Era vital que ela viesse. Como ele poderia resolver as coisas entre os dois, no trabalho, se ela não lhe desse uma chance?

Sua voz interior bufou com descrença. *Trabalho? Cara, o que menos importa nisso tudo é o trabalho; isso nem chega a ser engraçado. Você não quer perdê-la de forma alguma. Ao menos seja homem o suficiente para admitir.*

Por mais que fosse tudo muito bonito, Zach sabia que tinha de pegar leve naquela noite. Com a cabeça finalmente começando a se tranquilizar, ele percebeu que se transformara no tipo de homem que sempre odiara: aquele que desiste das coisas. Não só isso, mas se tornara um cara que, além de desistir, é amargo. Bem, ele já estava farto disso tudo.

Era hora de provar a si mesmo e a todos os demais que ele não iria se contentar com a má sorte que tinha tido. Estava pronto para conseguir sua reabilitação, assim como tinha conseguido superar diversas outras adversidades em sua vida. Zach Montgomery não era homem de fugir de um desafio, qualquer que fosse ele.

Enquanto olhava de novo para o relógio, jurou que não se deixaria abalar pelo fato de Gabriella estar um minuto atrasada. Ela era seu maior desafio no momento.

Depois de alguns dias de trabalho com Alex, Zach realmente se sentia confiante de que ele conseguiria melhorar. Não havia garantias de que fosse recuperar a força ou a forma física anterior, mas isso não importava. O que importava era que pudesse andar novamente sem depender do uso de muletas ou de bengalas. Seria o paraíso para ele.

Isso sim é que é progresso!

Apenas uma semana atrás, ele teria zombado do pensamento de ser algo menos que perfeito. E era isso que o vinha impedindo de levantar--se e tentar, porque, para ele, se a perfeição não fosse uma possibilidade, por que deveria se esforçar? Agora, graças às conversas com Alex, Zach estava com o pé um pouco mais no chão. Apesar de ainda ser incômodo não saber se seria capaz de fazer todas as coisas que sempre gostou de fazer, Zach estava lentamente começando a perceber que essas coisas não eram o mais importante.

Sua família era importante.

Sua empresa era importante.

E quando a campainha finalmente tocou, ele acrescentou mais uma coisa à lista: Gabriella era importante.

•

Gabriella ficou sentada no carro por pelo menos quinze minutos, tentando incessantemente descobrir se estava fazendo a coisa certa. Em sua mente, sabia que deveria ter se mantido firme ao plano original de ficar o mais longe possível de Zach Montgomery. Era uma escolha importante para o seu bem-estar.

Assumir o cargo de assistente de Ethan aliviaria todo o estresse e a ansiedade que ela mantinha ocultos durante tantos anos. Gabriella tinha sido cuidadosa em nunca mostrar como o tratamento grosseiro de Zach a afetava, assim não lhe dando munição para atacá-la mais. Então, ela construiu uma barreira em torno de si para se manter protegida.

E sua intuição dizia que aquela noite teria um papel importante no começo da derrubada dessa barreira.

Seguindo o conselho de Summer, Gabriella vestiu-se casualmente. Parecia estranho. Claro, ela vestia-se casualmente enquanto estavam todos no Alasca, e se fosse completamente honesta consigo mesma, não usava roupas sociais quando estava em sua casa. Mas roupas sociais eram parte de sua armadura, parte da barreira que ela tinha erguido por conta de Zach.

E, talvez, também por causa de sua família.

Ela suspirou alto.

Agora não é o momento de deixar esses pensamentos tomarem conta da minha mente.

Olhando para a porta da frente da casa de Zach, ela não pôde deixar de se perguntar o que iria acontecer ali naquela noite. Talvez Zach quisesse mesmo só pedir desculpas pessoalmente, devolver os arquivos e lhe desejar boa sorte.

– É isso aí. – Ela bufou. – Porque é assim que a minha sorte funciona.

Havia também a possibilidade de ele tentar convencê-la a continuar trabalhando como sua assistente, mesmo que remotamente, para sua rotina não ser ainda mais alterada.

De alguma forma, ela também duvidava dessa opção.

Ou, talvez, Zach a tivesse atraído até sua casa sob falsos pretextos apenas para demiti-la, e poder, dessa forma, dar a palavra final, o golpe de misericórdia para que ela não quisesse nunca mais ver um Montgomery ou trabalhar na empresa da família.

Seu estômago se contraiu de pavor. Essa opção não era algo que ela desejasse, de forma alguma. Tudo o que Gabriella havia conseguido com esse pequeno exercício havia sido ficar ainda mais confusa. Sem sua roupa social, pasta e acessórios, ela se sentia um pouco despreparada, quase nua.

– Por que fui dar ouvidos à Summer? – ela resmungou.

O jeans azul desbotado, a blusa preta e as botas de cano baixo, isso sem mencionar o cabelo solto, não bastavam para ela se sentir suficientemente confiante para enfrentar Zach. Gabriella abriu a bolsa, pegou um elástico e puxou um elegante rabo de cavalo.

Ela omitiria esse detalhe quando fosse contar um resumo da noite para Summer.

Sabendo que já tinha perdido bastante tempo, Gabriella olhou-se mais uma vez no espelho retrovisor e franziu a testa. Apesar de todo o esforço que estava dedicando para passar uma expressão serena e relaxada, ela sabia que isso era apenas fachada. Em questão de minutos, seu mundo inteiro poderia ser virado de cabeça para baixo e ela não gostava nada dessa ideia.

Gabriella estava tremendo.

Ela estava pronta para ligar o carro e ir embora antes que Zach tivesse a chance de fazê-la chorar de novo.

Você é um monte de coisas, Gabriella – ela disse para si mesma, enquanto respirava bem fundo –, *mas não é nem nunca foi covarde. Pode enfrentá-lo como já fez centenas de vezes antes. Se ele vier com grosserias ou insultos, não vai ser nada que você não tenha ouvido antes. Apenas... vá lá e resolva isso de uma vez.*

E, com as pernas trêmulas e o coração acelerado, ela saiu do carro e caminhou casualmente até a porta, respirou fundo e bateu.

•

Do outro lado da porta, Zach respirou fundo e equilibrou-se em suas muletas, enquanto abria a porta. A visão de Gabriella o deixou momentaneamente sem ar. Mas, quando é que foi diferente? Gabriella Martine sempre foi a sua fantasia. Vestida casualmente, sem os habituais sapatos de salto fino, ela se tornava ainda mais deslumbrante.

– Oi – ele disse, aliviado por ela finalmente ter chegado. Se não soubesse que era o contrário, diria que ela estava nervosa. Seus olhos azuis olharam para ele com cautela, e a expressão dela o mortificou.

– Oi – ela disse calmamente, suas mãos se torcendo à frente do corpo.

Zach afastou-se gentilmente e esperou que ela entrasse. Ele observou como ela andava ao entrar na sala de estar de sua casa, admirando a forma como seu jeans se encaixava perfeitamente em seu corpo.

– Você poderia ter usado a sua chave – ele disse com um sorriso, enquanto a seguia pelo cômodo.

Gabriella enfiou a mão na bolsa e tirou a chave para entregar-lhe. Com um movimento de cabeça, ela respondeu:

– Não. Não teria sido correto. Eu não trabalho mais para você.

Zach olhou para a mão estendida dela e franziu a testa. Ele não esperava que abordassem este tópico tão rapidamente. Ignorando a chave, ele foi para o sofá, sentou-se e esperou até Gabriella fazer o mesmo, colocando a chave sobre a mesa de centro.

– Obrigado por ter vindo.

Ela encolheu os ombros.

– Você disse que tinha alguns arquivos para eu levar de volta ao escritório.

Gabriella olhou em volta e tentou localizar os arquivos, mas desistiu depois de alguns minutos. Então, baixou os olhos para as suas mãos, contidamente dobradas sobre as pernas.

– Gabs – Zach começou suavemente. – Por favor, sei que tenho sido insuportável, mas você não pode pelo menos olhar para mim?

Grande erro.

Aqueles olhos azuis, cristalinos, subiram lentamente, e a forma como ela olhou para ele quase fez Zach se ajoelhar.

Havia dor, incerteza, tristeza.

E era tudo culpa dele. Silenciosamente amaldiçoando a si mesmo,

Zach sabia que tinha de fazer algo rápido para que Gabriella pudesse relaxar, ou ela iria embora em questão de minutos.

– Eu realmente estou feliz que esteja aqui.

– Na verdade, você não me deu muita escolha.

Ele riu, porque ela estava certa.

– Bem, era importante para mim que pudéssemos conversar pessoalmente. – Zach parou e levou um momento para organizar seus pensamentos. Era engraçado, ele estava ensaiando o que dizer o dia todo, mas, agora que ela estava ali, sua mente estava praticamente em branco. – Eu queria me desculpar com você, Gabriella.

Ela olhou para ele com ceticismo.

– Você já fez isso por telefone.

Zach sacudiu a cabeça.

– Não é assim que se deve pedir desculpas a alguém. Eu queria poder estar na sua frente, queria que pudesse me ver, para que soubesse que eu realmente sinto muito. Por tudo.

Ele observou como ela inspirou o ar em uma respiração trêmula, sem nunca baixar os olhos dos dele.

– Está tudo bem – ela disse lentamente.

– Não está tudo bem, não – ele disse um pouco decepcionado. – Eu... merda... Eu tratei você de uma maneira que não faz sentido. Tenho orgulho de estar por perto para as pessoas que significam algo para mim, e você, Gabs, você significa algo para mim. Você é mais que uma assistente. Houve um tempo em que pensei que éramos amigos.

– Eu também achava isso – ela disse, desviando o olhar. – E então tudo mudou.

– Eu não estava prestando atenção – ele começou, nervoso. – Aquele dia, na sua casa. Eu... eu estava tão focado no que estava sentindo e no que queria dizer que não entendi o que realmente estava acontecendo. Você estava tentando me tirar da sua casa, me afastar da sua família, para que eles não reagissem da maneira como fizeram. Por minha causa, você teve de ficar lá ouvindo aqueles absurdos.

Ela encolheu os ombros, mas manteve o olhar afastado.

– Estou acostumada com isso.

Ela estava sentada de frente para ele, a mesa de café entre os dois, e tudo o que Zach podia pensar era como ele queria poder alcançá-la e tocá-la.

Mas não o fez.

– Não deveria ser assim. Ninguém deveria ter de se acostumar com um bando de pessoas que se juntam para atacar o outro. Se eu tivesse escutado você quando liguei e, apenas, se tivesse... ficado longe, tudo teria sido diferente.

Ela balançou a cabeça, tristemente.

– Não, nada teria sido diferente. Você ainda ouviu o que os caras do escritório disseram, e mesmo se não tivesse testemunhado a minha família ser... bem... ser a minha família, as coisas, ainda assim, teriam mudado entre nós. – Gabriella deu de ombros novamente. – Está tudo bem, Zach. Eu compreendo.

– Você está errada – ele disse desafiadoramente. – Não vou mentir para você. Fiquei chocado com o que os caras estavam dizendo, mas acredito sempre em dar às pessoas o benefício da dúvida. Não dou muita importância para fofocas. Nunca dei. Além disso, o que aconteceu... naquela época... não tinha nada a ver com o nosso relacionamento. Trabalhando ou não.

Gabriella olhou para Zach, seu olhar ainda mais cauteloso do que antes, e balançou a cabeça.

– Acho que não. Sua reação disse tudo. Estava aborrecido comigo e com o que havia ouvido.

– Não! – ele gritou e, imediatamente, se recriminou por isso. Movendo-se no sofá, Zach inclinou-se para a frente, com os cotovelos apoiados nos joelhos. – Não foi isso que me perturbou, Gabriella.

Ela mudou também, movendo-se para a borda de seu assento.

– Então, o que foi, Zach? O que eu fiz para você passar a me tratar do jeito que tem me tratado todo esse tempo?

Zach desviou o olhar e o constrangimento o fez ruborizar.

– Você disse que eu não era nada para você. Apenas seu chefe, nada mais. – Ele levantou os olhos para ela. – Isso quase me matou.

Gabriella olhou para ele com descrença.

– Por quê? Eu não entendo...

Zach, realmente, esperava que tivessem um pouco mais de tempo para se sentirem confortáveis um com o outro antes de precisar admitir isso. Era a hora de dizer tudo para quem ele tinha tratado mal por tanto tempo.

– Eu pensava que nós fôssemos amigos – ele começou baixinho. – Pensava que nós fôssemos mais do que apenas chefe e assistente. Pensava... Pensava que você gostasse de estar comigo.

Ela cedeu um pouco às palavras dele.

– Oh.

Havia uma pitada de decepção naquela tranquila resposta?

– Você tem alguma ideia de quanto eu valorizava o nosso relacionamento?

Ela, silenciosamente, sacudiu a cabeça, seu longo rabo de cavalo balançando atrás de seu corpo.

– Tem alguma ideia de como eu gostava de estar com você? De conversar com você? E não me refiro apenas ao trabalho. Estou falando de você, Gabriella. Estar com você me fazia... feliz.

– Mas...

– Talvez eu devesse ter dito algo mais cedo. Talvez as coisas tivessem sido melhores se algum dia, antes daquele dia, eu tivesse deixado você saber quanto significava para mim. Talvez, se tivesse feito isso, eu teria sabido sobre a sua família e, então, poderia ter feito todo o possível para protegê-la deles. Às vezes me esqueço de que nem todas as famílias são como a minha.

– Você tem muita sorte de ter uma família como a sua – ela disse. – Sempre invejei a proximidade que tem com seus pais, seus irmãos, e também com primos e tios... deve ser muito agradável.

Ele encolheu os ombros.

– Admito que nem sempre gosto disso. Passei os últimos dias pensando sobre todas as maneiras como tenho sido ingrato a respeito das coisas que a minha família tem feito por mim desde o acidente. Nunca agradeci a nenhum deles. Todo mundo virou a própria vida de cabeça para baixo para me ajudar e eu retribuí sendo um total e completo idiota.

Gabriella soltou uma pequena risada.

– Não vai conseguir que eu rebata esse argumento. Você foi mesmo uma péssima companhia.

Zach riu por um momento da maneira como ela se expressou, antes de ficar sério outra vez.

– Eu quero que as coisas voltem a ser como antes. Quero que tenhamos esse tipo de relacionamento outra vez. Somos uma grande equipe, Gabs. Não quero perder isso.

Gabriella olhou para ele em silêncio por muito tempo.

– Você apenas não quer que eu trabalhe para o Ethan – ela disse, tristemente. – Tudo volta a esse boato estúpido. Você acha que eu vou…

– Espere, espere, espere. – Zach levantou uma mão, interrompendo-a. – Boato? Você está me dizendo que a história não é verdadeira?

Gabriella arregalou os olhos antes de se levantar e começou a caminhar pela sala.

– Quer saber de uma coisa? Não quero falar sobre isso. Onde estão os arquivos? Eu, realmente, preciso ir embora.

Zach fez o possível para se pôr de pé, mas seu progresso ainda era lento e aquilo o irritava muito.

– Não, por favor, não! – ele disse com uma calma que não sentia. – Eu acho que já é hora de conversarmos sobre isso. Se não o fizermos, as coisas nunca voltarão a…

– Você não entendeu? – ela disparou. – Não vamos voltar! Não podemos! Eu não posso mais trabalhar para você!

Gabriella virou-se e Zach acreditou tê-la ouvido fungar.

Aproximando-se por trás, ele deixou uma muleta cair no chão antes de colocar uma mão em seu ombro. Ela assustou-se com o toque dele antes de virar a cabeça para olhar para ele.

– Vamos esquecer o trabalho por um minuto. Abra-se comigo, Gabriella.

– Por quê? Que importância isso tem?

Como ele poderia explicar que muitas de suas decisões nos últimos anos tinham sido baseadas naquela história que, agora, ela estava dizendo que era um boato? Ele não podia deixar isso passar batido. Ele tinha de saber, de uma vez por todas, o que era real e o que não era. E, por mais que quisesse exigir que ela lhe contasse a história, sabia que precisava ser cauteloso.

– Vamos – ele disse suavemente, tentando não a deixar fugir. – Sente-se de volta. Posso trazer algo para você beber?

Gabriella balançou a cabeça e respirou fundo.

– Eu realmente preciso ir.

– Por favor. Não quero que você vá embora enquanto ainda estiver chateada. Eu... eu me sinto mal por isso. Me sinto mal por tudo. Eu só quero conversar com você. Não tem de ser sobre esse boato ou algo assim. Mas fique um pouco mais.

Ela deu alguns passos para trás e começou a falar:

– Eu nunca fui uma daquelas garotas no colégio que era popular ou fazia parte de grupinhos. A maioria das garotas da minha turma me incomodava, e o sentimento era recíproco. Eu não tinha muitos amigos, e os que eu tinha acabavam sendo meninos.

– Acredito que as garotas se sentiam intimidadas por você.

Gabriella deu uma gargalhada sem graça.

– Elas não tinham motivo algum para isso. Teria sido bom se tivessem me aceitado, mas eram malucas. Só porque eu era bonita, achavam que eu era uma vadia.

Zach lembrou-se de Summer reclamando das mesmas coisas na adolescência. Ele concordou com a cabeça e esperou que Gabriella continuasse.

– E assim, acabei me acostumando a ficar sozinha. Usava meu tempo para estudar duro e melhorar minhas notas. Me formei um ano antes do previsto, e foi um alívio me ver fora do Ensino Médio. Mas a faculdade não foi tão ruim. – Virando-se, Gabriella caminhou para o outro lado da sala e apoiou o quadril contra o braço do sofá. – Me formei em primeiro lugar em minha classe na faculdade e consegui um emprego em uma grande empresa, com sede em Seattle. Adorava o trabalho – ela disse, melancólica. – Acabei me tornando amiga do meu chefe, Alan. Ele era alguns anos mais velho que eu, casado, e, basicamente, um cara legal.

Zach já o odiava.

– Acabei me tornando amiga também de sua esposa, e sempre que eu estava com alguém, saíamos os quatro para jantar ou para ir ao cinema... todos eram apenas bons amigos. – Gabriella suspirou. – Então, o casamento de Alan começou a desmoronar: sua esposa estava tendo um caso com um colega de trabalho e ele ficou perdido por um tempo. Alan estava sempre no escritório, estávamos trabalhando, mas nós nunca tivemos nada.

A perna de Zach começou a se contrair, então ele pegou a cadeira que Gabriella havia desocupado e se sentou. Um milhão de perguntas percorria sua mente, mas ele sabia que ela precisava terminar de contar sua história. E ele precisava que ela fizesse isso.

– Naquele Dia de Ação de Graças, eu me senti mal porque Alan estava sozinho e decidi convidá-lo para jantar comigo e com a minha família. – Ela olhou para Zach e riu. – Naquele momento, eles ainda eram um pouco menos desagradáveis. De qualquer maneira, ele foi comigo, e minha irmã fez papel de ridícula, tentando se aproximar dele. – Ela revirou os olhos. – Em toda a minha vida, nunca a tinha visto agir daquela maneira, tão desesperada. No momento em que Alan foi embora, eu senti que precisava falar com ela e dar uns toques, afinal, ele estava passando por um divórcio, não namorava há algum tempo, essas coisas todas. – Inquieta, Gabriella começou a andar. – Pensei que eu estivesse fazendo a coisa certa, achei que estava oferecendo apoio para minha irmã. E sabe o que ela disse para mim? Disse que eu estava com ciúme. Que, claramente, eu devia ter alguma coisa com Alan, e que esse era o motivo para estar sugerindo que ela pulasse fora! "Como é que você pode trabalhar com um homem como ele durante todos esses anos sem ter dormido com ele?", foi o que ela me perguntou. Fiquei atônita, totalmente sem palavras. Naquele momento, minha mãe entrou no quarto, nos ouviu e decidiu dizer que era mesmo bastante suspeita a maneira como eu estava tentando afastar minha irmã dele. A discussão ficou bastante aquecida e barulhenta, até que, finalmente, meu pai entrou. Quando ele entendeu o que estava acontecendo, começou a rir e ficou do lado delas. Honestamente, meu pai é um homem que nunca teve uma única opinião própria em toda a sua vida.

Zach já tinha ouvido o suficiente.

– Por que eles simplesmente não aceitaram sua palavra? Quero dizer, você é a filha deles também, poxa vida. Por que foi tão fácil para eles acreditarem nas insinuações da sua irmã?

– Porque ela é e sempre foi a queridinha. Há muito tempo sei que eles não são pessoas que eu gostaria de ter por perto, não fosse o vínculo familiar. Não é que eu me ache melhor que eles, mas é apenas que são muito materialistas e adoram julgar os outros, e eu nunca fui assim. Todos são farinha do mesmo saco. Eu costumava brincar, dizendo que tinha sido adotada, mas me pareço muito com eles, fisicamente.

Zach deu-lhe um minuto e concluiu:

– Então, suponho que ela começou a namorar com Alan.

Gabriella assentiu.

– Isso mesmo. Tentei desencorajá-lo. Conversamos na segunda-feira, após o Dia de Ação de Graças, e eu disse a ele que minha irmã, provavelmente, iria aparecer no escritório ou ligar para ele, e que eu não queria que ele fosse pego de surpresa.

– Isso foi bonito da sua parte.

Ela bufou.

– Mas voltei a me dar mal. Eles saíram para um encontro, porque ela o chamou. No dia seguinte, Alan entrou no escritório e disse que tinha achado minha irmã uma mulher mesquinha, superficial e sem cérebro, com quem ele não tinha nada em comum. Fiquei tão aliviada que pensei em chorar.

– Mas ela nunca te perdoou?

– Não sei bem. O que sei é que, quando ela o chamou novamente para um segundo encontro, e ele disse que não achava uma boa ideia, ela começou a persegui-lo loucamente. Ligava, mandava mensagem de texto, aparecia no escritório… Eu morria de vergonha. Não podia acreditar em quão desesperada e patética ela estava sendo. – Gabriella deu de ombros. – Mas ela conseguiu dobrá-lo. Eles saíram novamente. E de novo.

E depois mais uma vez. Alan vinha me pedir conselhos e eu conversava com ele, como sempre fiz. O que eu não sabia era que ele contava para ela tudo o que eu lhe dizia. Até hoje, juro que acredito que ela o instruía sobre o que me perguntar, para que tivesse a prova de quanto eu não gostava dela.

– Nossa, Gabs. Isso é… absurdo.

– Não é? E ainda assim é a minha família…

– Quanto tempo eles namoraram?

– Eles se casaram faz dois anos – ela disse sem rodeios.

– Espera aí… Quer dizer, o cara do seu apartamento… seu cunhado…

Ela assentiu com a cabeça.

– Sim. Meu ex-chefe, meu ex-amigo, agora é meu cunhado.

– Mas… por que… Quero dizer, você nunca teve um caso com o cara. Por que ele nunca colocou a sua irmã no lugar dela?

– Sinceramente, eu não sei. Trabalhei para ele por mais seis meses depois que começaram a namorar, e ela começou a ter muito ciúme do tempo que passávamos juntos no trabalho. Não acho que Alan estivesse realmente interessado nela naqueles primeiros meses. Ele costumava sair muito sozinho, só que dizia a ela que tinha ficado no trabalho, comigo, até tarde. Eu o peguei mais de uma vez conversando e flertando com outras mulheres. Chegou um momento em que, realmente, passei a sentir pena dela e disse a Alan que ele precisava romper com ela ou deixar de sair com outras mulheres. Ele não gostou muito do meu ultimato e decidiu que já não era positivo continuarmos trabalhando juntos. Particularmente, acho que ele não queria testemunhas de suas puladas de cerca. De qualquer maneira, ele me despediu, e disse à minha família que tinha feito isso para manter a paz entre ele e minha irmã; afinal, não era um bom negócio continuar trabalhando com sua "ex-amante".

– Que filho da puta! – Zach se alterou. Naquele momento, ele só queria socar aquele desgraçado. – E o que você fez?

– Você conheceu minha família, Zach. Não havia nada que eu pudesse fazer. Quanto mais eu protestava, mais culpada parecia para eles. Então, parei de passar muito tempo em casa, com a minha família, para que as coisas pudessem ser mais pacíficas e, em seguida, me tornei a responsável pela separação familiar. Quero dizer, Alan virou um príncipe e eu passei a ser a mulher da vida.

– E aí eu fui lá e piorei tudo, tentando conversar sobre o nosso relacionamento.

Ela assentiu, tristemente.

– Mas, se você não tivesse aparecido, eles encontrariam outro motivo para me atacar. Eu não os vejo com muita frequência, acho que uma vez por ano. Mas é sempre igual, demoro semanas para me recuperar.

– Mas por que você continua vendo essas pessoas?

– Porque são a minha família. – Gabriella olhava para Zach, como se ele estivesse louco.

– Gabriella, eles não merecem você! Você é muito melhor do que eles. Eles não estão nem aí pro fato de você ser parte da família. Estão apenas procurando uma forma doentia de se divertir. Não faça isso consigo mesma. Você merece coisa muito melhor.

– Fácil para você dizer... a sua família é perfeita.

– Acredite em mim, sei que tenho sorte, mas isso não muda nada. Não deixe que eles venham mais. Se aquele idiota não foi homem suficiente para assumir as coisas que fez, então ele merece ter a sua irmã como esposa. São uma boa dupla. Você deveria estar agradecida por não ter de trabalhar mais com alguém como ele.

Ela riu.

– Você não era muito melhor, sabe disso, não sabe?

Zach ficou sério imediatamente.

– Não me compare a ele, Gabriella. Eu posso ter sido um imbecil de muitas maneiras, mas estou tentando compensar isso e, certamente, nunca teria permitido que você ou a sua reputação fosse destruída para me proteger de possíveis atos de que não me orgulhasse. Não confunda as coisas.

– Você está certo. Eu sinto muito.

Então ele se amaldiçoou novamente: seu objetivo era conquistá-la, não fazê-la se sentir mal.

– Não. Eu sinto muito. Transformei a conversa em algo sobre mim e não é – ele disse, balançando a cabeça. – Gostaria muito de ter sabido disso tudo naquela época. Eu teria defendido você, Gabriella. Nunca a teria deixado sozinha com eles. Eu teria dito poucas e boas, e colocado eles para fora da sua casa. Sinto muito.

– Não era uma batalha pela qual você devesse lutar. E ainda não é.

– É, sim – ele disse, cuidadosamente, e notou o olhar de surpresa no rosto de Gabriella. – Apesar de eu não conhecer você quando tudo isso aconteceu, nada disso ficou para trás. Ainda faz parte da sua vida. Ainda afeta você. Afeta nós dois.

Gabriella balançou a cabeça.

– Não há nós, Zach – ela sussurrou.

Ele queria gritar para o mundo que poderia haver, que queria que houvesse, mas sabia que, se fizesse isso, estaria apressando as coisas. E, depois de toda a merda que ele tinha feito, sabia que ia demorar algum tempo para conseguir acertar tudo.

– Só me prometa que vai pensar duas vezes antes de vê-los novamente. Ou que vai me avisar quando eles vierem, para que não tenha que enfrentá-los sozinha.

Por um minuto, ele pensou que Gabriella iria desmaiar. Ela empalideceu e seus olhos se arregalaram.

– Por quê? Por que isso é tão importante para você? – ela perguntou, finalmente.

– Porque você é importante para mim.

Gabriella abriu a boca, surpresa, fechando-a em seguida. Sem dizer uma palavra, ela levantou-se e caminhou em direção à cozinha. Zach observou-a, e um pequeno sorriso surgiu em seus lábios quando a viu parar no meio do caminho.

– Que cheirinho é esse?

Zach pegou as muletas e levantou-se, indo também para a cozinha.

– Tem bolinhos da Lin's no forno. Eu não tinha certeza se você já tinha jantado, e sei o quanto gosta deles.

– Eu… humm… – Ela limpou a garganta, virando-se para ele. – Eu comi bastante no almoço.

Ele olhou para ela sem acreditar.

– Você almoça só uma salada todos os dias… e raramente a come inteira. Vamos, eu pedi para dois, e pedi também pato crocante e frango com limão. – Ele sorriu e encolheu os ombros. – Tentei cobrir todas as possibilidades…

Gabriella devolveu o sorriso.

– Zach, você realmente não tem de fazer tudo isso. Como eu disse, almocei tarde e ainda estou meio cheia.

Ele olhou para ela e arqueou uma sobrancelha.

– Fala sério… cheia de quê? De alface?

– Na verdade, eu não comi salada. Fui almoçar com a Summer e ela me obrigou a comer um hambúrguer.

– Ela te obrigou?

– Ok, talvez ela não tenha me obrigado, mas foi incisiva em sua sugestão.

Ele sorriu maliciosamente.

– Incisiva?

– Bem, ela disse que ia comer um. Pronto. Está feliz?

O sorriso que se espalhou pelo rosto dele foi uma satisfação.

– Você não tem ideia. Vamos pegar alguns pratos, já está quase tudo quente. Podemos comer aqui na cozinha ou na sala de estar, você decide.

Olhando por cima do ombro, Zach podia perceber que ela queria discutir, mas ele conhecia suas fraquezas. E comida chinesa estava no topo da lista.

– O que for mais confortável para você – Gabriella respondeu, virando-se e começando a pegar pratos e talheres.

– Vamos nos sentar aqui. Colocamos tudo na mesa e vamos nos servindo.

Eles costumavam fazer isso quando precisavam ficar trabalhando até mais tarde: Zach pedia comida e eles se instalavam na sala de reuniões para jantarem juntos. Ele não percebeu quanto sentia falta daquilo até aquele momento.

Quando tentou ajudá-la, Gabriella riu e disse para ele se sentar. Em menos de dois minutos, ela já estava com a mesa posta.

– Às vezes me esqueço de como você é eficiente com coisas assim. É só eu piscar e você já está com tudo pronto.

– Esta sou eu. Eficiente – ela murmurou ao se virar para pegar uma bebida na geladeira.

– E qual é o problema em ser eficiente? Perdi alguma coisa?

Gabriella balançou a cabeça, enquanto colocava garrafas de água sobre a mesa e se sentava.

– É coisa minha, não é nada.

Ela passou os olhos por toda aquela comida, enquanto Zach, sentado, apenas se alegrava em poder observá-la. Por muito tempo, ele tinha feito o seu melhor para esconder seus sentimentos por Gabriella, a atração que sentia por ela; agora, era bom poder olhar para ela sem disfarces.

Quando seu prato estava quase cheio, Gabriella parou e olhou para Zach.

– Você não vai comer nada?

Ele saiu de seu devaneio e imediatamente começou a se servir. Eles comeram em silêncio por alguns minutos, e Zach abriu um doce sorriso ao ver o olhar de puro prazer no rosto de Gabriella. Era verdade que ela normalmente só comia uma salada no almoço e que, na maioria das vezes, nem chegava a terminar o prato. Pelo que ele sabia, ela não tomava café da manhã, e era provável que cozinhasse muito pouco para o jantar. Ele gostava de comer com ela quando trabalhavam até tarde, assim como estava gostando daquele momento.

– Então, como está a minha irmã? – Zach perguntou, procurando um tópico de conversa neutro. – Ela e Ethan viajam esta noite, não é mesmo?

Gabriella assentiu com a cabeça.

– Houve uma ligeira mudança de planos, originalmente eles iam para Seattle, para se encontrar com um cliente, mas Ethan vai fazer a reunião por Skype amanhã de manhã. Então, ele e Summer estão indo diretamente para a Carolina do Norte esta noite.

– Tenho certeza de que a Summer quer ver como vai a obra da casa.

Gabriella assentiu novamente.

– Acho que se já tiver paredes, janelas e portas, nada mais, ela estaria disposta a passar o fim de semana lá mesmo.

– Tomara que Ethan coloque a cabeça dela no lugar. – Zach riu. Embora ele soubesse que Ethan não tinha problemas com coisas rústicas, ele tinha a sensação de que dormir no meio de uma obra era um pouco demais. Ao menos, esperava que fosse.

– Ela está superanimada com isso. Tenho certeza de que, uma vez que comece a conversar com o construtor, vai ficar mais tranquila e vai para a casa de seus pais ou para um hotel. Ou para qualquer lugar que deseje passar o fim de semana.

– Tenho certeza de que a minha mãe vai fazer chantagem para ficarem com ela e meu pai e que vai conseguir reunir todo mundo para um grande jantar em família antes de Summer e Ethan terem de voltar, na segunda-feira. – Zach fez uma pausa. – Ou eles vão voltar domingo à noite?

– Acho que domingo à noite. Ethan queria estar no escritório na segunda-feira de manhã. Ele marcou uma reunião com a equipe toda.

Zach teve de apertar os dentes e evitar fazer um comentário grosseiro. Ele precisava ir lentamente. Sabia que era assim que as coisas deviam acontecer. Ethan não iria fazer nenhuma loucura com a empresa, e agora que Zach tinha se comprometido a participar ativamente de tudo outra vez, ele estava confiante de que teria cada vez mais atuação.

Gabriella estava olhando para ele como se estivesse lendo sua mente.

– Você estará de volta ao comando de tudo antes de se dar conta – ela disse. – Ethan planeja falar com todos para que saibam que isso é uma situação temporária. Eu acho que a equipe merece estar ciente, especialmente nessa situação, de que Ethan estará assumindo todas as suas responsabilidades.

– Bem, nem todas. Tenho a intenção de começar a recuperar meu espaço. – *Droga. Ele não queria falar de trabalho*! – De qualquer forma, de volta à minha irmã. Ela já falou sobre algum plano de casamento?

Gabriella olhou para Zach, um pouco desconfiada.

– O que está acontecendo com você?

– O que você quer dizer?

– Quero dizer que está sendo muito agradável e mudando de assunto quando começamos a falar sobre o escritório. Pensei que era por isso que eu estava aqui, para pegar os arquivos e falarmos de trabalho.

Zach afastou o prato, recostou-se na cadeira e suspirou.

– É assustador como você me conhece bem. – Ele não tinha certeza se o comentário a agradaria ou a irritaria. – O que você quer que eu diga?

– Que tal a verdade? – ela sugeriu suavemente, enquanto terminava seu último bolinho.

A verdade? Inferno, Zach nem sequer tinha certeza se ele mesmo era capaz de lidar com a verdade. E se falasse tudo e ela se afastasse? E se lhe dissesse exatamente o que estava sentindo e ela risse dele e, depois, fosse embora? Ele balançou a cabeça e lembrou-se de sua conversa anterior, sobre não se esquivar de qualquer desafio.

Era agora ou nunca.

Ele se arrumou para poder apoiar os braços sobre a mesa, olhou para Gabriella e estudou o rosto dela.

– A verdade? – Zach perguntou e esperou até que ela assentisse com a cabeça. – Certo, Gabs. Mas, lembre-se, foi você quem pediu. Eu convidei você aqui esta noite, porque preciso que saiba como estou arrependido pela maneira como te tratei. Pensei muito em minhas atitudes nesses últimos dias e não gosto do homem que me tornei. Estou empenhado em meus exercícios com Alex e estou empenhado em voltar a ser o chefe da Montgomerys. Não queria que você viesse aqui na defensiva. Queria que tivéssemos apenas algum tempo para conversar e… nos conhecer novamente.

Ela se recostou na cadeira e soltou um suspiro trêmulo.

– Uau. Está bem.

Era isso? Isso era tudo o que ela tinha a dizer?

– Mas mais do que isso, Gabriella, não quero fazer nada sem você. Eu preciso de você. Você é a razão pela qual tenho sido capaz de realizar tudo o que consegui com a empresa. Você é a razão de eu ter sido bem-sucedido em quase todos os aspectos da minha vida nos últimos cinco anos. – Estendendo o braço por cima da mesa, Zach pegou uma das mãos de Gabriella e ficou maravilhado com a maciez que sentiu.

Ele sempre havia se perguntado como seria sua pele e, agora que sabia, queria sentir mais. – Não me deixe. Por favor.

Seus olhos azuis se encheram de lágrimas, e ela usou a mão livre para rapidamente secá-las antes que caíssem, voltando o olhar, em seguida, para suas mãos sobre a mesa.

– Zach – ela disse suavemente –, nós já falamos sobre isso.

– Eu sei, eu sei – ele respondeu muito delicadamente. – Preciso de outra oportunidade, Gabriella. Preciso de uma chance para fazer as coisas direito. – Ele ergueu os olhos, fazendo seu olhar se encontrar com o dela. – Eu preciso de você.

Decidindo ser ousado, ele virou a mão e entrelaçou seus dedos com os dela, gentilmente apertando. Zach ficou surpreso por ela não se afastar e pensou que, talvez, apenas em uma vaga hipótese, eles estivessem progredindo.

– Sei que não posso apagar as coisas que eu disse e fiz, mas, se você me der mais uma chance, Gabs, prometo que não vou estragar tudo. Se eu fizer qualquer coisa que te incomode, você pode ir embora. Inferno, pode me dar um tapa na cara, me chutar na canela ou jogar algo pesado em mim, e eu vou aceitar. Eu só... Eu só não posso fazer isso sem você.

Gabriella seguia olhando para as mãos unidas sobre a mesa.

– Eu não quero fazer isso sem você – ele disse calmamente.

– Eu tenho medo de acreditar em você. – As palavras foram balbuciadas tão suavemente que Zach mal conseguiu ouvi-las.

Tudo dentro dele se apertava de dor. Sua assistente, sempre tão confiante e eficiente, agora estava desconfiada e insegura... e por causa dele.

– Eu não sei o que dizer para fazer você acreditar em mim. Mas pode me dizer o que preciso fazer. Qualquer coisa. Qualquer coisa que achar necessário para poder confiar em mim eu estou disposto a fazer.

Ela olhou para ele.

– Não é tão fácil assim. Todos esses dias entrei no escritório e te dei outra oportunidade. Toda vez que você me repreendia ou me fazia sentir como se eu tivesse feito tudo errado e eu voltava, estava te dando outra chance. Do meu ponto de vista, você teve dois anos de segundas chances. Acho que fui mais do que generosa.

Zach estendeu a outra mão e a colocou sobre a mão de Gabriella, entrelaçada com a sua.

– Eu sei que foi. E sou muito grato por isso, você não tem ideia de quanto. – Gabriella olhou para ele desconfiada. – É verdade! Eu sei que nunca disse isso, mas todas as manhãs, quando você chegava, eu agradecia. Toda vez que você entrava no meu escritório, eu agradecia. Por favor. Estou implorando, Gabs.

– Eu… eu já falei com Ethan. Devo começar a trabalhar com ele na segunda-feira. Não posso fazer isso, Zach.

Ele a estava perdendo. Ele sempre soube que aquilo era uma possibilidade e, ainda assim, sentia como se estivesse se afogando.

– Ethan sabe que eu planejava falar com você esta noite. Se você lhe disser que mudou de ideia, ele não vai se chatear. E pode ir na segunda-feira para ajudá-lo com a reunião e com a organização das coisas, mas depois pode vir para cá para elaborarmos um plano sobre quais tarefas e responsabilidades posso assumir para aliviar um pouco a sobrecarga de Ethan. Estou esperando começar a sentir os efeitos da fisioterapia em breve e vou ter um pouco mais de mobilidade. Estou confiante de que posso estar de volta ao escritório no início de novembro, mesmo que não seja para o horário integral. – Zach estava desesperado e não havia espaço para ser orgulhoso. – Com a sua ajuda, Gabriella, sei que vou conseguir.

Lentamente, Gabriella soltou sua mão da dele.

– Isso foi baixo, Zach.

– Você acha que estou gostando de implorar? De rastejar? Acha que me sinto bem vendo como você está reagindo em relação a mim? Mas já foi assim uma vez, e eu sei que estraguei tudo. Não sei mais o que fazer. Estou completamente nas suas mãos.

Lentamente, Gabriella levantou-se e começou a limpar a mesa. Zach não teve escolha senão seguir sentado, observando-a em silêncio. Era isso. Ele não tinha mais nada a fazer. Tinha dito a ela como se sentia, compartilhado seus sentimentos, mas nada daquilo tinha importância. Ele a havia perdido para sempre.

Para Ethan.

Bem, não tecnicamente para Ethan, mas o resultado era o mesmo. Gabriella estaria trabalhando para Ethan e não mais para ele. Então, quando ele voltasse para o escritório, ela iria embora para sempre.

Zach sentiu seu coração apertar. Não era para terminar assim, mas ele tinha sido tão arrogante por tanto tempo que havia perdido contato com o que era mais importante. Nada daquilo era sobre dinheiro e poder, era sobre relacionamentos. Eram as pessoas em sua vida que mais importavam. Ele conseguiria recuperar o amor e o respeito de sua família. Mas, claramente, não seria capaz de fazer isso com Gabriella.

A cozinha estava impecável, e ele observou Gabriella junto à pia, secando as mãos. Ele sabia que ela estava indo embora. E sabia que não conseguiria impedi-la. E de que adiantaria? Ele tinha se aberto e implorado mais do que jamais havia feito em qualquer outro momento de sua vida, e não havia sido suficiente. O ponto não era conseguir vencer, mas ele também não queria perder. Zach imaginava que eles fossem chegar a algum tipo de acordo e, talvez, as coisas não voltassem a ser como eram, mas podiam ser até melhores.

Mas bastou um olhar para a expressão triste no rosto de Gabriella para saber que nunca seria assim.

– Você não precisava ter limpado – ele finalmente disse, quando foi capaz de recuperar sua voz.

– Não foi nada de mais. – Ela olhou ao redor. – Bem, eu preciso ir. Posso levar os arquivos?

Acenando com a cabeça, Zach pegou suas muletas e se levantou. Ele caminhou lentamente de volta para a sala de estar e reuniu as pastas. Quando se virou, Gabriella estava a poucos passos de distância. Ele sorriu tristemente e entregou o material todo para ela.

– Obrigado por ter se disposto a vir até aqui para buscá-los.

– Obrigada pelo jantar. Fazia muito tempo que não comia esses bolinhos. Tinha até me esquecido de quanto gosto deles.

Eles pareciam dois estranhos, bem-educados, e isso fez Zach querer gritar. Sem ter mais o que dizer, ele viu Gabriella virar-se para a porta, onde colocou os arquivos em sua bolsa antes de pendurá-la no ombro. Zach aproximou-se um pouco mais do que era considerado educado. Seus olhos examinaram o rosto dela.

Gabriella era alta, não tão alta quanto Zach, ainda mais sem os sapatos de salto, mas ele ainda era capaz de olhar para o seu rosto de cima. Gabriella arregalou um pouco os olhos quando o viu tão perto e deu um pequeno passo para trás. Ele a seguiu. Quando as costas dela encostaram na parede, Zach sabia que ela teria de ficar parada por pelo menos um minuto.

– Se você mudar de ideia… – ele começou.

– Não acho que eu vá mudar de ideia – ela disse, mexendo na alça da bolsa.

A mente de Zach se revirava em busca de mais argumentos para convencê-la a ficar, e ele então decidiu que não tinha mais nada a perder.

– Eu entendo. – Ele soltou uma muleta e a apoiou contra a parede. – Acho que há um ponto positivo em você não trabalhar mais para mim.

Seus enormes olhos azuis se estreitaram, e Zach abriu um sorriso diante daquele olhar.

Ela achava que ele ia insultá-la. Inferno, ela provavelmente estava se preparando para uma última ofensa.

Não. Vai. Acontecer.

Zach segurou o rosto de Gabriella em sua mão e ficou ainda mais encantado com a maciez de sua pele.

– Se você não trabalha mais para mim, então não é totalmente inadequado fazer isso.

Então ele a beijou.

Capítulo 7

Susto.

Na verdade, choque.

E, então, Gabriella se derreteu. Depois de tudo o que haviam passado juntos, depois de tudo o que haviam falado durante aquela noite, não era bem assim que ela imaginava que terminariam o encontro.

Mas ela estava completamente satisfeita com a surpresa.

Durante anos, Gabriella sonhara saber como seria beijar Zach Montgomery, e agora que ele a estava beijando, ela precisava parar de devanear e começar a aproveitar!

Zach deve ter percebido que ela estava gostando, porque sua segunda muleta caiu no chão enquanto seus braços se agarraram à cintura de Gabriella. Tudo dentro dela se derretia ao contato aquecido dele. Seus corpos simplesmente se encaixavam. As mãos de Gabriella acariciavam os braços e os ombros musculosos de Zach. Parecia impertinente tocar seu chefe daquela maneira.

Mas não era seu chefe que ela tocava. Era Zach. Ela estava tocando Zach. *Pare de pensar em trabalho, garota!*

Zach soltou um suave gemido, e Gabriella deslizou a mão lentamente por sua garganta, chegando ao rosto, agora limpo, barbeado, e ao seu cabelo. O cabelo de Zach, grosso e sedoso, estava mais longo do que de costume, e os dedos dela se agarraram aos fios, puxando-o para perto de si.

Zach se aproximou ainda mais de Gabriella, que ficou completamente pressionada, da cabeça aos pés, entre ele e a parede. Seus lábios a devoravam, mas seus braços permaneciam imóveis, bem unidos e segurando-a como se tivesse medo de que ela fosse escapar.

Não parecia muito provável.

Naquele momento, não havia nenhum outro lugar no planeta em que Gabriella quisesse estar. O que era um pouco irônico, considerando que, menos de um minuto antes, tudo o que ela queria era ir para bem longe dali! Engraçado como as coisas podem mudar tão rapidamente...

Ela lutou entre a necessidade de tomar fôlego e nunca deixar que os lábios de Zach desgrudassem dos seus novamente. Como se estivesse lendo a sua mente, ele começou a beijá-la por todo o rosto, sua orelha, a sentir seu cheiro.

– Você tem alguma ideia de há quanto tempo eu quero fazer isso? – ele sussurrou bem próximo de sua orelha.

– Espero que tanto tempo quanto eu – ela admitiu abertamente, esfregando-se contra ele.

Ele riu suavemente.

– A primeira vez que você passou pela minha porta, eu já queria te tocar, te beijar. – A língua de Zach passava levemente por seu pescoço. – Fazer amor com você.

Gabriella tremia ao ouvir aquelas palavras. Como era possível que não tivesse percebido nada? Como ele conseguiu manter isso em segredo por tanto tempo? E por quê? Ela estava pronta para perguntar isso, mas ele levantou a cabeça e abriu um sorriso tão sensual antes de voltar a beijá-la, que ela não pôde fazê-lo. Desta vez, não houve surpresa nem choque. A declaração de Zach tinha sido tudo para ela. Ela agora estava em suas mãos.

Gabriella queria se mover, ir para algum lugar onde não ficasse com as costas contra uma parede. Mas, novamente, não queria interromper o que Zach estava fazendo para dizer coisa alguma. Ela raspou as unhas em seu couro cabeludo e sentiu o corpo dele vibrar. Em seguida, pressionou seus seios mais firmemente contra ele, e sentiu sua ereção em seu ventre.

Nenhum problema com a parede.

Agora era a vez dele se esfregar contra ela, e Gabriella ficou chocada ao ouvir-se gemer. Tinha passado tanto tempo desde que um homem a tinha tocado assim – e nunca ninguém a fizera gemer. Lentamente, ela levantou uma perna pela parte de trás da perna de Zach. A ideia era passar sua perna ao redor dele e puxá-lo para mais perto, como se isso fosse mesmo possível. Mas, quando ela começou a se mover, Zach se afastou e xingou.

– O que foi? O que aconteceu? – ela perguntou, nervosa. – Você está bem?

Os olhos de Zach estavam fechados, apertados, quando ele alcançou uma das muletas.

– Eu preciso... Eu preciso sentar.

Gabriella entrou em ação e, rapidamente, colocou ambas as muletas em suas mãos antes de guiá-lo até o sofá. Desajeitadamente, ela o fez sentar-se e deu um passo para trás, sem saber o que deveria fazer. Zach estava esfregando a coxa e o joelho, e seu rosto estava retorcido de dor.

Ela se ajoelhou diante dele.

– O que eu posso fazer? – ela perguntou suavemente. – Posso buscar algo que vá ajudar?

Zach olhou para ela.

– Não há nada a fazer – ele disse, com a voz sombria. – Só... acho que você deveria ir embora.

Gabriella levantou-se, colocou as mãos nos quadris, e olhou firmemente para ele.

– Não.

Ele levantou a cabeça.

– Como é que é?

– Você me ouviu. Eu disse "não".

– Gabs, este realmente não é o momento...

Ela ergueu a mão para detê-lo.

– Sim, sim, sim. Pode parar. Já passamos por isso antes. Você passou a noite inteira tentando me convencer a ficar e a voltar a trabalhar para você, então, me beijou assim, do nada, na porta, e agora está me mandando embora? Decida-se, Zach, porque se é isso mesmo, eu não vou voltar.

Ele parecia estar prestes a dizer algo, mas nada saiu de sua boca, então, Gabriella prosseguiu:

– Se quer que eu volte a trabalhar para você aqui na sua casa, vai ter que lidar com o fato de que vou vê-lo com dor. Vai ter de enfrentar o fato de que essas coisas vão acontecer e que você não vai ser capaz de evitar. Agora, pode aceitar minha ajuda ou eu posso ir embora. Para sempre.

Ela pôde ver a indecisão em seu rosto por uma fração de segundo antes de sua resignação.

– Está bem...

Zach recostou-se contra as almofadas, os olhos fechados, e continuou a esfregar a coxa.

– Ótimo – ela disse, suavemente, ajoelhando-se na frente dele. – Me diga o que está acontecendo.

– Às vezes... minha perna simplesmente pifa. Num minuto está tudo bem, e então, de repente, ela começa a se contrair, formigar, e eu perco a sensibilidade.

Como ela conhecia Zach já há muito tempo, sabia quanto compartilhar aquela informação devia ter sido duro para ele. Gabriella assentiu e colocou a mão sobre a dele.

– Entendi. E o que devemos fazer? Alguma compressa quente? Gelo? Massagem? O que Alex sugere nesse caso?

– É parte do processo de cura, ou, ao menos, é o que ele me diz. Ainda há algum inchaço, e o fato de eu não ter me mantido assíduo no tratamento acabou agindo contra mim. Ele nunca presenciou uma crise.

– Quer que eu ligue para ele? Quer que peça para ele vir agora para que possa ver você durante a crise?

Aquela foi a primeira ideia que veio à mente de Gabriella, mas ela não ligaria para o fisioterapeuta, a menos que Zach concordasse.

Eles haviam feito grandes avanços naquela noite com o objetivo de ajustar seu relacionamento, e ela não queria fazer nada que pudesse arruinar isso.

– Não – ele disse, calmamente, abrindo os olhos e encontrando o olhar de Gabriella. – Não está sendo tão ruim desta vez. Mas... você poderia ficar? Poderia ficar comigo um pouco mais?

– Claro. – Gabriella levantou-se e sentou-se ao lado dele no sofá. – Quer que eu faça alguma coisa?

Num movimento surpreendente, Zach pegou uma de suas mãos e a puxou para perto. Eles ficaram lado a lado, ombros e coxas encostados. Gabriella, então, suspirou e descansou a cabeça no ombro de Zach, que apoiou a cabeça sobre a sua. Ela sorriu.

Aquela sensação era boa.

•

Zach estava mais do que apenas um pouco nervoso. Havia sofrido um acidente e estava se recuperando, normal que ainda tivesse alguns contratempos. O único problema era o fato de que, durante a maior parte daqueles três últimos meses, ele não havia permitido que ninguém estivesse ao seu lado durante uma crise de dor.

Até aquele momento.

Como se soubesse que ele simplesmente precisava de silêncio, Gabriella sentou-se ao lado dele, sua mão macia e delicada na dele, sem dizer nada. Aquilo quase o fez rir. Zach sabia que, se dependesse dela, Gabriella estaria correndo pela casa pegando a compressa quente, o bloco de gelo e o Ibuprofeno, apoiando-o em almofadas e ligando para Alex. Tudo ao mesmo tempo. Zach demorou um minuto para avaliar como estava se sentindo, e percebeu que a sensibilidade havia voltado. O formigamento e o espasmo simplesmente tinham desaparecido. Lentamente, ele testou a perna, dobrou-a, esticou-a, e percebeu que já estava tudo bem.

Mas como...?

Sem um pensamento consciente, ele simplesmente virou a cabeça e deu um suave beijo na cabeça de Gabriella.

– Obrigado.

Ela não se moveu nem fez qualquer coisa que pudesse atrapalhar a posição em que estavam.

– Como está se sentindo?

– Melhor – ele respondeu. – Minha perna meio que melhorou sozinha.

– Isso já havia acontecido antes?

Zach negou, sacudindo a cabeça.

– Lembra do primeiro dia que veio aqui? A crise durou horas.

Ela riu.

– Eu sabia que havia algo errado, e queria que tivesse me dito. Sei que não há nada que eu possa fazer a respeito, mas teria me sentido melhor apenas por saber o que estava acontecendo com você. – Ela fez uma pausa. – Por que não falou nada?

Ele encolheu os ombros de leve.

– Essa coisa toda de acidente, recuperação... isso tudo tem sido... tem sido bem difícil.

– Bem... imagino – ela disse. – Você caiu de uma montanha, Zach. Como achou que ia ser?

– Não é apenas o aspecto físico. – Zach soltou a mão de Gabriella e passou o braço em torno dos ombros dela, com cuidado para manter sua cabeça perto da dele. – A parte mental foi brutal. É incrível o que acontece quando você é forçado a passar tanto tempo na sua cabeça. Passei tantas semanas mal conseguindo me mover, que a única coisa que eu podia fazer era pensar. Houve momentos em que a dor era tão intensa que eu queria gritar, mas era a minha mente que estava, de fato, me derrotando.

– O que você quer dizer?

– Todo o medo, todo tipo de dúvida que eu já tive na vida, parecia plantar-se firmemente em minha mente. E eu não conseguia controlar isso. Sempre que eu achava que tinha avançado, uma voz interior, maligna, me dizia que eu nunca mais conseguiria voltar a andar ou que nunca mais seria um homem de verdade.

Caralho. Ele estava mesmo sentado ali, se abrindo para ela? Ethan, seu pai, seus irmãos... inferno, até os médicos e fisioterapeutas tinham tentado fazê-lo falar durante todo esse tempo e ele estava se abrindo justamente naquela situação? Não era a coisa mais romântica para se conversar depois daquele beijo que haviam compartilhado. O velho Zach teria direcionado Gabriella para o sofá e a colocado por baixo de seu corpo, para que seguissem de onde haviam parado na parede perto da porta.

Claramente, o novo Zach precisava entrar em contato com seus sentimentos primeiro.

Inacreditável.

– É incrível o que o nosso subconsciente pode fazer com a gente – ela disse, calmamente. – Mas você chegou tão longe, Zach. Tem de perceber que fez grandes avanços. Sei que não aconteceu na velocidade que você provavelmente gostaria, mas está tudo indo muito bem.

– Eu achava que, nesse momento, já estaria de volta ao trabalho. Achava que já não precisaria mais das muletas – ele disse. – Sei que fiz um monte de coisas que atrapalharam a minha recuperação, mas estou trabalhando duro nisso agora. Sei o que quero e, definitivamente, não vou conseguir ficando preso nesta casa, isolado do resto do mundo. Quero me levantar e sair.

– Então, o que está impedindo você de fazer isso?

Zach levantou a cabeça e esperou até Gabriella fazer o mesmo, e os dois cruzarem seus olhares.

– Além do óbvio?

– Zach, pessoas com incapacidades muito maiores que as suas saem de casa e enfrentam o mundo todos os dias. – Os olhos de Gabriella se iluminaram. – Vamos a algum lugar!

– Agora? – ele perguntou, incrédulo. – Está tarde. Para onde iríamos?

Ela revirou os olhos.

– Que tal amanhã? Virei buscá-lo e iremos a algum lugar.

Assim, Zach se desanimou. *E se você cair? E se a sua perna doer? E se as pessoas tiverem pena de você?*

– Acho que não. Mas obrigado.

Gabriella estreitou os olhos.

– Você está fazendo isso de novo...

– Fazendo o quê?

Ela levantou-se e caminhou até a porta da frente.

– Você diz que está fazendo a sua parte, que está comprometido, mas não está. Não de verdade. Só está comprometido enquanto as coisas seguem o plano que você criou, sem surpresas. Bem, notícia em primeira mão: as coisas nem sempre vão sair de acordo com o planejado!

– Você acha que não sei disso? – ele gritou, agarrando uma muleta e colocando-se em pé. – Olhe para mim! Este é o resultado de coisas que não saem de acordo com o planejado!

– Eu entendo – ela respondeu, tentando acalmá-lo. – Entendo mesmo. Mas você falou durante toda a noite sobre essa busca de alma, sobre querer retomar o comprometimento com a sua vida, e assim que uma oportunidade se apresenta, você continua escolhendo ficar em casa.

Zach passou a mão pelo cabelo.

– Não é tão fácil quanto você pensa.

Lentamente, Gabriella aproximou-se dele.

– Desculpe – ela disse, colocando uma mão sobre o antebraço de Zach. – Estou apenas tentando ajudar.

Ele sabia que ela estava dizendo a verdade. Ela não o estava pressionando nem tentando manipular. Gabriella estava, honesta e verdadeiramente, tentando ajudá-lo a fazer o que ele disse que queria fazer.

– E para onde iríamos?

Tomando um minuto para pensar, ela bateu um dedo com a unha perfeitamente feita contra os próprios lábios, e então falou:

– Vamos começar pequeno. Algo privado. Sei que não vai querer uma grande plateia em torno de você, mesmo se forem completos desconhecidos.

– Não mesmo. E então? Em que você está pensando?

– Vamos sair para comer.

Ele olhou para ela como se fosse louca.

– Muitas pessoas.

– Certo, que tal assistir a um filme?

A ideia realmente não lhe parecia ruim.

– É muito tempo sentado. Não vejo como possa me ajudar.

– Não se trata de fazer você caminhar – Gabriella começou, diplomaticamente. – O ponto aqui é tirar você de casa, levá-lo de volta para o mundo. – Ela caminhava pela sala. – Não precisamos ir a um cinema no shopping. Podemos ir a um menor. Almoçamos em algum restaurante discreto e depois assistimos a um filme no meio da tarde. Quando o filme terminar, tenho certeza de que você estará pronto para voltar para casa, e terá o resto da noite para relaxar e pensar sobre como se sentiu estando fora e qual seria o próximo passeio que gostaria de fazer.

– E se eu gostar e quiser sair novamente no domingo, você iria comigo?

– Claro que sim! – A resposta de Gabriella foi imediata, sem pensar.

Zach a observou por um momento.

– E se... e se, enquanto estivermos fora, acontecer alguma coisa? E se acontecer algo como o que aconteceu aqui enquanto estivermos no cinema?

– Nós estaremos sentados em uma sala escura e com o som bastante alto. Ninguém vai prestar atenção em você.

– Nem mesmo você? – Zach perguntou, tranquilamente.

Um pequeno sorriso cruzou o rosto de Gabriella.

– Só eu. Eu estarei com você. Se quiser ir embora, a gente levanta e vai. Se quiser ficar, a gente fica. Se estiver comprometido com sua recuperação, Zach, então, eu estarei comprometida em estar ao seu lado. O que você acha?

Ele demorou um minuto e apenas olhou maravilhado para ela. Era mesmo tão fácil assim? Bastava compartilhar seus medos e ela estaria ao seu lado, independente do que fosse acontecer? Ele pensou nisso e balançou a cabeça. De qualquer maneira, Gabriella permanecia ali, e aquilo o emocionava.

– Está bem.

•

Gabriella voltou para a casa de Zach no final da manhã seguinte e experimentou uma sensação de ansiedade que nunca tivera antes. A mudança repentina em seu relacionamento deveria ter gerado estranheza, mas não era o que havia acontecido. Na verdade, agora tudo parecia estar no lugar. Ela estava feliz. Estava contente.

Estava esperançosa.

Zach a deixara sem fôlego ao beijá-la na noite anterior, e havia uma parte dela que queria que ele tivesse pedido para ela ficar. Era muito cedo. Ela sabia que era muito cedo, mas não pôde deixar de se sentir um pouco desapontada quando voltou para casa. *Em breve*, ela disse a si mesma. Quando Zach estivesse se sentindo mais confiável, talvez passassem a um relacionamento mais físico; por ora, Gabriella precisaria ser paciente e apoiá-lo.

Apesar de ter a chave da casa, ela bateu. Então, sentiu-se culpada, porque isso significava que ele teria de lutar com suas muletas para vir atender a porta. Assim, ela começou a procurar na bolsa e, quando tinha os dedos na chave, Zach apareceu.

– Ei – ele disse, um pouco ofegante.

– Ei. – Gabriella levantou a chave com um sorriso sem graça. – Fiquei em dúvida se devia usar ou não.

Zach deu um passo para trás e fez um gesto para que ela entrasse.

– Pode usar sempre. Eu te devolvi a chave porque você é sempre bem-vinda aqui.

– Não foi o que você disse alguns dias atrás – ela murmurou, surpreendendo-se quando os braços de Zach rapidamente se uniram ao redor de sua cintura, puxando-a para perto.

– Pensei que estivéssemos avançando. – Zach examinou o rosto e a expressão séria de Gabriella. – Sei que não posso apagar todas as coisas que eu disse, mas também não quero continuar lembrando delas.

– Você tem razão – admitiu Gabriella. – Eu não devia ter feito esse comentário, sinto muito.

Agora era a vez de Zach sorrir. Ele inclinou a cabeça, aproximando seu rosto do dela.

– Está perdoada.

Seus lábios tocaram os dela, hesitantes no início, e então com mais urgência. Ele suspirou de prazer quando Gabriella respondeu instantaneamente ao beijo.

Gabriella não conseguiu evitar, ele era algo que, rapidamente, estava se tornando um vício. Zach sabia como beijar uma mulher, e se ela não tivesse cuidado, não sairiam de casa tão cedo. A língua de Gabriella traçou suavemente os lábios de Zach, e ela não pôde deixar de sorrir quando o ouviu gemer. Ela se sentiu empoderada, excitada, mas rapidamente fez o melhor que pôde para afastar-se, abrindo um pouco de espaço entre seus corpos.

– Comprei ingressos para a sessão de uma hora. Precisamos ir logo se almoçarmos antes e não quisermos perder o começo do filme. São cerca de quarenta e cinco minutos até lá.

– Sério? Você está pensando no filme? – Zach perguntou, sem fôlego, sua testa descansando contra a dela.

Gabriella suspirou e inclinou-se para perto dele.

– Que loucura, né? Acho que sou boa nessa coisa de multitarefas – ela disse, provocando-o, e riu quando ele gemeu. – Vamos – ela finalmente disse, forçando-se a se afastar dele novamente. – Está um dia lindo, e achei que você estaria animado com a ideia de sair de casa para algo além de uma consulta médica.

– E estou – ele disse, mas Gabriella sabia que não era verdade.

– Você contou a alguém o que vamos fazer hoje?

Ele balançou a cabeça.

– Quero esperar e ver como vai ser. Não quero brincadeiras.

Ela podia entender o ponto de vista dele, mas desejava que ele estivesse um pouco mais entusiasmado.

Incapaz de se conter, Gabriella começou a caminhar pela sala de estar, arrumando pilhas de papéis, afofando almofadas e colocando copos sujos na máquina de lavar louça, enquanto esperava Zach estar pronto para saírem.

– Você não está trabalhando, Gabs – Zach disse, enquanto colocava um casaco. – Não espero que organize as coisas toda vez que vier aqui.

– Desculpe – ela disse. – É apenas hábito, eu acho. Mas vou parar.

Houve um silêncio embaraçoso enquanto saíam da casa e caminhavam para o carro de Gabriella. Ela tinha um carro razoavelmente espaçoso, mas Zach era muito grande e ela se viu preocupada com o conforto dele.

– Humm... Zach?

– Sim?

– Seria melhor se pegássemos o seu carro? Quero dizer, é maior... mais espaço para as pernas e outras coisas. Se você não achar um problema que eu o dirija...

– Graças a Deus! – ele disse, dando risada. – Não queria que você pensasse que eu estava sendo esnobe, mas assim que saímos e vi seu carro comecei a questionar a eficácia do plano como um todo. – Ambos relaxaram, rindo juntos. – As chaves estão dentro de casa. Se não se importar de voltar lá para pegá-las, espero você aqui.

Gabriella rapidamente se virou e voltou para buscar as chaves, que estavam na prateleira ao lado da porta da frente. Ela trancou a casa novamente e encontrou Zach ao lado da sua SUV. O rosto dele estava virado para cima, seus olhos fechados, e ela pôde perceber que estava simplesmente desfrutando a sensação do sol batendo em seu rosto.

Ela diminuiu o passo e parou para observá-lo, sorrindo. Gabriella tinha certeza de que ser forçado a ficar dentro de casa por tantos meses era apenas mais uma angústia para alguém tão ativo como Zach. Ela tomou uma nota mental para encontrar algumas atividades ao ar livre para fazerem assim que ele estivesse um pouco mais forte. Nada perigoso nem remotamente complicado, coisas simples como um piquenique ou uma caminhada no parque, qualquer coisa que permitisse a Zach simplesmente desfrutar do ar fresco.

Gabriella aproximou-se, caminhando até o carro.

– Aqui estão – ela disse, sacudindo as chaves. Ela nunca tinha dirigido uma SUV tão grande antes, mas achou que não seria um problema. – Você precisa de alguma ajuda?

Zach sacudiu a cabeça.

– Esta é realmente a parte mais fácil. Como o carro é um pouco mais alto, eu posso entrar com muito mais facilidade do que se tivesse de me abaixar para entrar no seu carro – Zach disse, sorrindo, enquanto os dois tomavam seus assentos. – Desculpa.

– Desculpa?

– Tenho certeza de que você tinha tudo planejado e eu mudei todos os seus planos... sei que não gosta disso.

E ela não gostava mesmo, mas havia circunstâncias atenuantes ali.

– Está tudo bem. Mesmo. Só espero que entenda que estou acostumada a dirigir algo muito menor. Isto é... humm... bem, é um pouco intimidante.

– Acho que você pode lidar com isso sem problemas – ele disse, dando uma piscadela.

Felizmente, percorreram o caminho todo sem transtornos, conversando bastante. Gabriella tinha esquecido como costumavam se dar bem e como parecia que o assunto entre eles nunca acabava. Eles falavam de notícias, esportes, filmes, livros... A conversa não parava. Ela estacionou o carro em frente a um pequeno restaurante rústico e olhou para Zach.

– Pensei que algum lugar menor e mais distante deixaria você mais confortável. Já comi aqui antes e a comida é realmente muito boa, mas nunca está cheio.

O sorriso de Zach transmitiu sua gratidão. Eles entraram e se sentaram em uma mesa de canto, com bancos. Zach demorou um pouco mais para se ajeitar, e quando chegou a hora de olhar para o cardápio, havia um leve brilho de suor em sua testa.

– Você está bem? – Gabriella perguntou calmamente.

– Acho que eu não pensei que fosse ser tanto esforço.

Ela olhou em volta.

– Talvez devêssemos nos sentar em uma mesa tradicional, com cadeiras – ela disse, nervosa.

Zach pegou uma das mãos dela nas suas.

– Ei, está tudo bem. Como saberíamos a menos que tentássemos, certo?

Visivelmente relaxada, Gabriella sorriu.

– Só não quero que você desanime.

– É incrível as coisas que tomamos como certas – ele disse, puxando sua mão para trás. – Alguns meses atrás, eu nunca imaginaria qualquer dificuldade em deslizar por um banco. Mas agora? Agora tenho de pensar na posição das pernas e onde colocar as muletas e como usar o tronco... – Zach suspirou. – Nunca pensei que seria tão difícil.

– Vai ficar mais fácil, Zach. Você e Alex vão trabalhar juntos e, antes que perceba, não vai mais ter de ficar pensando nessas coisas todas. Tudo vai voltar ao normal.

– Gostaria de ter o seu otimismo – ele disse, enquanto abria o cardápio.

Gabriella entendeu o gesto como sugestão para fazer o mesmo e deixar o assunto terminar ali. Antes que a garçonete pudesse vir, Zach pegou o menu das mãos dela.

– Você me promete uma coisa? – ele perguntou, com um sorriso levemente desafiador.

– O quê?

– Por favor, não peça salada. Sei que é o seu almoço tradicional, mas só por hoje, por favor, peça outra coisa. Um sanduíche, um hambúrguer, qualquer coisa... menos salada.

Ela riu.

– Eu não tinha ideia que a minha escolha de comida para o almoço causava tamanha angústia em você!

– Não é isso – ele disse, não podendo deixar de rir com ela. – É só que eu gosto de compartilhar uma refeição com você, uma refeição de verdade.

Gabriella suspirou dramaticamente.

– Bem, se é tão importante para você, então eu vou pegar um hambúrguer, mas isso significa que não vou comer pipoca no cinema.

– Você não pode não comer a pipoca. É a melhor parte de ir ao cinema!

– O filme não deveria ser a melhor parte de ir ao cinema? – ela perguntou, tentando envolver seu cérebro em torno daquela conversa sem sentido.

Agora era a vez de Zach suspirar dramaticamente.

– Ok, vamos apenas dizer que é um empate. Filmes e pipoca andam de mãos dadas. É a experiência completa. Você não pode ter um sem o outro, na minha opinião.

Ela encolheu os ombros.

– Faça a sua escolha: ou eu como hambúrguer ou como pipoca. Não vou comer os dois. E não acho que seria uma boa ideia você ter de cuidar de mim por eu estar passando mal de comer demais.

– Sério mesmo? Você não acha que me intimida assim, acha?

Um leve rubor subiu por suas bochechas.

– Espero que entenda, mas... eu como do jeito que como por uma razão. Não sou muito fã de *junk food* e gosto das minhas saladas.

– Está bem. Desta vez, então, peça o hambúrguer e pule a pipoca. – Um enorme sorriso se abriu em seu rosto. – Assim sobra mais para mim!

Ela riu.

– Temos um acordo.

•

Uma hora mais tarde, e Zach mal podia conter a vontade de rir em voz alta. Não que o filme fosse engraçado. Longe disso. Era um drama de ação, um filme sério. Na tela, duas pessoas estavam lidando com um caso de desaparecimento, mas seu foco estava em Gabriella. Ela ficava o tempo todo esticando a mão para pegar pipoca e, depois, recuando, achando que Zach não estava vendo.

Mas ele estava. Como poderia não prestar atenção nela se estavam sentados tão perto e o cheiro dela era incrível? Seu perfume floral o estava deixando louco. Além disso, estavam lado a lado, e a mão dela estava muito próxima dele.

Sem dizer uma palavra, ele pegou a mão dela e a colocou firmemente sobre sua coxa, segurando-a lá. Ela lançou um rápido olhar para ele, mas Zach fingiu estar absolutamente entretido com a cena tensa que passava na tela.

Péssima ideia.

Não a ideia de fingir que assistia ao filme, mas a de colocar a mão dela sobre a sua coxa. Agora, tudo o que ele conseguia pensar era em como seria sentir a mão dela em outras partes do seu corpo, sem roupas. Droga. Quando fizeram esses planos no dia anterior, seu maior medo era conseguir entrar e sair do maldito cinema sem que sua perna estivesse dormente. Agora ele tinha de se preocupar em sair da sala de cinema ostentando uma grande ereção.

Normalmente, ter uma ereção não seria um problema, mas naquela situação era bastante estranho.

Cuidadosamente, Zach colocou o grande balde de pipoca estrategicamente no colo, e rezou para que Gabriella não fosse colocar a mão ali para ver se ainda tinha pipoca. Se o fizesse, ele teria de distraí-la. Talvez tivesse de dar as pipocas para ela.

Observando sua língua lentamente sair daqueles lábios perfeitamente lustrosos, ele gemeu quando ela perguntou se ele estava bem, sussurrando em seu ouvido.

Zach, imediatamente, deixou de se preocupar com suas pernas, com o filme, com a pipoca ou com a própria excitação. Ele aproximou-se e colocou uma mão na nuca dela, puxando-a para um beijo. Gabriella nem sequer resistiu, e isso foi o que mais excitou Zach. Ele ergueu as mãos, tomando nelas o rosto de Gabriella, enquanto sua língua pressionava contra os lábios dela.

Naquele ritmo, ele teria de jogar a pipoca no chão e virar o balde de cabeça para baixo em seu colo para esconder sua crescente ereção. Zach não conseguia se lembrar da última vez em que sentira tão fortemente a necessidade de ter uma mulher.

Muito. Tempo. Mesmo.

Ele não podia acreditar que estava se pegando com Gabriella em um cinema. Não fazia nada desse tipo desde que tinha uns dezesseis anos e, ainda assim... e, ainda assim, parecia que estava tudo bem. Nada naquele relacionamento era normal. Nada ali era racional. E, se ele fosse honesto consigo mesmo, diria que gostava daquilo. Que gostava de não serem convencionais. De estarem se comportando um pouco como adolescentes tão necessitados um do outro que não podiam esperar um minuto para agir em sua atração.

Gabriella gemeu em sua boca, e Zach estava completamente entregue. Se estivessem em outro lugar, ele a teria esparramado, deitada sob o seu corpo, e a tocaria da cabeça aos pés. Isso iria acontecer.

Em breve.

Não ali, mas logo.

Ao lado dele, Gabriella mudou de posição, e Zach podia jurar que ela estava tentando se controlar para não pular para o seu colo. Algo que ele, definitivamente, adoraria se estivessem sozinhos, mas ali, naquele momento, simplesmente não poderia acontecer.

Relutantemente, ele terminou o beijo e recuou um pouco a cabeça.

– Você está me matando, Gabs – ele disse calmamente.

Seus olhos estavam fechados, sua respiração ofegante, e suas mãos ainda no rosto dela.

– Eu pediria desculpas, mas você também está me matando. – Os olhos dela se abriram lentamente e ela olhou para Zach com atenção. – Como isso aconteceu? Como chegamos a esse ponto?

O pensamento de fazer uma piada passou rapidamente pela cabeça de Zach, mas ele tratou de esquecê-lo logo. Tudo o que conseguia pensar era como estava agradecido por ela ter aceito seu convite na noite anterior e ele, finalmente, ter tido coragem o suficiente para compartilhar seus sentimentos com ela. Se soubesse que aquela seria sua resposta, teria tomado uma atitude em relação ao que sentia muito tempo antes.

Muito antes. Anos antes.

– Eu tenho de ser honesto com você – ele murmurou, com os lábios acariciando suavemente a orelha dela. – Não estou nem aí para o filme ou para qualquer outra coisa; só quero sair daqui agora mesmo e ir com você para a minha casa. Quero estar a sós com você, sem mais ninguém, e isso não tem nada a ver com estar com vergonha da minha condição. – Ele afastou-se para que ela pudesse ver seu rosto. – Eu quero ficar com você, Gabriella, só nós dois, como fantasiei inúmeras vezes.

Ela respirou fundo quando seu olhar se encontrou com o dele.

– Tudo isso está acontecendo tão rápido.

– Já faz anos – ele praticamente rosnou. – Na verdade, está demorando.

– Zach. – Gabriella suspirou. – Eu não sei. Eu só...

Ele pressionou um dedo contra os lábios dela.

– Shh... está tudo bem – ele disse, tirando o dedo de seus lábios e dando-lhe um beijo delicado. – Não quero apressar nada nem fazer você se sentir desconfortável. Me desculpe.

Zach se reacomodou em sua cadeira, passando o braço pelos ombros de Gabriella, e sorriu quando ela apoiou a cabeça contra a sua. Ele gostava muito daquilo.

Incapaz de se conter, ele alcançou o balde de pipoca e pegou algumas, levando até a boca de Gabriella, que hesitou por um momento antes de aceitá-las. Certamente, o leve toque de sua língua no dedo de Zach não serviu para ajudar muito, mas ele conseguiu manter o controle.

Um minuto depois, ele a ouviu sussurrar "Obrigada". Ele beijou o topo da cabeça dela e relaxou.

Tinha se passado muito tempo desde a última vez que Zach saíra para um encontro, e mais ainda desde a última vez que se divertira tanto. Foram tantos anos saindo para jantar com mulheres lindas... quem diria que seria *aquela* mulher que viraria a sua vida de cabeça para baixo em uma sala de cinema fora do circuito convencional?

E que faria seu corpo reagir como se ele fosse um adolescente morrendo de tesão.

Aquilo era quase o suficiente para fazê-lo rir. Mas, naquele momento, Gabriella ergueu a cabeça e beijou-o suavemente na bochecha.

– Acho que este é o melhor encontro que já tive – ela sussurrou antes de descansar a cabeça no ombro dele.

Era como se ela tivesse lido a mente dele. E não era essa a base de tudo, eles serem um? Ele sabia disso desde o começo. Os dois se entendiam e trabalhavam bem juntos, e ele não tinha dúvidas de que continuariam a trabalhar bem juntos, mesmo quando o assunto não fosse exatamente de trabalho.

Zach abriu um sorriso, enquanto colocava seu foco novamente na grande tela do cinema.

Sim, a vida era muito boa.

Capítulo 8

Um mês depois, Zach estava deitado na mesa de massagem de Alex, fazendo uma careta de dor.

– Estamos definitivamente fazendo progressos aqui – disse Alex, enquanto trabalhava nos músculos da panturrilha de Zach. – Posso sentir e ver uma boa diferença. E você?

Zach deu de ombros e grunhiu.

Alex imediatamente afastou-se, fazendo com que Zach levantasse a cabeça e olhasse para ele por cima do ombro.

– O que foi?

– É sério que isso é tudo que consigo que você me responda? Há algumas semanas, você não poderia fazer metade dos exercícios que estamos fazendo agora. Já é capaz de se movimentar sem o uso das muletas por mais tempo. Pensei que ficaria feliz com isso tudo.

O suspiro saiu antes que Zach pudesse impedir.

– Eu estou mais feliz. Sei que sou a principal razão pela qual minha recuperação não foi ainda melhor – ele disse, sentando-se na maca. – Sei disso tudo. Estou comprometido com o tratamento e trabalhando, é só que eu estava esperando…

– O quê? Um milagre? – Alex o interrompeu. – Não funciona assim, Zach. Você ainda vai ter de se esforçar bastante.

As palavras do fisioterapeuta não ajudaram muito Zach a se sentir melhor. Desde que ele e Gabriella tinham ido almoçar e, depois, ver um filme, a ansiedade em relação ao tratamento havia aumentado muito. Ele gostava de beijá-la e de tocá-la, mas evitava ir mais longe que isso por não poder garantir que seu corpo não iria lhe pregar uma peça no meio de um momento íntimo com Gabriella.

Apesar de não terem conversado a respeito, Zach sabia que Gabriella entendia o que estava acontecendo. Eles passavam todos os dias juntos, fosse trabalhando, fosse em encontros, mas Zach sempre pisava nos freios antes que as coisas saíssem do controle.

Algo que se tornava cada vez mais difícil a cada dia. Ela era a personificação da tentação.

Os dois começaram a criar uma rotina: todos os dias, ela chegava na casa dele quando Alex estava terminando a sessão. Enquanto Zach tomava banho e Alex se arrumava para ir embora, Gabriella preparava o trabalho para o dia, juntamente com o café da manhã, que trazia de algum lugar pelo qual passasse no caminho.

Zach e Gabriella estavam trabalhando lentamente para que ele pudesse se inteirar de todos os negócios da empresa, já que estava afastado desde a escalada de Denali. Eles faziam videoconferências com Ethan, e Zach falava ao telefone com seu pai todos os dias. Zach sabia que tanto seu pai quanto Ethan estavam aliviados por ele estar, finalmente, voltando a comandar a empresa. Ele também estava, por mais que não tivesse percebido quanto sentia falta de tudo aquilo até ter começado a agir para sair do fundo do poço.

Duas vezes durante a semana anterior, ele e Gabriella tinham saído de casa sob o pretexto de ir almoçar. O plano era fazer um piquenique no parque e, em seguida, caminhar um pouco por trilhas pavimentadas, apenas para que ele pudesse estar ao ar livre. Era incrível como Zach sentia falta disso.

Alex estava certo, sua mobilidade tinha melhorado bastante, e isso, somado ao fato de estar saindo mais de casa, demonstrava uma incrível diferença em quase todos os aspectos de sua vida. Zach estava dormindo melhor, seu apetite tinha melhorado, e sua visão geral da vida era mais positiva. Se fosse uma pessoa otimista, Zach diria que estava começando a se sentir novamente como nos velhos tempos.

Havia luz no fim do túnel.

– Você voltou a ficar quieto – Alex disse, interrompendo os pensamentos de Zach.

– Eu sou impaciente. Agora que finalmente estou fazendo a minha parte, espero que o meu corpo responda e supere isso tudo.

Alex riu, discretamente.

– Sim, caras atléticos como você são geralmente os piores. Sem paciência alguma. Você vai chegar lá. Eu prometo. É só continuar fazendo o que tem feito e estará em pé, literalmente, muito em breve.

– Espero que sim. Estou enlouquecendo!

– Que é isso... Eu acho que superou isso há algumas semanas. Sua cabeça está finalmente no prumo. – Alex pediu para Zach se deitar novamente. – Você tem uma consulta médica na segunda-feira, não tem?

Zach assentiu.

– Gostaria de ir com você, se não se incomodar.

– Por quê?

Alex começou a massagear a panturrilha de Zach novamente.

– Acho que se nós três estivermos juntos para ver o que seus exames estão mostrando, poderemos personalizar as sessões ainda mais. Gostaria de saber onde está o inchaço, se ainda houver alguma área inchada, e acho que é útil ter a opinião do médico sobre como está evoluindo seu processo de recuperação. – Ele parou e fez contato visual com Zach. – Mas é você quem decide. Se preferir ir sem mim e me contar os detalhes depois, não vou me incomodar.

Zach sacudiu a cabeça.

– Não é isso. Só não quero que gaste mais de seu tempo comigo. Você já vem aqui duas vezes por dia, cinco dias por semana. Não tem outros pacientes?

– Claro que tenho – Alex disse, rindo –, mas, da mesma forma que você entenderia se eu dissesse que um deles precisa de mim em determinado momento, eles vão entender se eu precisar passar um tempo extra com você.

Zach não podia discutir com aquele argumento.

– Eu tinha planejado pedir a Gabriella para me levar, mas isso não é um problema.

Alex sorriu.

– Ela é uma grande mulher. Dá pra ver que está tão comprometida com a sua recuperação quanto você ou eu. É importante ter pessoas solidárias por perto. Você não iria acreditar como as coisas se tornam mais difíceis quando amigos e familiares resolvem interferir nas sessões de fisioterapia porque pensam que estou sendo muito duro com um paciente ou quando o paciente é preguiçoso e se queixa. Você tem um grupo de apoio incrível em sua família, Zach. Tem muita sorte.

– Não estou bem certo disso – Zach respondeu e fez uma pausa, deixando que Alex prosseguisse com a massagem por alguns minutos.

Perguntas sobre a sua recuperação, sobre o que deveria e o que não deveria estar fazendo começaram a se formar em sua mente, mas o orgulho o impediu de verbalizá-las. O que estava acontecendo entre ele e Gabriella era privado, mas algumas informações sobre quando ele poderia levar as coisas ao próximo nível com ela com segurança seriam muito bem-vindas.

– Consigo ouvir seus pensamentos daqui – disse Alex. – O que está passando em sua mente?

Zach pensou em perguntar, sem rodeios, mas não conseguiu fazer as palavras saírem.

– É... não é nada. Mesmo.

Alex continuou com a massagem.

– Bem. Faça como preferir.

Zach permaneceu em silêncio durante cinco minutos, antes que seu diálogo interior não pudesse mais ser contido.

– Ok. Vamos lá. – Ele limpou a garganta antes de continuar. – Sei que estou me recuperando, que estou mais forte, mas há uma certa diferença entre ser capaz de andar sem muletas e... outras coisas. Você entende o que eu quero dizer, não entende? – Zach ficou constrangido com suas palavras.

Por um minuto, Alex não disse nada.

– Você está me perguntando sobre quando estará livre para retomar outros tipos de atividades?

Como Alex havia usado a palavra "atividades", Zach pensou que estavam falando da mesma coisa, mas, na dúvida, preferiu esclarecer.

– Não estou falando de basquete ou… andar de bicicleta. Você me entende?

Alex riu.

– Ah… andar de bicicleta. Essa foi boa. – Ele mudou para a outra perna de Zach. – Como está se sentindo?

Era assim toda vez. Trabalhavam os músculos de Zach até a exaustão, e então, no final, Alex fazia um pouco de massagem para certificar-se de que os músculos estavam bem.

– Tudo bem. Não dói mais como doía há uma semana ou mesmo há alguns dias.

– Ótimo. Isso é muito bom. Significa que os músculos estão se acostumando com a atividade e não estão resistindo tanto. Ou você não está resistindo tanto.

– Que seja… – Zach bufou. – Mas estávamos falando…

– Sim. Andar de bicicleta. Não posso fazer uma previsão muito concreta, Zach. Você conhece seu corpo melhor do que eu. No meu entender, não vejo por que não poderia continuar… com suas atividades.

– Ok, agora está realmente parecendo que somos duas crianças na igreja. Sexo. Estamos falando de sexo! – Como foi bom, finalmente, apenas dizer a palavra com clareza.

Alex explodiu em gargalhadas.

– Oh! Até que enfim! Não sabia se eu ia conseguir manter essa dissimulação toda! – Ambos riram. – Mas, falando sério, Zach, não vejo por que você não possa ou não consiga ter relações sexuais.

– É que… bem… e se, você sabe, como a minha perna… E se as coisas simplesmente não funcionarem?

Felizmente, Alex não riu.

– Isso seria por alguma causa psicológica mais do que qualquer outro motivo, cara. De tudo que eu li em seus relatórios, não houve nenhum dano ao seu...

– Sim, sim... eu sei.

– Você já teve algum... problema com...?

Zach desejou que o chão se abrisse e o engolisse. Isso era muito mais embaraçoso do que ele imaginara.

– Quer saber de uma coisa? Vamos esquecer que mencionei isso, está bem?

– Não, não, vamos esclarecer as coisas – Alex disse, ficando de frente para Zach. – Olha, cara, estou honrado por você se sentir confortável o suficiente para falar comigo sobre esse tipo de coisa. Por tudo o que me contou e pelo que eu já sabia de você antes de assumir seu tratamento, você não estava confortável com nenhum de seus médicos ou fisioterapeutas. Eu quero ajudar você. Sei que não é a conversa mais confortável do mundo... mas é importante.

– Mas isso não tem nada a ver com a minha recuperação – Zach retrucou rapidamente, desviando o olhar e se afastando da maca. – Eu nunca deveria ter mencionado isso.

Antes que Zach pudesse passar, Alex o bloqueou.

– Na verdade, isso tem muito a ver com a sua recuperação. Quer dizer, isso não faz parte da sua lesão, mas você tem enfrentado um grande trauma físico. Aos poucos, está conseguindo voltar a buscar o que era a sua vida antes do acidente, e sexo é uma parte natural desse processo.

Em toda a sua vida, Zach não se lembrava de ter falado com seus irmãos ou com Ethan sobre questões como essa. Era embaraçoso. Humilhante. Ele era um cara saudável, viril, que sempre tivera uma vida sexual normal e saudável. Nunca houve motivo para questões a respeito.

Ele apenas desejava que não houvesse uma razão agora.

– Parece... estranho – Zach murmurou. – Eu não sou o tipo de cara que...

– Sim, entendi. – Alex afastou-se da maca e começou a guardar toalhas e pesos. – Não há nada para se envergonhar. Se você sente que está pronto, então, deve tentar. A menos que seja um daqueles caras para quem o sexo precisa ser cheio de adereços e acrobacias – ele disse, rindo. – Nesse caso, talvez ainda não seja o momento. Mas se você apenas quiser, tranquilamente, voltar a praticar, acho que vai ficar tudo bem.

Zach queria acreditar nele. Na última semana, nos momentos em que tinha Gabriella em seus braços, ele pensava que podia seguir em frente. Mas então, aquela vozinha de dúvida surgia e o enchia de medo de ter uma câimbra, uma dor ou, simplesmente, não ser capaz de terminar o que viessem a começar. Isso nunca tinha sido um problema para Zach – nunca –, e ele não estava preparado para correr o risco de acontecer agora.

Ele podia ficar ali conversando com Alex por horas, mas o ponto principal era que não havia garantias.

– Você... você acha que podemos falar sobre isso na segunda-feira, na consulta com o médico, ou eu deveria simplesmente evitar o assunto?

Alex já tinha colocado tudo em ordem.

– Isso é algo claramente importante para você, Zach. Você sabe que ninguém será capaz de prometer que tudo vai ser como espera que seja, mas nós dois podemos falar sobre isso e você pode falar sobre isso com o seu médico. Também pode conversar a respeito disso com a Gabriella, se...

– Espera aí! – Zach o interrompeu. – Por que você disse isso? Por que mencionou a Gabriella?

Alex ergueu as sobrancelhas antes de cruzar os braços e rir.

– Ah, sério mesmo? É dela que você está falando, certo? Quero dizer, eu sei que ela é sua assistente, mas é bastante óbvio que é muito mais para você do que apenas isso. Vamos. Eu não sou cego.

– Maldição – Zach murmurou.

Alex continuou:

– Qual é o problema? Eu acho ótimo! Como mencionei antes, Gabriella está claramente do seu lado, ajudando na sua reabilitação. Você é um cara de sorte. Em todos os sentidos.

– Sim, estou vivendo o sonho – Zach murmurou. – Sou mais fraco que uma criança; ainda preciso de muletas para andar a maior parte do tempo. Me mostra de novo onde é que está toda essa sorte.

Balançando a cabeça, Alex aproximou-se e deu um tapinha rápido e amigável nas costas de Zach.

– Eu não vou fazer isso. Você sabe muito bem todas as razões pelas quais tem sorte. É tarde e tenho de ir. – O fisioterapeuta caminhou até a porta, recolhendo suas malas e equipamentos. – Tenha um bom fim de semana e tente relaxar. Vamos pular nossa sessão de segunda-feira de manhã, e eu passo para te pegar às dez para irmos à consulta, certo?

Zach assentiu.

– Que seja. Tudo bem.

Os ombros de Alex caíram.

– Mesmo? É assim que vamos terminar esta sessão tão bem-sucedida? Eu, aqui, me sentindo muito bem com tudo o que conseguimos, e você vai ficar triste e abatido? E numa sexta-feira? – Ele riu. – Vamos lá! O que planejou para o fim de semana? Você me contou sobre o cinema e os passeios do final de semana passado. Tenho certeza de que já montou uma programação para este.

Um pequeno sorriso se abriu no rosto de Zach.

– Eu sabia! – Alex comemorou. – Sabia que tinha algo em mente. Agora, você tem de me prometer que vai deixar de racionalizar e vai se permitir viver um pouco.

O sorriso cresceu.

Alex olhou para o relógio e colocou suas coisas de volta no chão.

– Me conte, Montgomery. O que vai fazer?

– Na verdade, não é realmente nada de mais. Estou apenas ansioso por passar o fim de semana com Gabriella sem que precisemos falar de trabalho, de contratos ou de videoconferências. Ansioso por ficarmos apenas nós dois.

– Dá para perceber. – Alex olhou para Zach, em silêncio, contemplativo, por um momento. – Sei que você ainda não está pronto para ir aos lugares que sempre frequentou, mas considere visitar os jardins chineses.

Zach encolheu os ombros.

– Nós fomos a alguns parques com trilhas pavimentadas para facilitar a caminhada. Eu me sinto mal por ela ter de andar tão devagar por minha causa.

– Que tal um cinema-bar? São lugares bem bacanas. Eles têm sofás em vez de assentos típicos de cinema, e você come e prova algumas cervejas artesanais. Mesmo se não for fã de cerveja, o ambiente é muito agradável e descontraído. Perfeito para uma noite casual.

– Pode ser – Zach disse, e estendeu a mão para Alex. – Obrigado, cara. De verdade. Agradeço tudo o que você está fazendo aqui comigo e também pelas conversas.

– Tenho a sensação de que, mesmo se você não fosse um paciente ou um cliente, nós poderíamos ser amigos – Alex disse, apertando a mão de Zach. – Estou ansioso para praticarmos esportes juntos quando você estiver melhor.

Zach riu.

– Isso vai ser legal. Bem legal. – Ele puxou a mão para trás, sua expressão um pouco mais séria. – Obrigado, Alex.

– Tenha um bom fim de semana, e diga a Gabriella que mandei um "oi".

•

Passava das nove quando Zach finalmente se sentou no sofá e conseguiu relaxar. Depois de Alex ter ido embora, Zach tomou um bom banho, barbeou-se e até preparou algo para comer. Bem, na verdade, ele apenas esquentou um prato que sua governanta havia feito para ele, mas, ainda assim, isso exigia um certo esforço de sua parte.

Agora, ele não tinha mais nada para fazer. Zach não estava particularmente cansado, mas estava inquieto. Sem ninguém por perto, decidiu fazer algo que havia tentado algumas noites atrás: ver quanto tempo ele poderia se mover sem as muletas.

Na maioria das vezes, ele não sentia que realmente precisava das muletas, mas como suas pernas ainda estavam fracas, era mais inteligente usá-las e evitar machucar-se. Respirando fundo, Zach levantou-se do sofá e esperou um pouco para confirmar que estava firme em seus pés. Uma vez que se sentiu confiante, começou a andar pela sala. Seu ritmo era lento, mais lento do que poderia imaginar andar antes do acidente, mas era um ritmo em que ele conseguia se sentir confortável. Aquilo o fez lembrar-se da importância de levar as coisas devagar.

Depois de três voltas ao redor da sala, Zach entrou na cozinha. Olhando ao redor, decidiu colocar os pratos na máquina de lavar louça e tirar o lixo.

– Nada mal – ele disse, enquanto fechava a porta, de volta para a casa.

Normalmente, ele teria deixado o saco de lixo junto à porta e pedido a Gabriella, Alex ou a qualquer um que passasse por ali para que o colocasse para fora. Mas ele tinha feito isso sozinho, se equilibrando nos degraus até chegar aos cestos de lixo. E se sentiu o máximo.

Em seguida, saiu da cozinha e atravessou a casa até seu quarto. Ele passava a maior parte do tempo naquele quarto, e só olhar para ele começava a deprimi-lo: aquilo não mais o fazia lembrar de um refúgio, mas, sim, de um quarto de hospital.

Uma cadeira de rodas, usada logo que ele voltou para casa, estava dobrada no canto. No outro canto, havia um banco de musculação, que ele e Alex usavam para as sessões de fisioterapia, assim como colchonetes para exercícios no chão, e barras haviam sido instaladas em pontos estratégicos ao longo das paredes, para ajudá-lo a se locomover.

Ele queria que tudo aquilo desaparecesse.

Esse não era o quarto de um homem recuperado. Era um cômodo de quem ainda estava lutando, e Zach não queria mais ser esse homem. Estava na hora de abandonar todas as muletas – literal e figurativamente – e fazer algo para transformar aquele ambiente em algo que o inspirasse, em vez de mantê-lo como uma recordação constante do processo de recuperação.

Ele se sentiu inspirado.

Voltando para a sala de estar, pegou o celular e ligou para Gabriella.

Talvez fosse tarde demais para ligar, mas ela era a única pessoa com quem ele queria conversar.

– Zach? – ela disse quando atendeu o telefone. – Está tudo bem? Você está bem?

Zach ansiava pelo dia em que Gabriella não perguntasse imediatamente a respeito de sua saúde.

– Sim, está tudo bem. Ótimo, na verdade. Eu estava andando pela casa e decidi que precisava fazer alguma coisa com ela.

Ela ficou em silêncio por um momento.

– Espere... o quê? Com a casa?

– Sim. Quero começar a reformar o meu quarto. Como está me lembra muito um quarto de hospital. Quero me livrar dos equipamentos e colocá-los em outro cômodo. Vou falar com Alex na segunda-feira sobre começarmos a fazer nossas sessões de fisioterapia em outro lugar.

– Ok. Uau...

– Não acho que vá ser um problema. Talvez possamos pedir para o Ethan vir ajudar a mudar as coisas de lugar. Tenho certeza de que Summer viria com ele e, juntos, não seria difícil. E você poderia nos ajudar dizendo onde colocar cada coisa.

– Isso não será necessário. Vou chamar profissionais para fazer o trabalho pesado. Ethan tem coisas o bastante para fazer além de fazer trabalho pesado.

– Mas é mais do que isso, Gabs.

– O que você quer dizer?

– Eu quero me livrar de todo o equipamento de hospital. A cadeira de rodas pode ser doada para o hospital ou, talvez, Alex possa usar em sua clínica de reabilitação, mas quero que vá embora daqui. Depois quero tirar todas essas barras das paredes.

– Hmmm... isso vai deixar marcas nas paredes. Vou arrumar um profissional para cuidar disso.

– Isso é muito bom – Zach disse. – Então, já que vai ter alguém cuidando disso, vou aproveitar para pintar a sala.

– O que está acontecendo, Zach? – Gabriella perguntou, um pouco desconfiada.

– Um novo começo – ele disse, sem rodeios. – Eu olho ao redor e só vejo coisas que me lembram das minhas limitações. Ou vejo coisas que estou cansado de ver, porque estou trancado aqui dentro desta casa há tempo demais. Tenho esta casa há muitos anos e nunca fiquei tanto tempo confinado nela. Estou pronto para fazer uma boa reforma. Você me ajuda?

– Eu? Não seria melhor contratar um decorador? Podemos ligar para a firma que faz os escritórios, se você quiser. Sei que eles também têm a área de design residencial.

Zach sacudiu a cabeça, embora soubesse que Gabriella não podia vê-lo.

– Não. Eu contratei um maldito decorador quando comprei a casa, e agora que estou preso aqui percebo que nada nela realmente reflete a pessoa que eu sou. Quero escolher as cores. Quero escolher o que vai nas paredes. Não preciso de três quartos. Quero montar uma academia em um deles, de forma que eu possa usar não apenas durante minhas sessões com Alex, mas também quando já estiver melhor. E quero um escritório em casa.

Ela riu.

– Por quê? Acho que assim que estiver se sentindo confortável para voltar à empresa, nunca vai usá-lo.

– Foi assim que pensei quando me mudei para cá, e acabei tendo muito mais quartos do que preciso. – Zach fez uma pausa e, finalmente, se permitiu sentar. E ele não se sentou porque precisasse, mas o fez apenas porque quis. Foi uma sensação incrível. – Com tanto tempo para sentar e pensar sobre a minha vida, percebi que eu fazia apenas duas coisas: ou estava trabalhando no escritório ou em alguma viagem de aventura com Ethan.

– Não é bem assim, Zach. Você saía e se socializava. Você namorava. Passava tempo com sua família.

– Essas coisas gastavam poucos minutos em comparação com a quantidade de tempo que passava no escritório. A partir de agora, quero ter certeza de sair do escritório em um horário razoável. Eu quero… sei lá… ver um filme, ir a um museu, caminhar no parque…

– Nós fizemos algumas dessas coisas nesta semana – Gabriella o recordou, com um tom de voz irônico. – Acho que você está animado porque está fazendo progressos, mas eu não acho que deva se distanciar tanto de quem é.

– Gabs, você sabe qual é a principal coisa que está faltando em minha vida?

Silêncio.

– Gabs? – ele repetiu suavemente.

Ela calmamente limpou sua garganta.

– Hmmm... não. O quê?

– Uma vida.

– Oh.

– E isso vai mudar.

– Certo.

Zach sentiu vontade de rir diante do tom de admiração na voz de Gabriella.

– O que você acha? Está pronta para o desafio?

– Que desafio?

– O de me ajudar a renovar esta casa, para começar.

– Para começar?

– Hmmm... Gabs?

– Sim?

– Você está bem? Está repetindo o final das frases – ele brincou. – Nossas conversas, em geral, são bem mais animadas.

– Oh, me desculpe – ela disse com um meio sorriso. – Você me pegou de surpresa.

– Bom. Isso é muito bom. – A voz de Zach se tornou um pouco rouca. – Planejo fazer isso ainda muitas vezes.

– Oh.

Teria sido tão fácil começar a seduzi-la pelo telefone, mas ela era mais importante do que isso para ele. Quando, finalmente, fosse seduzi-la, estariam cara a cara. Não seria um jogo. Ela saberia que ele estaria falando sério. Tirando qualquer imagem *sexy* dela de sua cabeça, Zach retomou a conversa:

– Então, o que você acha de começarmos a trabalhar nisso neste fim de semana? Talvez possamos fazer umas pesquisas na internet para termos ideias de design e decoração.

– Ou…

– Ou o quê?

– Ou podemos realmente ir a uma loja de decoração e ver as cores de tintas, passar no shopping para ver móveis, quadros, roupa de cama… Podemos ir para…

Zach distraiu-se por um momento, pois a única coisa que conseguia pensar era na imagem de Gabriella esparramada em sua cama. Talvez o plano não tivesse sido muito bem planejado. Ter a ajuda dela para renovar seu quarto significava que ela passaria muito tempo… no seu quarto.

Droga.

– E então, o que acha?

O que ele achava? Inferno, Zach não tinha nenhuma ideia do que ela tinha sugerido, pois a mente dele havia se perdido em uma fantasia obscena.

– Hum… por que não falamos sobre isso amanhã? A que horas você pode chegar aqui?

– A que horas quer que eu chegue?

– Que tal agora? – ele perguntou, sedutoramente.

– Zach… – Gabriella suspirou suavemente.

– O que foi? Você me fez uma pergunta e eu respondi.

– Amanhã. A que horas devo chegar amanhã?

– Estraga prazeres. Bem, que tal por volta de meio-dia? Eu tenho um pouco de comida aqui, podemos aquecer para o almoço e…

– Que tal se eu levar alguns mantimentos para você? Vou pegar algumas coisas para fazer sanduíches, e então definimos o que fazer e onde precisamos ir. E podemos jantar em algum lugar.

Por um momento, o pânico começou a dominá-lo. Ir a um cinema e ficar sentado, no escuro, não era tão ruim. Comer em um restaurante afastado também não. Caminhar pelo shopping e comer em um local central e lotado, em um sábado à noite, definitivamente era mais do que ele estava pronto para enfrentar.

– O que você acha? – Gabriella perguntou.

– Vamos ver – ele se forçou a dizer. – Não quero extrapolar os limites, não quero exagerar e fazer tudo em um dia só.

– Ok.

– Você não ficou brava, né? – ele perguntou.

– Brava? Não. Por quê?

– Parece desapontada.

– Não estou. Não mesmo.

– Gabs... – ele a alertou.

– É como um estranho ato de equilíbrio – ela disse depois de um minuto. – Em um momento, estamos falando sobre todas as coisas que vamos fazer e, em seguida, quando chega a hora de realmente fazer as coisas, a realidade se impõe e isso... bem, isso me deixa triste.

Caramba. A última coisa que ele queria era a compaixão dela. Ele não tinha certeza se estava zangado ou deprimido por pensar que ela se sentia assim. Tomando uma respiração profunda, ele tentou ser otimista.

– Não vai ser sempre assim. Estou melhorando. Estou melhorando de verdade. Estou animado com a possibilidade de mudar as coisas por aqui. É um pouco frustrante que eu não possa fazer nada sobre isso agora, mas...

– Acho que eu poderia ir.

As palavras dela foram ditas tão rapidamente, que Zach pensou que poderia ter imaginado.

– O que você disse?

– Não foi nada. Deixa pra lá. Amanhã a gente pensa nisso tudo juntos.

– Você disse que poderia vir agora.

– É tarde – ela disse suavemente.

– Você tem um toque de recolher?

– Não. – Ela riu.

– Isso é bom. Eu também não.

– Mas... é uma loucura, Zach. Não tem nada que possamos fazer hoje à noite.

Ele não tinha tanta certeza disso.

– Que tal se a gente assistisse a um filme? Ou podemos começar nossa pesquisa na internet e montar nosso planejamento para amanhã.

– É que... é que eu já estou de pijama.

Seria demais esperar que seu pijama fosse de seda e que ela continuasse de sapato de salto?

– Eu também.

Então, foi a vez de Gabriella rir.

– Sério?

– Sim: calças de flanela e uma camiseta. Pijama.

– Só você, Zach.

– Vamos. Não estou esperando que venha vestida para uma reunião, Gabs. Eu vi você usando jeans e vestido casual. Não é nada de mais.

– Eu normalmente não dirijo muito à noite.

Apesar de querer muito vê-la e passar mais tempo com ela, Zach certamente não iria ser egoísta a ponto de colocá-la em perigo, fazendo-a dirigir tarde da noite. Se ele estivesse pronto para dirigir sozinho, sugeriria ir até a casa dela, mas ainda não estava liberado para isso por seu médico.

– Tudo bem, Gabriella. Vamos deixar as coisas como planejamos originalmente e nos vemos amanhã para o almoço. – Ele suspirou calmamente e acomodou-se no sofá. – Não quero que você dirija sozinha tarde da noite.

– Você é muito doce.

Ele riu sombriamente.

– Aposto que doeu dizer isso.

– Oh, pare. Nós concordamos que não ficaríamos remoendo as coisas que ficaram no passado, certo?

– Certo. – Ele balançou a cabeça.

Zach continuava querendo falar com ela, mas a voz dela demonstrava sinais de cansaço.

– Vou deixar você dormir um pouco e amanhã a gente se vê.

– Hmmm. – Ela suspirou. – Eu sinto muito. Se não fosse tão tarde…

– Tudo bem, Gabs. Mesmo.

– Ok. Não quero que você fique chateado.

– Não fiquei chateado, apenas desapontado. Estou percebendo que gosto mesmo de passar meu tempo com você.

– Eu também gosto de passar meu tempo com você.

Ela o estava matando.

– Vá dormir – ele se forçou a dizer. – Boa noite, Gabriella.

Ela fez aquele suave gemido de novo e tudo em Zach endureceu.

– Boa noite, Zach.

Zach ficou sentado no sofá por um longo tempo depois que desligaram o telefone. Ele estava muito acordado. Confuso. Cheio de energia. Cansado. Tudo ao mesmo tempo. Havia pelo menos uma dúzia de coisas que queria fazer, e a maioria delas incluía Gabriella. Mas ele estava sozinho; então, fez o melhor que pôde para deixar esses pensamentos todos de lado.

Levantando-se lentamente do sofá, Zach apoiou os pés no chão e esperou que a sensação de instabilidade viesse.

Ela não veio.

– Isso é muito bom – ele disse, e dirigiu-se para o seu quarto.

Não havia muito o que pudesse fazer por conta própria para começar a implementar seu plano, mas havia uma coisa que podia fazer. Caminhando até a cadeira de rodas, ele a levou para fora de seu quarto e a deixou num canto da sala. Quando Alex viesse buscá-lo na segunda-feira, ele lhe daria a cadeira, mas até então, não queria mais ter de olhar para ela, que ficava ali, como se zombasse dele.

Enquanto caminhava pela casa, Zach começou a apagar as luzes e a pensar nas coisas que gostaria de mudar. Obras de arte. Cores de parede. Ao chegar na cozinha, pegou uma garrafa de água antes de desligar a luz, e decidiu que iria trocar as bancadas de granito. Ele não conseguia dizer o motivo. A cozinha era, possivelmente, o ambiente que Zach menos gostava da casa. Apesar de não cozinhar, aqueles equipamentos todos e as bancadas nunca o haviam agradado. Ele pensaria nisso no dia seguinte.

Já no meio do caminho para o seu quarto, Zach ouviu uma batida na porta da frente. Um sorriso se abriu em seus lábios bem antes de se beliscar para ter certeza de que não estava sonhando. Ele contou até dez, para esconder a ansiedade, e então caminhou até a entrada e abriu a porta.

– Eu vim – Gabriella disse, absolutamente adorável com um par de calças de ginástica, uma camiseta larga e o cabelo solto.

– Sim, você veio – ele disse suavemente e puxou-a para os seus braços.

Capítulo 9

Por um breve momento, Gabriella questionou seriamente sua decisão de entrar no carro e dirigir até a casa de Zach. Mas ao ver sua expressão quando ele abriu a porta, praticamente confirmou que ela tinha feito a escolha certa. Tão logo ela anunciou sua presença, ele já a havia pego em seus braços e levado seus lábios aos dela, beijando-a apaixonadamente.

Aquilo era loucura. Era quase assustador o quanto ela o desejava, e se a maneira como ele bateu a porta da frente e a apoiou contra ela quisesse dizer algo, Zach se sentia exatamente da mesma maneira. Como era possível que ambos tivessem tanto desejo e paixão um pelo outro, por tanto tempo, sem nem se darem conta disso? Gabriella sabia como ele gostava de tomar seu café, sabia o que ele gostava de comer, e até mesmo que temperatura considerava ideal para o escritório. Sabia até mesmo coisas ridículas, como quantas vezes ele batia na caneta quando estava pensando ou quantas vezes andava de um lado para o outro pelo escritório quando estava ditando algo para ela, e, ainda assim, ela não tinha ideia de que ele tivesse sentimentos por ela.

– Você está pensando – ele murmurou contra a sua boca, depois percorrendo sua mandíbula com os lábios, mordiscando-a e beijando-a levemente.

Quando passou os braços em torno dos ombros dela, ela se apertou completamente contra ele e procurou seus lábios com necessidade.

Ela sempre pensava muito. Queria sentir. E aquele homem sabia como fazê-la sentir. As mãos de Zach vagavam lentamente pelas suas costas antes de se apoiarem na cintura e a apertarem suavemente. Vestida do jeito que estava, sem os saltos, ele ficava bem maior do que ela, e Gabriella descobriu que gostava daquilo. Normalmente, eles pareciam ter uma altura mais similar, mas naquele abraço, Zach a fez se sentir pequena e feminina.

Foi uma sensação muito boa.

Lentamente, Zach levantou a cabeça e olhou para ela, seus olhos um pouco atordoados.

– Pensei que não gostasse de dirigir à noite. – Suas palavras eram sussurros suaves, enquanto examinava o rosto dela.

– Acho que nunca tive um lugar para onde eu realmente quisesse ir – ela respondeu honestamente.

Gabriella sempre se certificava de fazer a coisa certa, tomar a decisão certa. Sair tarde da noite parecia algo que deveria evitar.

Até aquele momento.

Zach Montgomery – bem, este novo Zach Montgomery – estava rapidamente virando seu mundo cuidadosamente organizado de cabeça para baixo. Gabriella não conseguia se lembrar da última vez que um homem – ou qualquer pessoa, na verdade – a havia feito querer ser imprudente. Mas, quando as mãos de Zach começaram a percorrer seu corpo e seus lábios pareciam empenhados em deixá-la louca, Gabriella soube que era exatamente aquilo que ela queria ser. Ela sussurrou o nome dele, e então fez um som ligeiramente necessitado quando ele levantou a cabeça de novo.

– Eu, provavelmente, vou me odiar por perguntar isso – ele disse um pouco ofegante –, mas o que fez você mudar de ideia?

Seus lábios se contraíram.

– Ah, alguém aqui está precisando de uma massagem no ego?

Assim que as palavras saíram de sua boca, Gabriella já estava mortalmente arrependida. Gabriella se considerava a pessoa menos *sexy* do mundo. Ela nunca dizia coisas que pudessem ser interpretadas com conotação… sexual.

Zach gemeu.

– Querida, se você está oferecendo, então, sim.

Por um minuto, ela realmente pensou em fazer apenas isso: acariciá-lo, tocá-lo em toda parte. Ela, de fato, precisava de um minuto. Entrar no carro e dirigir até ali havia sido um grande passo, mas tocar Zach? Bem, isso era outra coisa completamente diferente.

Durante o último mês, eles tinham se beijado e trocado alguns toques, mas eram principalmente as mãos de Zach que faziam todo o trabalho. Gabriella já estava satisfeita em segurar seus ombros fortes ou seus bíceps e apenas sentir sua força. Ela ainda se sentia tímida quando se tratava de uma abordagem mais física.

Como se estivesse lendo seus pensamentos, Zach deu um passo para trás e pegou uma das mãos de Gabriella na sua, levando-a para a sala, onde acendeu um pequeno abajur no caminho para o sofá. Quando ambos estavam sentados e ele tinha o braço em volta dela e sua cabeça em seu ombro, ela soltou um leve suspiro relaxado de contentamento.

– Estou feliz que esteja aqui – ele finalmente disse, dando-lhe um beijo na testa.

– Eu também.

– Tem certeza? Porque me parece que você está se questionando.

Saia do meu cérebro, ela quis dizer, mas guardou para si as palavras.

– Honestamente, não sei o que estou fazendo aqui.

Zach ficou em silêncio por tanto tempo, que ela pensou que talvez não a tivesse ouvido.

– Sei o que você quer dizer – ele finalmente disse. – Nós fomos... amigos... às vezes, nem mesmo isso, por tanto tempo que tudo isso parece estranho e certo ao mesmo tempo. Faz sentido para você?

Ela assentiu com a cabeça.

– Nós nos vimos quase todos os dias durante anos, e agora? Continuamos nos vendo, mas a vejo de forma diferente, e eu... – Zach parou e mudou de posição para poder colocar um dedo sob o queixo dela e persuadi-la a olhar para ele. – Eu realmente gosto do que estou vendo. Gosto deste novo… nós. – Ele estudou o rosto dela por um longo tempo. – Diga-me o que está passando pela sua cabeça.

– Eu me sinto da mesma maneira, e ainda estou um pouco assustada, Zach.

– Assustada com o quê?

– Com o jeito que você faz eu me sentir. Em geral, tenho pleno controle sobre meus pensamentos, minhas palavras, minhas ações, e no último mês, você me fez…

– Perder o controle? – Zach a interrompeu, e sorriu quando ela fez que sim com a cabeça. Gabriella abaixou o rosto para que ele não pudesse vê-la corar, mas Zach simplesmente segurou seu dedo sob o queixo dela até que ela olhou para ele novamente. – Acha que eu não sinto a mesma coisa? Estou lutando com isso tanto quanto você.

– Mesmo?

Ele assentiu.

– Eu sabia o que sentia por você quando te contratei. Durante anos, fiz tudo o que era humanamente possível para manter esses sentimentos sob controle, e agora que eles começaram a se expressar, ainda mais vendo que você se sente da mesma maneira… – Ele suspirou e descansou sua testa contra a dela. – Querida, isso está fazendo eu querer morrer por todo o tempo que desperdicei.

Gabriella deixou essa confissão envolvê-la. Agora era a vez de ela examinar o rosto dele. Ela estendeu a mão e riscou a linha forte de sua mandíbula, e então, gentilmente, passou a mão pelo cabelo dele.

– Isso deveria parecer mais… estranho, não deveria?

– Eu sei. – Zach riu. – Pensei assim também no início. Mas isso? – Ele pegou a mão livre de Gabriella e levou-a aos lábios, beijando seu pulso.

As palavras fugiram da boca de Gabriella; então, tudo o que ela podia fazer era assentir. Eles se acomodaram novamente na posição anterior e ficaram temporariamente satisfeitos. Mas ela sabia que não demoraria muito para que Zach ficasse inquieto. Sabia que ele não iria pressioná-la a fazer algo que não estivesse pronta para fazer, mas também sabia que ele não era do tipo que se contentava em ficar sentado de mãos dadas por muito tempo.

Ela quase começou a rir quando ele mudou de posição e começou a falar.

– Então, eu andei pela casa – ele começou –, e acho que quero colocar alguns móveis no depósito.

Durante os vinte minutos seguintes, Zach compartilhou seus pensamentos e planos com ela, e Gabriella estava feliz por apenas ouvi-lo falar. Durante tanto tempo as palavras que ele lhe dirigia foram tão carregadas de sarcasmo e raiva que ela não podia deixar de se deleitar com a alegria e o entusiasmo que ele transmitia. Foi bom, finalmente, ver o velho Zach voltando.

– Então, o que acha? – ele perguntou depois que terminou de contar tudo o que tinha pensado.

– Acho um pouco ambicioso – Gabriella respondeu.

– Uma empresa de mudança pode tirar todas as coisas mais pesadas em poucas horas. Há dezenas de depósitos com temperatura controlada na região, não será difícil encontrar um desses. Eu só não sei o que realmente quero fazer no quarto. Tudo o que sei é que ele precisa mudar. E logo. Tipo agora, se fosse possível.

Gabriella riu da impaciência dele. Sim, o velho Zach estava definitivamente voltando, e ela adorava isso.

•

Já passava da meia-noite quando Zach ouviu um suave ressonar ao seu lado. Eles ainda estavam no sofá, seu *laptop* na frente deles. Juntos, haviam pesquisado centenas de sites de decoração em busca de inspiração. Ele gostava de ouvir as ideias de Gabriella e as sugestões que ela fazia quando ele mostrava algo que o agradava.

Fazendo o possível para não a incomodar, Zach fechou o computador e o colocou na mesa. Em seguida, ele, delicadamente, puxou o braço que a estava envolvendo para poder se levantar e permitir que ela se deitasse no sofá. Quando ficou em pé, ele se amaldiçoou. Gabriella deveria estar em sua casa, dormindo em sua própria cama, mas, em vez disso, ele a tinha chamado, interrompido a sua noite, e tudo por seus interesses egoístas. Mas, para ser sincero, pesquisar sites de decoração não era bem o que ele tinha em mente quando a chamou para ir até sua casa.

Ou será que foi ela quem se convidou?

Ele riu por um minuto, enquanto estudava o rosto dela. Sua maquiagem tinha desaparecido há muito tempo, seu cabelo estava solto e pendia sobre o ombro, sua respiração era uniforme. Ela não parecia em nada com a assistente sempre eficiente que ele conhecia, e, ainda assim, nunca tinha estado mais bonita. Não havia a menor possibilidade de ele acordá-la e fazê-la ir para casa, mas Zach não era tolo o suficiente para achar que poderia pegá-la no colo e levá-la para um dos quartos. Teria de pegar um travesseiro e alguns cobertores e tentar fazer com que ela ficasse confortável ali. Não era o ideal, mas era o que podia fazer.

Afastando-se, Zach apagou todas as luzes da casa, exceto um pequeno abajur de mesa ao lado do sofá. Depois, trancou a porta da frente, pegou um travesseiro e um cobertor no armário de roupa de cama e voltou para o sofá onde Gabriella dormia.

Aquela era uma situação nova para ele. Zach não era do tipo cuidadoso. Ele era duro e independente e sempre sentia que os outros deveriam fazer o mesmo. Mas com Gabriella era diferente. Ele queria cuidar dela, queria protegê-la.

Cuidadosamente, Zach deslizou o travesseiro sob a cabeça dela e ela ressonou suavemente. Olhando para baixo, viu que ela devia ter tirado os sapatos antes. Ele colocou o macio cobertor sobre ela e sorriu ao vê-la se aconchegar debaixo dele.

Então, Zach deu um passo para trás e ficou simplesmente observando--a. Sabia que deveria ir para o seu quarto, dormir, mas não podia. O que havia nela que tornava impossível para ele afastar-se? Ele se sentou na frente de Gabriella, seus olhos no nível dos olhos dela. Estendeu a mão e, suavemente, acariciou sua bochecha, e ela sussurrou seu nome em um suspiro.

Ele não ia para o seu quarto.

Fazendo o possível para não a incomodar, Zach voltou para o sofá e, sob o cobertor, abraçou Gabriella. Talvez fosse apenas uma ilusão, mas ele achou que ela parecia suspirar alegremente em seu sono. O sofá não era muito grande, mas, abraçados, eles cabiam ali perfeitamente. Uma cama teria sido melhor, mas aquilo foi mais do que satisfatório diante da situação.

Alcançando o botão do abajur acima de sua cabeça, Zach desligou-o e, na escuridão, sentiu-se relaxar. Realmente relaxar. Provavelmente, era a primeira vez, desde que havia partido para Denali, que ele se sentia em paz com a escuridão.

Em poucos minutos, Zach estava dormindo.

Algum tempo depois, ele não saberia precisar quanto, Gabriella se moveu ao seu lado, aproximando-se dele. Estavam tão intimamente pressionados, que podia sentir cada curva, cada mergulho de seu corpo. Um gemido estrangulado roncou em sua garganta, e Zach a sentiu enrijecer em seus braços.

– Zach? – ela sussurrou.

A garganta dele estava completamente seca, sua língua parecia ser do tamanho de um punho e o pânico o inundava. Engolindo com dificuldade, ele disse:

– Sim?

– O que aconteceu?

Todo o sangue do meu corpo parece ter desaparecido e estou muito triste. Droga. Isso não ia dar certo.

– Nós adormecemos vendo os projetos para o quarto.

– Oh – ela disse, sonolenta, e moveu-se ao lado dele um pouco mais. – Mas não me lembro de termos pego o cobertor.

– Bem, eu peguei. – Ele, silenciosamente, se amaldiçoava.

– Hmmm... que bom. Está muito agradável.

Estatísticas de beisebol. Reconstruir uma transmissão. Trilha de quadriciclo na lama. Zach forçou sua mente a buscar todos os tipos de pensamentos e imagens não sexuais, mas Gabriella continuou se movendo contra ele. Finalmente, incapaz de se conter, ele apertou seus braços ao redor dela.

– Humm... Gabs?

– Humm?

– Você precisa parar de fazer isso.

Ela esticou o pescoço ligeiramente para olhar para ele.

– Fazer o quê?

Os balanços e movimentos de seu corpo tinham parado por um minuto. Com apenas o luar iluminando a sala, Zach não conseguia pensar em nada além dela. Então ela moveu a perna, quase colocando-a sobre a dele.

– O movimento – ele disse, sua voz crua e grave. – Eu preciso... – Ele limpou a garganta. – Eu preciso que você não... você sabe... que não se mova tanto.

Gabriella, então, ficou completamente imóvel. Um minuto depois, ela colocou a mão sobre o peito dele e apoiou-se delicadamente enquanto se sentava.

– Que horas são?

Zach se amaldiçoou. Ele tinha feito isso, ele a tinha acordado e agora ela ia querer ir embora. E eles discutiriam porque ele pediria para que ela ficasse e isso estragaria tudo.

– Tarde.

Gabriella olhou ao redor da sala.

– Por que... por que você simplesmente não foi para a cama? Agradeço pelo cobertor – ela olhou para baixo – e pelo travesseiro, mas você deveria ter ido para a cama. Eu ficaria bem aqui.

Sentado, Zach acariciou a bochecha dela.

– Se as coisas fossem diferentes, eu teria levado você para a cama comigo. – Ele não se incomodou em explicar; sabia que ela entenderia.

– Oh.

– Como não podia levar você para lá comigo, quis ficar aqui com você.

– Oh.

Novamente, o silêncio. Zach se perguntava o que estava passando na mente de Gabriella. Será que estaria brava por ele ter ficado ali com ela? Talvez achasse que ele tinha se aproveitado da situação. Estava muito escuro para que ele pudesse avaliar a expressão dela, e o silêncio estava começando a deixá-lo louco. Ele estava prestes a perguntar o que estava acontecendo, quando ela disse:

– Estou com muito sono para dirigir de volta para a minha casa.

– Ninguém está dizendo para você ir embora. – Mesmo na penumbra da sala, ele podia ver o sorriso tímido nos lábios dela. Ele tocou a pele macia de seu rosto. – Eu quero que você fique.

Gabriella o olhou fixamente pelo que pareceu ser uma eternidade.

– Este sofá não é muito grande.

E, novamente, todo o sangue de Zach foi embora.

– Há quatro camas aqui para você escolher.

Zach levantou-se cuidadosamente e estendeu uma mão para ela. Gabriella olhou para ele com aqueles grandes olhos azuis e ele se derreteu: era tudo o que queria e tudo o que temia.

Se havia uma coisa da qual Zach se orgulhava, era sua honestidade. Bem, pelo menos recentemente. Ele tinha sido honesto com Gabriella como nunca tinha sido antes com ninguém. Então, aproximou-se dela e disse:

– Não há nada que eu queira mais do que levá-la para a minha cama e fazer amor com você.

Os olhos de Gabriella se arregalaram.

– Mas… – ela sussurrou.

– Mas eu… eu não vou… – Zach limpou a garganta novamente. – Não tenho certeza se posso. Quer dizer… se já posso. – Ele esperou por um olhar ou uma palavra de piedade.

Mas isso não aconteceu.

Gentilmente, Gabriella apertou a mão dele e virou-se, levando-o para o quarto. Ao chegar na porta, parou:

– Espero que goste de dormir até mais tarde nos finais de semana.

Essas foram as palavras dela antes de soltar a mão dele e entrar na escuridão de seu quarto.

Zach ouviu o som do edredom e dos lençóis sendo puxados. Ouviu os sons suaves que o colchão fazia quando alguém se deitava. Inferno, ele até ouviu o farfalhar do tecido escorregando pela pele dela e caindo no chão.

E então ele a ouviu murmurar:

– Zach?

Lentamente, ele entrou no quarto e fechou a porta. Quando estava em pé ao lado da cama, tirou a camiseta. E hesitou.

– Você vai me abraçar como se estivéssemos no sofá?

– Sim.

Ela soltou um gemido sonolento, e Zach se deitou e puxou os lençóis para se cobrir. Aproximando-se, ele a envolveu em seus braços. Parecia… certo. Os lábios de Gabriella roçavam suavemente seu peito antes de relaxar contra ele, dizendo um sussurrado "boa noite".

De fato.

•

Gabriella tinha medo de abrir os olhos.

Sabia exatamente onde e com quem estava.

E como ela praticamente havia se convidado para estar ali.

Não havia nenhuma chance de ela ser capaz de olhar Zach nos olhos, não naquele momento, e possivelmente nunca mais. Durante a maior parte de sua vida, Gabriella havia sido a mestra do autocontrole; no último mês, ela se esquecera de todas as regras. No começo, aquilo a tinha feito se sentir muito bem, livre mesmo, mas agora? Agora ela estava mortificada por seu comportamento. O que Zach pensaria dela?

Ela quase riu alto de sua pergunta. Ele era homem. Ela tinha se arrastado para a cama dele e se enrolado em seu abraço. Claro que ele não ia reclamar. Amaldiçoou a própria estupidez.

Espreitando sob os cílios, Gabriella viu o sol se levantar e entrar suavemente através das cortinas. Para ter uma ideia da hora, seria preciso se mover, levantar a cabeça, mas ela ainda não estava pronta para fazer isso. Infelizmente, não tinha ideia se Zach tinha sono leve ou pesado. Queria poder pular da cama e fechar a porta sem que isso o incomodasse em nada. Mas será que teria tanta sorte?

Cuidadosamente, Gabriella começou a se desvencilhar do abraço de Zach.

Meu Deus, pensou consigo mesma, *eles estavam completamente enrolados um no outro*. Ela nunca tinha dormido tão junto de alguém. Gostava de manter seu espaço, e, mesmo assim, Gabriella tinha dormido profunda e tranquilamente durante toda a noite, com os braços de Zach ao redor de seu corpo e com as pernas dele entrelaçadas nas suas. Era difícil dizer onde terminava o corpo de um e começava o do outro.

Na verdade, aquilo era muito confortável. Talvez, apenas talvez, ela pudesse ficar ali por um pouco mais de tempo. Com um suspiro, ela relaxou e gostou da sensação da bochecha dela tocando seu peito nu e de seus braços segurando-a com firmeza.

– Já resolveu tudo?

Um pequeno gemido escapou dos lábios de Gabriella ao ouvir a pergunta sonolenta de Zach.

– Hein? Como…? Resolvi o quê?

– Eu acho que você está acordada já há alguns minutos tentando resolver como vai sair daqui.

– Agora sei como Summer se sente – Gabriella murmurou.

– O que minha irmã tem a ver com isso? – Zach riu.

– Ela está sempre me dizendo para sair da cabeça dela, e agora eu entendo o que quer dizer. É estranho.

– O quê? Que eu possa ler a sua mente? – Ele não esperou pela resposta. – Porque você faz isso comigo também, o tempo todo. É simplesmente um jogo justo.

– Eu não estava pensando em fugir – ela disse, fazendo beicinho.

Zach riu.

– Querida, você é boa em muitas coisas, mas mentir não é uma delas. Acho que você acordou e se sentiu constrangida com… isso. – Ele apontou para a posição em que estavam. – Está tudo bem. Quer dizer, eu esperava que você estivesse bem e confortável em relação a isso, mas entendo que não esteja. Este é um território novo para nós. Parece que todos os dias chegamos a um novo ponto.

Sentada, Gabriella olhou para ele.

– E isso não o incomoda nem o deixa desconfortável? Nunca?

Ele a estudou por um longo momento, como se escolhesse cuidadosamente as palavras.

– Não – ele disse simplesmente. – Essa é a parte mais estranha de tudo isso: toda vez que… cruzamos uma linha… Não, essa não é a frase certa – ele resmungou. – Toda vez que… evoluímos ou tentamos algo novo e avançamos, continuo esperando me sentir estranho ou desconfortável, mas isso não acontece.

Os olhos de Gabriella se arregalaram diante daquela confissão. Ela sabia que ele estava dizendo a verdade, sabia que não estava apenas dizendo o que pensava que ela queria que dissesse. Ela abaixou a cabeça e passou as mãos pelo cabelo, colocando-o para trás da orelha.

– Eu… eu normalmente não… Eu não costumo fazer esse tipo de coisa. – Gabriella pronunciou estas palavras tão suavemente que nem sequer tinha certeza se Zach as tinha escutado, até que o sentiu sentar e tocar os lábios em seu ombro.

– Ótimo – ele sussurrou. – Eu gosto do fato de você estar confortável o suficiente comigo para fazer isso. – Ele riu. – Não que tenhamos feito alguma coisa.

– Não fale assim. Foi muito bom. Acho que ficar juntinho é uma atividade pouco valorizada. Eu gostei.

Zach relaxou-se contra os travesseiros.

– Querida, eu adorei ficar juntinho de você. – Ele passou um braço em torno dela, enquanto sua outra mão começou a passear casualmente pelo seu corpo. – Especialmente quando você está seminua.

Ela corou furiosamente.

– Eu não consigo dormir com nada nas pernas. Tirei a calça quando subi na cama.

– E eu, por exemplo, acho isso ótimo – ele disse, beijando a ponta do nariz dela.

Ainda era um pouco surpreendente que ela conseguisse ficar relaxada tão facilmente estando com ele. Num minuto, ela estava tímida e apreensiva e, no minuto seguinte, Zach conseguia deixá-la completamente à vontade. Gabriella não tinha certeza se isso significava que ele estava sendo sincero ou que ela estava sendo ingênua.

Não. Aquilo não combinava com ela. Ela aprendera essa lição há muito tempo, e tinha sido ingênua. Conhecia Zach o suficiente – e há tempo o bastante – para saber que parte do que a fazia sentir-se daquele jeito era exatamente o fato de conhecê-lo. Mas por mais que o conhecesse e que tudo fizesse sentido, ainda havia uma forte sensação de dúvida sobre o que estavam fazendo, sobre o que estavam compartilhando.

– Você está fazendo isso de novo – ele disse calmamente.

Ela riu.

– Desculpa. Não consigo evitar.

Zach, gentilmente, soltou-a e levantou-se da cama.

– Vamos. Vamos tomar café e montar nosso plano de ataque para as compras.

Gabriella guerreou com sentimentos de alívio e decepção. Zach tinha sido completamente honesto com ela sobre o motivo pelo qual não estavam... avançando no relacionamento. Ela não tinha a menor dúvida de que tinha sido doloroso para ele admitir suas batalhas, ainda mais sendo tão pessoais. Aquilo a fazia se sentir especial, afinal, ele confiava o suficiente nela para abordar tais temas. Mas havia outra parte dela que estava curiosa para testar as águas, por assim dizer. Os médicos teriam recomendado que ainda não fizesse sexo? Teria sido Alex? Ou seria algo que Zach estava sentindo e pensando por conta própria?

Olhando para cima, ela o viu parado na porta.

– Você vem? – ele perguntou.

– Vou em um minuto – ela respondeu, ainda se sentindo um pouco tímida por estar na cama dele, vestindo nada além de calcinha e camiseta.

– Te espero na cozinha. Vou começar a preparar o café.

– Ok.

Enquanto Zach se afastava do quarto, Gabriella notou que ele estava usando apenas uma muleta. Seus movimentos ainda eram lentos e duros, mas ele, definitivamente, estava progredindo. Ela sabia que ele tinha uma consulta médica na segunda-feira, e a cabeça dela não conseguia deixar de pensar em que notícias receberiam.

Ou em como isso afetaria a evolução daquela história.

•

– Então, como foi seu fim de semana?

Zach olhou para Alex, enquanto se dirigiam para a consulta, e sorriu.

– Isso é bom, hein? – Alex disse com uma risada. – Me conta!

– Se eu te contar, vão cassar minha carteirinha de homem – Zach respondeu, incapaz de conter o sorriso.

– Agora eu tenho de saber. Vamos. Para com isso.

Zach revirou os olhos e moveu-se desconfortavelmente no assento.

– Você acha que a clínica de reabilitação vai ter algum uso para a cadeira de rodas?

– Ah – Alex disse, balançando a cabeça. – Proteção. Mudar o assunto. Você deve ter realmente feito algo muito feio para usar esse recurso. – Ele riu. – E agora estou ainda mais curioso!

– Ok, tudo bem – Zach disse, tentando parecer zangado, mas sem conseguir. – Passei o fim de semana... redecorando.

Sem responder, Alex colocou a mão em torno da orelha e disse:

– Desculpe, não ouvi bem... O que você disse? Você... redecorando? Foi isso mesmo?

– Eu avisei. Vou ter minha carteirinha de homem cassada assim que chegarmos ao hospital.

– Acho que não vai precisar demorar tanto. Isso vai acontecer agora. – Ambos riram. – Então você começou a redecorar a casa? – Por cima dos ombros, Alex olhou para a cadeira de rodas. – E livrar-se disso faz parte do projeto.

– Tudo começou quando decidi me livrar da cadeira.

– Prossiga.

Zach explicou como sentia que sua casa tinha papel fundamental em dificultar sua recuperação.

– Talvez eu esteja louco – ele finalmente disse. – Não sei. – Zach passou a mão pelo cabelo. – Eu adoro a minha casa, apaixonei-me por ela desde a primeira vez que a vi. Mas depois de ter ficado preso ali dentro... Eu sinto como se as paredes estivessem se fechando. Não quero me mudar, mas preciso mudar um pouco as coisas.

– Além disso, essa foi uma excelente desculpa para você passar o final de semana todo grudado com a Gabriella.

Embora fosse verdade, Zach ainda se incomodava ao ouvir aquela constatação. Ele não queria que ninguém pensasse em nada rude ou desrespeitoso com relação a ele e Gabriella. Até agora, os únicos que estavam cientes daquela relação eram ele, Gabriella e... Alex. De alguma forma, até aquele momento, Zach conseguiu manter a sua família – geralmente tão intrometida – fora desse assunto. Para eles, Zach apenas tinha corrigido sua rota e decidido voltar a trabalhar com a ajuda de sua assistente de longa data.

Ele cruzou os dedos, torcendo para que as coisas continuassem daquele jeito por um pouco mais de tempo. Não havia nenhuma maneira de ele ser capaz de esconder o que realmente sentia por Gabriella na frente de sua família. Perceberiam assim que o vissem.

Isso o fazia se sentir completamente fora de controle.

E era importante para ele que sua família nunca mais o visse fora de controle. Tinha sido difícil lidar com a preocupação e a pena deles enquanto ele estava no hospital e durante seu processo de recuperação. Não havia dúvidas de que estaria sujeito a algum tipo de piedade e preocupação completamente diferente se o vissem agindo como um idiota perto de Gabriella.

Então, ele parou e pensou que ninguém, realmente, teria de vê-lo agindo de forma diferente da que sempre agiu. Ele havia escondido seus sentimentos por Gabriella durante anos. Seguramente, poderia seguir fazendo isso por um pouco mais de tempo.

Crise evitada.

Zach levantou a cabeça a tempo de ver que Alex havia parado em uma vaga no estacionamento do hospital e olhava para ele com expectativa.

– É isso aí. – Zach soltou um suspiro cansado.

– Não entre lá com esse tipo de atitude – Alex o alertou, sua voz animada. – Você está fazendo grandes progressos, Zach. Os médicos vão ficar impressionados!

– E se… e se fizerem os exames e descobrirem que as coisas não estão melhorando?

– Por que está procurando problemas?

– Força do hábito – Zach disse, com uma risadinha. – Toda vez que crio esperanças com essa recuperação, acabo descobrindo que estava completamente enganado.

– Isso é porque você não estava se dedicando por completo antes. Nós não estamos trabalhando juntos há muito tempo, mas posso dizer que você está muito mais comprometido com sua reabilitação do que há uma semana. Essas coisas levam tempo. – Ele fez uma pausa e organizou seus pensamentos. – Gostaria de poder dizer que vai acordar amanhã e nunca mais precisar usar muletas ou bengala, mas não posso. Algum dia isso vai acontecer, mas não vai ser da noite para o dia. Você precisa ser paciente.

– Não sou muito bom nisso.

– Não estou brincando. – Alex riu. – Olha, você está indo muito bem. Estou muito satisfeito e impressionado com o progresso que fizemos. Eu vi você sair da casa esta manhã, e seu caminhar está muito mais confiante. Está recuperando suas forças. Mas temos de ir devagar e fazer isso direito ou você vai acabar se machucando. Confie em mim.

– Eu confio. Confio mesmo. É só que… Eu não sei se estou pronto para ouvir o que os médicos vão dizer.

Puxando as chaves do contato, Alex virou-se e colocou a mão sobre o ombro de Zach, buscando reconfortá-lo.

– Seja o que for que aconteça, vamos lidar com isso. Se tivermos que ajustar sua rotina e sua fisioterapia, é isso que faremos. Nada que eles possam dizer deve ser um problema. Ok?

Zach olhou com cautela para Alex.

– Cara, eu queria ter o seu otimismo.

Alex abriu a porta do carro e saiu antes de responder:

– Está tudo bem. Tenho o suficiente para nós dois neste momento.

•

– Eu não posso acreditar que você e o Zach estão juntos! – Summer soltou ao se sentar sobre a ponta da mesa de Gabriella.

Os olhos de Gabriella se arregalaram de surpresa.

– O quê? Eu e Zach? Do que você está falando?

Summer revirou os olhos.

– Mas o que você está fazendo aqui no escritório? Pensei que estivesse trabalhando na casa dele até que ele estivesse pronto para voltar para cá. Ele mandou você embora outra vez? Você pediu demissão? Porque, honestamente, não aguento mais esse drama.

Gabriella quase caiu no chão de tanto alívio. Trabalho. Summer estava falando de trabalho. Uau!

– Ele tinha uma consulta médica esta manhã, então eu vim para o escritório.

– Sério? Por que ele não me chamou ou pediu ao Ethan para ir com ele?

– Seu fisioterapeuta o levou.

– Oh. – Summer franziu o cenho. – Mas… por quê?

Droga. Gabriella não queria se meter naquele assunto, e tinha acabado de presumir que Zach estava mantendo a família atualizada.

– Acho que Alex preferiu ir com ele para que pudessem fazer perguntas aos médicos e garantir que a fisioterapia seja benéfica para o processo de recuperação de Zach.

– Sim, faz sentido. Ainda assim, gostaria que um de nós estivesse com ele. Me incomoda saber que ele está lá sozinho.

– Summer, ele não está sozinho. Alex está com ele, e ele é um cara muito bacana.

– Claro – ela resmungou, inclinando-se mais perto. – Conte-me mais.

– Pare com isso. Você não é uma mulher felizmente comprometida?

Summer balançou a mão.

– Claro que sou. Eu não estava perguntando por mim, mas por você. É a primeira vez que ouvi você se referir a qualquer cara com um elogio. Ele é bonito?

– Te conto tudo sobre ele na academia. Agora, xô... Eu tenho muito trabalho a fazer enquanto estou aqui. Sei que Carolyn está fazendo um ótimo trabalho, mas odeio ver toda essa papelada acumulada na minha mesa. Acho que minha assistente precisa de um assistente apenas para cuidar do arquivamento.

– Por favor, sabe que odiaria se alguém cuidasse disso. Você gosta de olhar para cada folha de papel, guardá-la na memória e, em seguida, arquivá-la você mesma.

Gabriella franziu o cenho.

– Quando você fala desse jeito, parece que estou fazendo algo errado.

– Não é errado. Só estou te lembrando que você tem TOC.

– Obrigada. Como eu poderia ter esquecido...

– Para que servem os amigos?

Gabriella olhou para o relógio.

– Como está sua agenda hoje? Acha que podemos almoçar mais tarde?

– Claro que posso. Mas você tem certeza de que pode?

– Por que não poderia?

– E ele?

– Ele sabe que eu estou aqui e não se importa que saiamos juntas.

Summer riu.

– Adoro como fica na defensiva sempre que falamos dele. Honestamente, ainda não consigo acreditar que voltou a trabalhar para ele e que ainda não o tenha matado.

– É uma luta diária.

– Bem, estou feliz que você não o tenha matado, porque, apesar de ele ser muito chato, é meu irmão e eu o amo.

– Vou tentar me lembrar disso na próxima vez que ele estiver me dando trabalho.

– Obrigada. Voltando à minha pergunta original: você não quer estar na casa do Zach quando ele voltar da consulta?

Era uma pergunta inocente e, ainda assim, o coração de Gabriella ficou acelerado. Ela queria estar lá? Sim. Tinha algo a ver com trabalho? Não. Gabriella ficara ligeiramente decepcionada quando Zach a informou que Alex o levaria para a consulta, e entendeu perfeitamente quando ele lhe explicou os motivos, mas parte dela queria estar lá com ele para compartilhar as notícias que recebesse, fossem boas ou ruins.

E se ele recebesse uma má notícia? E se não fosse melhorar? Gabriella ficaria com Zach, não importava o que acontecesse; então, se ele nunca mais pudesse saltar de paraquedas ou escalar outra montanha, ainda assim seria bom para ela. Ela sabia que Zach odiaria a perda, mas, juntos, encontrariam uma maneira de manter um caminho com esta nova versão deles.

E se a notícia fosse boa?

E se as notícias referentes à sua recuperação indicassem que ele poderia… retomar algumas de suas atividades normais, sexo, por exemplo? Gabriella estaria mentindo se dissesse que esse pensamento não havia estado em sua mente com muita frequência, mas era uma linha que, uma vez cruzada, não havia como voltar atrás. Eles estavam se beijando e brincando, mas sexo era diferente. Uma vez que você se torna íntimo de alguém, tudo muda.

Seu estômago revirou com aquele pensamento. Não era a reação que esperava. Embora, obviamente, Gabriella quisesse a recuperação de Zach, aquilo abria a porta para uma série de novas questões, e ela não sabia se queria lidar com tudo aquilo.

O monstrinho da insegurança a fez imaginar se Zach simplesmente estava matando o tempo com ela porque aquele era um território seguro. Ele a conhecia, ambos estavam confortáveis um com o outro, mas não havia nenhum risco envolvido. Não mesmo. Gabriella aceitaria Zach e quaisquer limitações que ele tivesse devido ao acidente, e isso a fazia ser uma escolha segura. Não era como se ele estivesse indo atrás de uma mulher que não conhecesse.

Uma mulher sem nome – a quem ela já odiava – poderia não ser tão receptiva. Seria um golpe para o ego de Zach se ele fosse rejeitado por causa de suas limitações.

Ugh. Aquilo era um pesadelo.

– Uau. O que quer que seja que tenha passado pela sua cabeça fez seu olhar ficar muito feroz. Está tudo bem? – Summer perguntou.

– O quê? Oh, desculpe. – Gabriella agitou-se na cadeira e endireitou alguns papéis em sua mesa.

– Espere... o que está acontecendo? Você está... ansiosa. – Summer ficou em pé e circulou a mesa de Gabriella. – Você nunca está nervosa.

– Eu não estou ansiosa. Minha mente vagou por um momento... nada de mais. – Ela arrumou mais alguns papéis.

– E está preocupada... Você nunca se preocupa.

Gabriella sentiu suas bochechas esquentarem, e seu único desejo era que Ethan viesse distrair Summer.

– Estou aflita porque sinto que você está me observando, por algum motivo. Sossega o facho, Nancy Drew. Tenho trabalho a fazer. Vamos almoçar ou não?

– E agora você está mal-humorada.

– É uma suspeita tripla.

Summer sentou-se novamente no canto da mesa.

– Tudo bem, pode ficar com seus segredos. Falaremos mais no almoço.

Isso era exatamente o que Gabriella temia.

Capítulo 10

– Você está exagerando.

Silêncio.

– Sério, você está perdendo a linha. Pensei que fosse ficar feliz.

– Está de brincadeira, né? – Zach disse, virando a cabeça para a esquerda, para poder olhar para Alex.

Eles tinham deixado o hospital há quase trinta minutos, e Zach mantivera a mesma postura o tempo todo. Ele fora examinado, escaneado e cutucado – cutucado em todos os sentidos. Então, ele e Alex se sentaram com uma equipe de especialistas para poderem discutir melhor seu prognóstico.

– Ok, vamos lá. Estamos quase chegando na sua casa e não vou embora até conversarmos sobre isso. Obviamente, você está chateado, mas eu, sinceramente, não entendo o motivo. E até eu entender nós não vamos seguir com a parte física da sessão.

Zach bufou, irritado.

– Legal como você acrescentou a palavra "física" na frase. Até poucas horas atrás, referíamos apenas como "sessão". Agora, de repente, sou uma espécie de caso específico.

– É assim que você está escolhendo olhar para a situação.

Eles entraram na garagem de Zach, e Alex se manteve em silêncio até que estivessem fora do carro e dentro da casa. Assim que Zach se sentou no sofá, Alex começou.

– Você está se concentrando na coisa errada. Seus exames estavam bons, muito bons! O inchaço já quase não existe mais. Seus músculos estão ficando mais fortes, e todos ficaram muito satisfeitos com seus progressos.

– Você viu como me olharam? – Zach o interrompeu. – Eles me olharam como se eu estivesse louco.

– Não – Alex disse com firmeza. – Não aconteceu nada disso. Foi assim que você percebeu. – Ele andava de um lado para o outro. – Zach, você já disse dezenas de vezes que, durante a maior parte do seu tempo de recuperação, você fica dentro da sua cabeça. Tem sido um desafio manter-se positivo e acreditar que vai melhorar. Os médicos estão simplesmente... sugerindo... Eles apenas sugeriram que algumas das questões que você ainda está enfrentando, como a paralisia temporária, são causadas pela ansiedade. Isso não é incomum.

– Por que eu iria querer estar paralisado? Hein? Me explica isso! Não tem nada que eu queira mais do que melhorar, e agora estão tentando me dizer que o responsável pela minha paralisia sou eu? O que eu acho é que eles não têm uma explicação e estão tentando me culpar!

Alex sacudiu a cabeça.

– Não. Não é isso, mesmo. Eu sabia que você não estava escutando o que eles diziam.

– Ouvi todas as malditas palavras que disseram – Zach rosnou, os dentes cerrados.

– Há uma diferença entre ouvir e escutar – disse Alex, fazendo uma pausa para se acalmar. – Eu quero que você respire fundo e relaxe.

– Vá à merda!

– Cara, eu investi muito tempo no seu tratamento para que você me trate assim por conta de um chilique. – A voz de Alex não era alta, mas seu tom era suficientemente firme para que Zach soubesse que ele estava falando sério. Depois de um minuto, ele repetiu: – Respire fundo e relaxe.

Zach obedeceu.

– Quero que pense sobre algumas das vezes em que sua perna ficou entorpecida, mas dê prioridade às mais recentes.

Zach jogou a cabeça para trás e fechou os olhos.

– Ok.

– Como você estava se sentindo exatamente antes disso acontecer?

– Não sei.

– Então pense – retrucou Alex.

Zach olhou para o fisioterapeuta, pensando no dia em que Gabriella fora à sua casa e sobre como ele ficara ansioso e assustado pelo fato de ela vê-lo naquela condição.

– Em uma das últimas vezes em que perdi a sensibilidade, eu estava tendo um leve ataque de ansiedade por conta de Gabriella estar aqui em casa e me ver nesse estado. Eu estava no banho e comecei a sentir aquele… formigamento… e fiquei em pânico.

– Muito bem. Agora estamos chegando a algum lugar. Você diria que, em outras ocasiões, estava se sentindo da mesma forma?

– Não em relação a Gabriella.

– Não, mas você estava ansioso com outras coisas?

Zach deu de ombros.

– Alguns episódios aconteceram durante os tratamentos de fisioterapia, quando eu sentia que o profissional não estava me escutando ou que estava me pressionando mais do que eu podia aguentar. Então eu tinha essa sensação e meu corpo desligava.

– Um mecanismo de defesa.

– O quê? – Zach retrucou.

– Pense nisso, e dessa vez eu quero que realmente preste atenção. Cada vez que se sentiu oprimido ou desafiado por uma situação, seu corpo reagiu com o formigamento em sua perna e, em seguida, vinha a paralisia. Isso justificava seus sentimentos de indignação ou ansiedade e, em seguida, assim que se sentia melhor, mais relaxado, recuperava a sensibilidade. Estou certo?

Zach queria discordar, mas Alex tinha razão. Então ele simplesmente balançou a cabeça antes de dizer que era sempre assim.

– Tenho certeza disso. E os médicos também. Tudo o que estamos dizendo é que a sua mente é forte. Nos casos de paralisia que surgem apenas em certas situações, isso costuma fazer sentido. Considerando o que acabou de compartilhar, a ansiedade desempenha um papel enorme nesse cenário. A maioria das pessoas que enfrenta um ataque de ansiedade, por qualquer motivo, tende a hiperventilar um pouco. Hiperventilação é o ato de expirar muito dióxido de carbono, para que seu corpo responda, acalmando o fluxo sanguíneo, e isso faz você ter a sensação de que certas partes do corpo não podem se mover. Essas partes do corpo podem começar a formigar ou ficar dormentes, fazendo sentir como se seus músculos não estivessem funcionando. – Ele fez uma pausa. – Soa familiar?

Soava, mas Zach ficou em silêncio.

– Você ouviu a palavra "ansiedade" e pensou que eles estavam minimizando sua situação, mas não é nada disso. A ansiedade é uma coisa muito concreta, Zach. Quando uma pessoa sofre de ansiedade, ela acaba se concentrando tão intensamente na forma como o corpo se sente que os movimentos se tornam conscientes. Isso significa que seus movimentos deixam de ser automáticos, e a pessoa passa a ter de pensar em cada músculo que precisa mover para fazer coisas básicas. E isso é muito mais difícil do que parece, então, o que pode acontecer é você achar que determinado músculo ou área de seu corpo não está se movendo da maneira que você esperava que estivesse.

– O que está dizendo é que se eu superar minha ansiedade poderei voltar completamente ao normal?

Alex riu e sentou-se na outra extremidade do sofá.

– Não simplifique demais, amigo. Seu corpo sofreu um grande trauma e ainda precisa se recuperar, reconstruir músculos para que voltem a funcionar normalmente. Não vamos fazer uns mantras e bam! Você vai se levantar e escalar outra montanha.

– Então, o que eu deveria fazer?

– Exatamente o que estamos fazendo: precisa ter paciência. Continuaremos fazendo a fisioterapia e, com isso, você vai continuar desenvolvendo força. E, ao mesmo tempo, precisa manter uma atitude positiva. Você vai ter recaídas. Vão surgir momentos em que seu corpo não vai querer manter esse ritmo, mas, no longo prazo, vai valer a pena.

Zach suspirou alto.

– Eu nunca pensei… Eu sabia que a minha cabeça estava mexendo comigo, mas nunca imaginei que fosse tanto. Eu me sinto um idiota.

– Por quê? Porque é humano?

– Eu deveria saber.

– E como poderia saber que seu estado emocional está exercendo um impacto tão grande em seu estado físico? Você era um especialista da psique humana antes da escalada?

– Bem, não…

– Então, deixa disso. Quer dizer, caramba, Zach. Facilite um pouco as coisas pra você. Você caiu de uma maldita montanha. Tem sorte de estar vivo. Não dá para controlar tudo e nem para saber tudo.

– Minha família tenta me fazer entender isso há anos.

– Talvez esteja na hora de escutá-los.

A mente de Zach estava girando, completamente sem rumo. Em que ponto ele estava? O que fazer a partir dessas informações?

– Posso perguntar uma coisa?

– Qualquer coisa.

– Há cerca de um mês, Gabriella estava aqui e estávamos discutindo. – Zach mudou de posição. – Costumávamos discutir com muita frequência. De qualquer forma, ela estava saindo, indo embora, e eu a impedi e… eu a beijei pela primeira vez.

– E isso foi apenas um mês atrás? – Alex perguntou, sua expressão mostrando descrença.

– É uma longa história – disse Zach. – Mas… o fato é que, enquanto estávamos nos beijando, eu senti a perna começar a formigar e achei que fosse falhar. Mas ela ficou comigo. Me ajudou a ir até o sofá.

– Quanto tempo a perna ficou morta?

– Foi só isso. Não cheguei a perder a sensibilidade. O formigamento simplesmente desapareceu.

Alex sorriu.

– Porque você não se assustou. Não entrou em pânico. Não havia ansiedade. Agora consegue entender? Eu sei que você vai se debater, e não há nada que eu possa fazer para mudar a sua mente em relação a isso, mas precisa entender que ninguém está subestimando suas dificuldades. O que está enfrentando é muito real. Particularmente, fico feliz que tenhamos descoberto de que se trata.

– Como poderia ser diferente?

– Bem, poderiam ter encontrado algo que sugerisse uma causa mais grave para esses episódios. Mas com a sua irritação diante da sugestão de transtornos relacionados à ansiedade, ficou mais fácil para eles chegarem a essa conclusão sem ter de fazer mais testes. O que, ironicamente, é uma sorte para você, porque imagino que já esteja de saco cheio de tomar picadas.

– Tem razão.

– E então, está pronto para a sessão de hoje?

Zach olhou para ele.

– Eu não acho que você precise perguntar. Pronto ou não, querendo ou não, eu tenho de fazer isso.

Alex sorriu.

– Quer ligar para alguém primeiro, contar como foi a consulta? Tenho certeza de que sua família e a Gabriella estão ansiosos por notícias.

Zach não tinha pensado nisso.

– Talvez.

– Vou te falar uma coisa: acho que você já se exercitou bastante por hoje com todas as caminhadas no hospital e os exames. Descanse o resto do dia e pense bem em tudo o que descobriu. Fale com a sua família. Converse com a Gabriella. Retomamos amanhã de manhã.

– Tem certeza? – Zach perguntou, confuso. – Pensei que era importante darmos continuidade.

– Mas estamos dando continuidade. Nem todas as nossas sessões têm de ser iguais.

– Pode ser.

Alex levantou-se e apertou a mão de Zach, antes de caminhar em direção à porta da frente.

– Oh, Zach…

– Sim?

– Você deve ter ficado tão ocupado com a palavra "ansiedade" que não ouviu os médicos dizerem que pode retomar sua vida sexual. Só quis confirmar, porque acho que você não registrou essa informação. – Então ele foi embora.

Zach estava sentado no sofá, imaginando o que fazer com aquela informação.

•

– Então, basicamente, esta é uma ótima notícia, certo? – Summer perguntou, animada, enquanto segurava o telefone na orelha e fazia sinal de positivo para Gabriella.

– Estou tentando não criar expectativas – disse Zach, mas havia um sorriso em sua voz.

– Muito bem.

– Ethan está por perto? Gostaria de falar com ele.

– Na verdade, ele está no escritório. Eu estou almoçando com Gabriella agora. Quer falar com ela?

– Hmmm... não. Tudo bem. Falo com ela quando vier trabalhar, amanhã.

– É só hora do almoço, Zach. E ela é tão eficiente que já deve ter terminado tudo no escritório. Quer que ela termine o expediente aí?

Gabriella revirou os olhos para Summer. Ela estava pronta para arrancar o telefone da mão da amiga e jogá-lo longe. Não era preciso ser muito esperta para perceber que Zach não a considerava importante o suficiente para ligar e compartilhar as informações de sua consulta com ela. Mas, pelo que ouviu da conversa de Summer, já sabia que estava tudo bem.

Como aquilo lhe fez bem.

Gabriella estava surpresa e, ao mesmo tempo, não estava. Aquele era o comportamento típico de Zach: ir com força e recuar. Talvez ele tivesse ficado com medo diante do que estava acontecendo entre eles. Ou talvez fosse exatamente o que ela havia previsto: com as boas notícias do médico, já não havia necessidade em se juntar à opção mais segura. Ele estava livre para voltar a namorar as riquinhas de que sempre gostou.

Summer se despediu e colocou o telefone de volta na bolsa.

– Ei, você está esmagando essa torrada – ela disse com uma risada. – O que está acontecendo?

– Nada. Então ele recebeu boas notícias, hein?

Summer tinha um sorriso enorme no rosto.

– Tenho certeza de que vai te contar tudo amanhã, mas quase já não tem mais inchaço e os médicos se sentem bastante confiantes de que vai se recuperar completamente. – Ela se ajeitou na cadeira e suspirou alegremente. – Tenho orado por isso há tanto tempo e sei que Zach deve estar aliviado.

– Mas… – Gabriella perguntou.

– Mas… ele simplesmente não parecia tão feliz quanto eu pensava que estaria.

– Como você sabe quando ele está feliz? – Gabriella disse sarcasticamente, e então se encolheu.

Summer só podia rir.

– É verdade, faz tanto tempo que não vejo o Zach rir ou fazer uma piada que, provavelmente, não saberia identificar. – Ela encolheu os ombros. – Acho que eu esperava um pouco mais de entusiasmo.

Gabriella fez um leve som e empurrou a salada no prato.

– No entanto, isso deve ser uma boa notícia para você – Summer continuou.

– Por quê? – Gabriella perguntou, confusa.

– Se Zach está ficando melhor, isso significa que logo ele vai voltar a trabalhar no escritório com todos nós. E você não vai mais precisar ir até a casa dele e ficar presa com ele, ouvindo-o resmungar o dia todo e, basicamente, vendo-o agir como um idiota.

– É, vou poder voltar ao escritório e lidar com ele enquanto ele resmunga o dia todo e age como um idiota diante de uma plateia bem maior.

– Não que você esteja reclamando disso…

Gabriella soltou mais um resmungo e forçou-se a comer uma garfada de salada.

Summer deu um suspiro dramático.

– Está bem. Chega disso. O que aconteceu agora?

Tranquilamente terminando sua garfada, Gabriella limpou os cantos da boca e colocou o guardanapo de volta no colo.

– Do que está falando?

– Claramente, Zach fez alguma coisa para você estar assim. Honestamente, eu não entendo. Quer dizer, você estava pronta para trabalhar com Ethan. Pensei que já estivesse tudo confirmado. Então liga e diz que você e Zach conversaram e que aceitou ajudá-lo. Por quê? Se ele trata você tão mal, por que continua passando por isso? Tio William pode arranjar um cargo para você em qualquer área da empresa. Aceite meu conselho e afaste-se dele. Odeio ver você tão chateada.

Gabriella estava completamente perdida. Por um lado, precisava conversar com alguém sobre o que estava acontecendo e sobre seus sentimentos por Zach. Por outro, essa pessoa provavelmente não deveria ser a irmã dele.

– Gabs? Vamos, fale comigo.

– As coisas ficaram muito melhores na semana passada.

– Isso é ótimo!

Sacudindo a cabeça, Gabriella sentiu que lágrimas ameaçavam se formar em seus olhos.

– Pelo menos foi o que achei. Estava tudo igual ao começo. Muito melhor.

Se Summer desconfiava de qualquer coisa, ela escolheu ficar quieta.

– Você não estava completamente errada no Alasca – Gabriella começou lentamente, recusando-se a olhar para Summer. – Eu tinha sentimentos por Zach. – Ela ergueu os olhos. – E parece que ele também sentia alguma coisa por mim.

– Fala sério! – Summer quase saltou da cadeira, mas conseguiu se conter. – Isso é incrível! Você e Zach! Meu Deus! Como pôde esconder isso de mim?

– Summer, não é... Não é isso. Zach está lidando com um monte de coisas. E mesmo admitindo ter sentimentos, trabalhamos juntos. Nenhum de nós está disposto a arriscar o relacionamento profissional no momento. Ele tem muito que evoluir até se recuperar e voltar para o seu cargo na empresa para perder tempo comigo.

Summer arqueou uma sobrancelha para ela.

– Ah, é mesmo? Perder tempo? Se há uma coisa que sei sobre vocês dois é que são excelentes em fazer mil coisas ao mesmo tempo. Não acho que qualquer um dos dois fosse se distrair tanto a ponto de prejudicar o relacionamento profissional. – Summer fez uma pausa e estudou a expressão de Gabriella por um minuto, então entendeu. – Está chateada porque ele não ligou para você para contar sobre a consulta. Estou certa, não estou?

Gabriella não aguentava mais.

– Bingo! O que você quer agora? Uma medalha?

– Ok, não precisa ser ríspida.

Incapaz de evitar, Gabriella bateu com a mão na mesa.

– Quer saber de uma coisa? Acho que tenho o direito de ser um pouco ríspida, sim! Seu irmão me maltratou durante anos, me culpando por uma coisa que ele entendeu mal, e eu tive de aguentar seu abuso verbal durante todo esse tempo. Agora ele implora e me convence a ficar e eu, estúpida, concordo. E, além disso, tolamente concordo em participar desse joguinho, mas no final do dia, sabe onde estou? No escuro! Eu não sou importante o suficiente para ele. – Ela respirou fundo. – Não significo nada para ele.

– Gabs, tenho certeza de que isso não é verdade.

Gabriella compartilhou sua teoria sobre ela ser a "aposta segura" para Zach retomar sua vida afetiva.

– É a teoria mais ridícula que já ouvi – disse Summer, sem rodeios. – Estou meio desapontada com você. Para alguém que costuma ter todas as respostas, você, de repente, se transformou em algum tipo de... não sei... tonta. Vou ser honesta, estou um pouco preocupada.

– Ok, muito dramática? – Gabriella perguntou, cruzando os braços à frente do peito.

– Olha, eu não acho que Zach seja esse tipo de pessoa. Ele não... não... usa pessoas assim.

– Summer, eu amo a sua lealdade à sua família, mas você não estava por aqui nos últimos dois anos. Seu irmão saía cada dia com uma mulher diferente. Eu mesma tive de terminar com algumas delas por ele!

– Prometo não romper com você por ele, mesmo que meu irmão me peça – Summer disse seriamente, bem antes de seus lábios começarem a se contrair.

– Você não está sendo engraçada.

– Tudo bem, você me ama de qualquer maneira.

– Te odeio – disse Gabriella. – Então, o que eu faço? Estou louca? Estou errada ao me ofender por ele não ter ligado nem ter pedido para me ver esta tarde?

– Honestamente, Gabs, acho que Zach está tentando resolver tudo isso. Deixe ele sozinho hoje. Então, amanhã você vê como as coisas fluem. Acho que está exagerando. Não acho que Zach esteja brincando com você. Ele não faria isso, especialmente com você.

De repente, Gabriella não tinha tanta certeza.

•

Na manhã seguinte, Zach passeava pela sala, fazendo o possível para ignorar a câimbra muscular resultante da sessão matutina com Alex. Gabriella estava atrasada.

Gabriella nunca se atrasava.

Ele olhou outra vez para o relógio e viu que já eram quase oito e meia. Seu dia costumava começar às oito, mas ela estava sempre a postos às sete e quarenta e cinco. Aquilo era um pouco enervante. Teria acontecido algo com ela?

Ele amaldiçoou o fato de não ter ligado para ela no dia anterior. Quando Summer mencionou que estavam almoçando juntas, ele entrou em pânico. Não conseguiria ter a conversa que queria com Gabriella sabendo que sua irmã estava sentada na frente dela. Era uma desculpa esfarrapada, mas também lhe dava tempo para pensar em tudo o que aprendera no dia anterior.

Ele ia ficar bem.

Durante a sessão com Alex, Zach perguntou ao fisioterapeuta se "ficar bem" significava que não haveria sinais exteriores de seu acidente, e a resposta não foi exatamente o que esperava. Devido à complexidade das fraturas em sua perna, havia uma boa chance de ele mancar um pouco para o resto da vida. Não era o pior cenário, mas aquilo abalou a mente de Zach.

Ele queria ser perfeito. Queria ser exatamente o homem que era antes daquela escalada. O que pode não parecer muito para a maioria das pessoas, para Zach era o equivalente a um sinal de néon gigante dizendo que ele era imperfeito.

Se ele voltasse a fazer uma viagem de aventura, as pessoas iriam olhá-lo de forma diferente simplesmente por ele mancar. Elas iriam se questionar se ele estaria à altura da tarefa, independentemente do grau de dificuldade, e isso não era algo que ele estivesse ansioso por vivenciar.

Olhou de novo para o relógio e amaldiçoou.

– Isso é ridículo – ele murmurou, pegando o telefone para ligar para Gabriella. Caiu diretamente na caixa-postal. – Droga.

Ele ligou para o escritório e pediu para falar com Summer.

– Uau! Duas vezes em dois dias! – ela disse, alegremente. – Você realmente está ficando melhor.

Ele queria rir, mas estava muito preocupado.

– Você sabe da Gabriella?

– Eu? Não. Por quê?

– Ela ainda não chegou e…

– E ela nunca se atrasa – Summer concluiu a frase do irmão. – Você já ligou para ela?

– Claro! – ele respondeu sem demora. – Caiu direto na caixa-postal. Não sei mais o que fazer. Você almoçou com ela ontem, ela estava se sentindo bem?

– Fora o fato de estar irritada com você, ela estava bem.

– Irritada comigo? Por quê?

– Sério? Você vai se fazer de desentendido?

– Ok, tudo bem. Esse é o nosso funcionamento habitual, mas pensei que estivesse melhorando. Não consigo pensar em nada que eu possa ter feito para aborrecê-la.

Summer suspirou.

– Você não ligou para ela. Você, o cara que normalmente a chama, mesmo quando ela está na sala ao lado, só para dizer que seus clipes acabaram. Mas, dessa vez, não ligou para compartilhar notícias reais com ela. E concordo totalmente com ela: foi um erro.

– Vou te dizer uma coisa: você só será capaz de julgar quando algo assim acontecer com você. Eu sei que não tomo as melhores decisões…

– Você tem razão – Summer o interrompeu.

– Mas – ele disse, aumentando a voz para impedi-la de continuar falando – não fiz por mal. – Ele suspirou, cansado. – Então você acha que ela está… chateada? Acha que por isso ela vai chegar tarde, para provar alguma coisa?

– Vocês dois me cansam – ela murmurou.

– O que você quer dizer com isso?

– Quero dizer que eu gostaria que parassem de ficar se protegendo um do outro. Ela está claramente a fim de você e você também está completamente na dela, e, sim, todos já entendemos, vocês trabalham juntos… Mas será que dava pra vocês, por favor, se comunicarem? Honestamente.

Zach ficou atônito, sem palavras. Não era muito surpreendente que Summer soubesse de seus sentimentos por Gabriella. Ele estava certo de que Ethan havia contado para ela. Mas o fato de Summer saber sobre os sentimentos de Gabriella significava que as duas haviam conversado sobre o assunto.

– Então ela está a fim de mim?

– Oh, bom Deus! Não comece. Continue ligando para ela e me avise quando ela chegar. Vou dar uma xeretada e perguntar se ela, por acaso, passou por aqui esta manhã sem que eu a visse.

– Obrigado, Summer. Você é a melhor.

– Sim, claro. Você diz isso agora. Vou lembrar você disso quando voltar a trabalhar no escritório e resolver se irritar comigo.

– Tenho certeza de que vai, pirralha. Eu te amo.

– Também te amo.

•

Pela primeira vez em mais de cinco anos, Gabriella considerou dizer que estava doente e não ir trabalhar. Ela se sentia bem, exceto pelo fato de que seu coração doía cada vez que ela pensava sobre todas as coisas incríveis que Zach tinha dito a ela na última semana para, em seguida, não se preocupar nem mesmo em ligar quando recebeu a boa notícia de seus médicos. Isso era suficiente para ela entender como ele realmente se sentia.

Infelizmente, sua ética de trabalho não a deixava fazer isso. Ela iria para a casa dele trabalhar.

Mas ia ser do seu jeito.

Gabriella decidiu parar no escritório primeiro, para pegar uma caixa com os arquivos com que tinha começado a trabalhar no dia anterior. Eles não eram excessivamente importantes, mas eram clientes que precisavam de acompanhamento, e isso manteria Zach ao telefone e longe dela.

Em seguida, Gabriella foi tomar café da manhã. Normalmente, ela pegaria para viagem e levaria para ela e para Zach, para que tomassem o café juntos, na casa dele, mas, naquela situação, pediu apenas um café e um muffin e se sentou para comer no próprio café. Ela olhou para o relógio e sorriu. Sim, Zach estaria tendo um ataque naquele momento, mas não se importava. Problema dele. Se ela tinha de esperar para saber sobre a consulta no médico, ele que esperasse por ela.

... Que provasse do próprio veneno.

Essa não era a pessoa que ela queria ser. Aquilo era mesquinho, infantil.

Mas seu coração estava partido.

Com um suspiro de resignação, Gabriella levantou-se e jogou o lixo fora, foi até seu carro e dirigiu até a casa de Zach. Quando chegou, pegou a caixa e a equilibrou sob um braço, enquanto usava sua chave para abrir a porta.

– Onde diabos você esteve? – Zach gritou, enquanto ela cruzava a porta. – Estou tentando te ligar há mais de uma hora!

– Precisei fazer algumas paradas e não pensei que fosse ser um problema. – Dando de ombros, ela atravessou a sala e colocou a caixa sobre a mesa de café, voltando depois até a porta da frente para pendurar o casaco e a bolsa.

– Do que está falando? Você não mencionou a necessidade de fazer paradas.

– Ao contrário da crença popular, eu não tenho de contar para você todos os meus passos – ela disse friamente, enquanto se sentava e começava a puxar arquivos de dentro da caixa. – Li esses arquivos no escritório ontem. Temos cerca de cinquenta clientes com os quais não mantemos contato direto há mais de um ano. Pensei que seria um bom momento para resolver isso.

Sistemática, Gabriella agrupou os arquivos em pilhas sobre a mesa, e assustou-se quando ele agarrou os papéis que ela estava segurando e os jogou de lado.

– O que está acontecendo aqui? – ele questionou, exigente.

Ela olhou para ele com uma expressão desafiadora.

– Estou trabalhando. Não é esse o propósito de eu estar aqui?

Zach esfregou a mão no rosto e olhou para onde ela estava sentada, sua voz já mais suave.

– Tudo isso porque eu não liguei para você ontem? Summer me disse que você se aborreceu por algum motivo.

Ela desviou o olhar e deu de ombros antes de retomar sua tarefa.

– Não que eu esperasse que você me contasse tudo o que faz, mas você ligou para todos para contar como tinha sido a consulta. Menos para mim.

Quando todos os arquivos estavam organizados de maneira satisfatória, Gabriella foi para a cozinha, serviu-se de um copo de água, e depois se apoiou contra o balcão para olhar para Zach.

– Não foi bem assim – ele disse calmamente. – Você não tem ideia de como ontem foi um dia difícil para mim. Liguei para os meus pais e tentei ligar para Ethan. Como não consegui falar com ele, liguei para Summer. Eu não liguei para todo mundo menos para você. Por favor.

– Sabe de uma coisa, Zach? Tudo bem, mesmo. Como eu disse, nós não temos de relatar todos os nossos passos um para o outro. As coisas ficaram um pouco... confusas... entre nós. Mas está tudo bem. Acho que é melhor deixarmos isso de lado e voltarmos a fazer o planejado: trabalhamos juntos e estamos tentando fazer você se atualizar para, quando voltar ao escritório, tudo estar no lugar certo. Ok?

– Não, não está ok! – ele retrucou. – Não havia nada de confuso na semana passada. Estávamos avançando em nosso relacionamento! Nós dois admitimos que tínhamos sentimentos um pelo outro, e eu não entendo por que você está recuando de repente!

As palavras não podiam sair da garganta de Gabriella. Ela não tinha ideia de como ter essa conversa com ele. Já havia sido ruim o suficiente apenas imaginar que poderia estar errada a respeito do que estava acontecendo entre os dois. Admitir em voz alta que sabia que não era boa o suficiente para alguém como ele a mataria.

– Gabs? Por favor – ele disse, respirando fundo, seus olhos fixos nos dela. – Fale comigo.

Se ela quisesse acabar aquela conversa tão desconfortável, sabia que precisaria dizer o que estava pensando. Ela não era covarde, apesar de, naquele momento, querer loucamente estar errada.

– Você quer saber o que foi? – Ela bufou e bateu o copo no balcão. – Muito bem. Acho que estava tudo ótimo para você ficar comigo, então eu voltaria para trabalhar para você e sua vida seria muito mais simples. Acho também que você ainda pensou que era uma boa se envolver comigo, porque estaria seguro, era alguém que você conhecia, que sabia que iria entender seu processo de recuperação. Mas, assim que recebeu boas notícias do médico, se deu conta de que não precisava fazer a escolha pela segurança. Poderia voltar ao seu velho perfil de pegar tudo quanto é mulher e eu não era mais necessária. Então eu estou oferecendo uma solução, Zach. Faça-nos um favor, apenas aceite isso sem tornar as coisas mais desagradáveis do que já são. Por favor.

Ela estava quase sem fôlego e desejava fortemente que Zach dissesse… algo. Qualquer coisa. Ele continuou a encará-la, sua expressão era dura. Aquilo era demais para suportar. Era o suficiente para fazê-la se contorcer. Então, sem dizer uma palavra, ele estendeu a mão, colocou o braço ao redor da cintura dela e a puxou fortemente contra si. Gabriella arregalou os olhos e suspirou bem antes que ele a beijasse.

Era inútil lutar contra os fatos ou fingir que não estava interessada. Seus braços o envolveram, suas mãos passavam por seu cabelo. Era difícil dizer quem estava no comando, porque ambos estavam fora de controle.

Zach empurrou-a de volta contra o balcão da cozinha, seu corpo inteiro pressionado intimamente contra o dela. Gabriella esfregou-se lentamente contra ele e sorriu ao sentir seu membro endurecido contra a sua barriga. Claro que não importava que parte dele fosse pressionada contra ela. Zach Montgomery era puro músculo da cabeça aos pés, e ela queria cada centímetro dele, estando ou não chateada com ele.

Gabriella gemeu quando as mãos de Zach começaram a baixar e alcançaram a bainha de sua saia, começando a levantá-la. Sua saia já estava na metade das coxas, quando ele finalmente levantou a cabeça. Ambos estavam respirando com dificuldade e tinham os olhos vidrados.

– Droga, estou pronto para ter você aqui mesmo – ele rosnou. – Diga que não me quer. Ou algo do tipo. E eu paro. Mas se você quiser, me diga para que possamos levar isso adiante e eu possa finalmente fazer todas as coisas que tenho fantasiado nesses cinco malditos anos.

Lentamente, Gabriella lambeu os lábios enquanto baixava as mãos e colocava a saia de volta no lugar. Mantendo sua expressão neutra, ela quase se sentiu mal quando viu a vulnerabilidade estampada nos olhos de Zach. Então, ela pegou a mão dele e o conduziu até o quarto. Com um sorriso sutil, ela disse:

– Acho bom que a gente tenha todo o dia, então. Imagino que precisemos desse tempo para cobrir esses cinco anos.

Zach gemeu de alívio.

– Querida, um dia não será nem de longe o suficiente.

Já dentro do quarto, Zach fechou a porta, apoiou-se contra ela, e simplesmente olhou para Gabriella. Ela sentiu o desejo de se contorcer de novo.

– Zach. – Ela suspirou suavemente, esperando encorajá-lo.

Ele seguiu em sua direção como um predador no ataque de sua presa. Quando estava bem na frente dela, sua mão segurou seu rosto e então passou lentamente por seu cabelo.

– Eu não sei se haverá tempo suficiente – ele disse com a voz grossa antes de beijá-la novamente.

Desta vez não houve urgência. Ele a explorava suavemente, enquanto Gabriella suspirava. Ela estendeu as mãos até o rosto dele e ali as deixou, desfrutando da sensação áspera de seu queixo raspado. Como se fosse a coisa mais natural do mundo, Zach começou a desabotoar a blusa dela. Gabriella não conseguiu deter o tremor que sentiu quando se viu sem blusa e ele se afastou um pouco para olhá-la.

Nunca como naquele momento se sentiu tão grata por sua obsessão por lingerie. O desejo no olhar de Zach fez tudo aquilo valer a pena.

– Você é tão linda – ele murmurou, enquanto passava uma mão ao longo do contorno de seu seio, antes de cobri-lo completamente. – Tão linda.

Não havia como responder àquilo. Dizer obrigado parecia muito formal, e a maneira que ele estava olhando para ela, como a estava tocando, tirara de Gabriella a capacidade de elaborar uma frase. Gabriella lançou a cabeça para trás quando suspirou, e então sentiu o hálito quente de Zach em seu pescoço bem antes do leve arranhão de sua língua, enquanto ele voltava para os seus lábios.

Zach a beijou suavemente e depois se afastou.

– Nunca pense que não quero você ou que estou aprontando qualquer coisa. Você é tudo o que eu sempre quis desde o começo, e sou muito grato por ter você aqui comigo.

Não havia mais o que dizer.

Cuidadosamente, ele tirou a blusa dela e a deixou cair. Com seus olhos nos dela o tempo todo, Zach abaixou-se e desabotoou a saia de Gabriella, deixando-a deslizar até o chão. As mãos dele passaram da cintura dela para os seus seios e subiram até seu rosto, onde pararam.

– Você é tudo de que eu preciso – ele disse solenemente, enquanto a conduzia até a cama.

Gabriella começou a tirar o sapato de salto, mas Zach a deteve.

– Fique com eles. Por favor. – Ele sorriu timidamente, e ela não pôde deixar de corar. – Quer dizer… se você quiser mesmo tirar, tudo bem, mas…

– Zach?

– Hmmm?

– Eles ficam – ela disse calmamente, com um sorriso sensual.

Rindo, ele olhou para cima e suspirou.

– Obrigado, Senhor!

Capítulo 11

Tanto tempo havia se passado desde que Gabriella se permitira fantasiar um momento íntimo com Zach, que era difícil para ela dizer se a realidade era melhor que a fantasia. Não, na verdade ela sabia: não havia nada melhor do que o que estava acontecendo naquele exato momento. A sensação das mãos de Zach, da sua boca e da sua respiração sobre ela a estava incendiando. Os sentidos de Gabriella estavam sobrecarregados, e ela queria tocá-lo em todos os lugares ao mesmo tempo.

Ela queria acelerar o ritmo e implorar para que ele nunca parasse o que estava fazendo. Eles ainda estavam em pé, ao lado da cama, e Gabriella queria apenas puxá-lo para baixo com ela, mas isso exigiria movimento, e ela ainda não estava pronta para isso.

Uma e outra vez, Zach a beijou, enquanto suas mãos continuavam se movendo, explorando seu corpo. Sua pele era áspera contra a dela, algo que ela não tinha podido apreciar por completo enquanto estavam vestidos. Cada centímetro dela era sensível. Cada toque dele a fazia ofegar e gemer de prazer. E enquanto passava as mãos pelo cabelo sedoso de Zach – um de seus novos lugares favoritos –, Gabriella não pôde deixar de sorrir quando Zach, momentaneamente, separou seus lábios dos dela e sussurrou:

– Toque-me.

Era todo o incentivo de que ela precisava. Lentamente, timidamente, as mãos dela começaram sua própria jornada para baixo, passando pela pele áspera de sua forte mandíbula e indo até os ombros largos, que se contraíam sob seu toque.

Cuidadosamente, ela abriu caminho pelos braços dele, adorando sentir seus músculos sob suas mãos.

A boca de Zach estava de volta na dela e, de repente, Gabriella não estava mais satisfeita com sua lenta exploração. Ela queria sentir mais de Zach. Mais pele. Mais calor. Mais... tudo. Então começou a desabotoar sua camisa. Ao toque dos dedos dela em seu tórax, Zach gemia.

Era como acenar uma bandeira vermelha para um touro. Tinha de ser agora. Ela queria – precisava – tocá-lo agora. Nunca tendo sido proativa em um relacionamento, Gabriella não tinha certeza se o que estava fazendo era permitido, mas não podia se controlar. Repentinamente, puxou a camisa de Zach, abrindo-a por completo e espalhando os botões pelo chão antes de espalmar as mãos em seu peito.

– Deus, sim – ele rosnou, levantando a cabeça enquanto colocava o rosto em suas mãos. – Tem alguma ideia de quantas vezes imaginei que você estava fazendo isso comigo?

Gabriella não conseguia falar, só conseguia balançar a cabeça.

– Perdi a conta das vezes em que pensei em você entrando em meu escritório, trancando a porta, andando até mim e me tomando. Essa fantasia quase me deixou louco.

As mãos dela continuaram a percorrer o peito dele, suas unhas raspando suavemente seus mamilos.

– É tudo o que você esperava? – ela sussurrou, a incerteza presente em sua voz.

Zach engoliu em seco.

– Muito mais – ele disse, antes de beijá-la novamente.

Uau. Era apenas isso o que Gabriella conseguia continuar dizendo em sua mente. "Uau" para suas palavras, "uau" para o seu toque... apenas "uau" para toda aquela situação. O único problema que Gabriella estava enfrentando era a fraqueza nas pernas. Zach a estava enlouquecendo lentamente, e a necessidade de senti-lo deitado ao seu lado, em cima dela – em qualquer lugar –, estava ficando difícil de ignorar.

Arranhando as unhas em seu peito uma última vez, ela levou as mãos até a fivela do seu cinto, puxando-a um pouco antes de começar a abri-la. Quando o cinto caiu no chão, Gabriella abriu o botão da calça dele, depois o zíper, e então afastou-se do beijo e deu um passo para trás.

Nenhuma palavra era necessária. Seus olhos diziam tudo.

Gabriella deu outro passo para trás, e depois mais outro, até que o colchão tocou a parte de trás de suas pernas. Então, lentamente, ela se deitou, esticando-se até sua cabeça estar sobre os travesseiros e todo o seu corpo exposto sobre o edredom escuro.

– Tão linda – ele disse, deixando as calças caírem no chão. Ele apoiou uma mão na cama para se livrar das calças e das meias antes de ficar de pé e simplesmente olhar para Gabriella. – Sei que continuo dizendo a mesma coisa, mas não me parece o suficiente. Quis dizer isso a você por tanto tempo e, agora que posso, não quero parar de repetir.

– Mas você precisa parar – ela disse suavemente, sorrindo diante do olhar confuso no rosto de Zach.

– Por quê?

– Porque há outras coisas que eu prefiro que você faça agora – ela disse, assertiva.

Zach apoiou um joelho na cama e, lentamente, rastejou até seu corpo estar sobre o dela. Gabriella notou um leve olhar de dor no rosto dele e estendeu a mão para acariciá-lo.

– Você está bem? – ela perguntou em voz baixa, com medo de estragar o momento, mas Zach virou a cabeça e beijou sua mão.

– Não estou tão seguro quanto gostaria – ele respondeu honestamente. – Já faz muito tempo. Não quero desapontá-la.

Nesse instante, Gabriella tomou a iniciativa. Lentamente, com cuidado, ela inverteu a posição de seus corpos, deixando Zach por baixo e montando em suas coxas.

– Você nunca poderia me desapontar – ela disse, suas mãos rapidamente se estendendo em seu peito, antes de soltar seu cabelo.

Os olhos de Zach brilharam ao vê-la usando apenas uma lingerie de renda branca e seus longos cabelos negros caindo sobre os ombros. Ele estendeu as mãos e, nelas, segurou seus seios. A cabeça de Gabriella caiu para trás, com um gemido. O momento foi perfeito.

– Gabriella – ele disse suavemente –, eu estava falando sério. Não sei como...

– Shh – ela disse, colocando um dedo sobre os lábios dele. – Por que você não relaxa e para de pensar tanto? – Ela sorriu sensualmente e acomodou-se sobre a crescente ereção de Zach. – Ou melhor, por que você não relaxa... e se diverte?

Zach arregalou os olhos antes de apertar as mãos nos quadris dela.

– Temos um acordo.

•

O que pareceu uma vida mais tarde, Zach abriu os olhos e olhou para a mulher deitada sobre seu peito.

Simplesmente. Inacreditável.

Em geral, Zach enxergava Gabriella como uma pessoa muito reservada. Ela nunca demonstrava muita emoção e sempre mantinha um ar calmo e completamente no controle de tudo.

Até aquele momento.

Um sorriso lento brincou em seu rosto. Ele fizera sua assistente fria e calma perder completamente o controle. E tinha sido glorioso. A imagem do corpo de Gabriella nu, iluminado, enquanto ela gritava o seu nome ficaria gravada em seu cérebro para sempre. Nunca uma mulher o fizera se sentir tão vivo.

Ela era tudo.

Aquele pensamento devia estar deixando Zach aterrorizado, mas não era o caso. Na verdade, era bem reconfortante ser realmente capaz de assumir, aceitar e acreditar em tudo aquilo, mesmo que apenas em sua própria cabeça. Por tanto tempo ele quis saber se era mesmo verdade, mas agora não havia nenhuma dúvida em sua mente.

Estava apaixonado por Gabriella Martine.

E aquilo nada tinha a ver com sexo ou com a sua recuperação. Tinha a ver com ela como mulher e com ele. Eles se encaixavam. Eram compatíveis de todas as formas possíveis.

Observando os exemplos de sua família, Zach tinha aprendido como deveria ser um relacionamento. Mesmo que insistisse em negar, Zach sempre soube que era o tipo de homem que queria casar e ter uma família.

Ele só precisava viver suas aventuras primeiro.

Mas agora que já tinha feito isso, estava pronto para a próxima fase da vida. Depois de anos assistindo seus pais e seus tios William e Mônica, Zach sabia que eles constituíam exatamente o modelo que ele queria reproduzir. E não havia dúvida alguma em sua mente de que ele e Gabriella teriam o mesmo relacionamento duradouro que seus parentes.

O deles poderia ser ainda mais forte.

Seu sorriso cresceu.

Estendendo a mão, Zach acariciou a coluna de Gabriella, subindo até chegar à sua gloriosa cabeleira. Era como seda envolvendo seus dedos. Gentilmente, ele acariciou a cabeça dela, sem saber se ela estava acordada ou adormecida, absolutamente satisfeito por estar ali com ela. Ele se sentia um novo homem.

Um homem completo.

Algo que até então ele não tinha certeza de que sentiria novamente.

Zach era forte o suficiente para escalar qualquer montanha ou competir em qualquer maratona. E então ele percebeu que nenhuma dessas coisas tinha mais qualquer apelo real em sua vida. No passado, apenas o pensamento de um desafio atlético era o bastante para seu coração acelerar e sua mente divagar com possibilidades. Mas, agora, tudo o que sentia era contentamento pelo simples fato de saber que poderia fazer essas coisas novamente.

Gabriella começou a se mexer e a se afastar dele, mas Zach colocou sua mão firmemente na base da coluna dela e a segurou contra seu corpo. Ela levantou a cabeça e, sonolenta, olhou para ele. Sua beleza era simplesmente estonteante.

– Acho que preciso mudar de posição – ela disse suavemente. – Não quero te machucar.

Essa era a Gabriella: sempre preocupada com todo mundo, principalmente com ele.

– Querida, depois de tudo o que fizemos, não precisa se preocupar. Não sinto dor.

Ela levantou-se devagar, claramente sem entender o que ele havia querido dizer. Zach leu sua mente e imediatamente alcançou seu rosto para acariciá-la e acalmá-la.

– Disse no bom sentido, Gabs. Ter você aqui comigo fez eu me sentir muito bem. Incrível, na verdade.

– Oh. Ok.

Gabriella colocou o cabelo atrás da orelha, e Zach conseguia ver as engrenagens em sua cabeça começando a rodar. Ela parecia tímida, vulnerável... insegura a respeito do que exatamente deveria fazer naquele momento. Isso o fez se sentir ainda melhor, pois indicava que ela estava tão impressionada quanto ele com o que haviam compartilhado.

– Ei – Zach disse, suavemente, e esperou até ela olhar em seus olhos. – Você está bem?

Gabriella corou um pouco e abaixou a cabeça para evitar seu olhar.

Zach colocou-a ao seu lado e ficou satisfeito quando ela pareceu relaxar. A mão dela descansava sobre o coração dele, e sua cabeça sobre o ombro. Havia pelo menos uma dúzia de coisas que ele queria dizer, que queria compartilhar, mas tinha medo de quebrar o encanto e assustá-la. Então, simplesmente a abraçou e beijou o topo de sua cabeça, desfrutando o momento.

Apesar de Zach estar confortável com tudo o que estava sentindo emocionalmente, ele não tinha certeza de como Gabriella se sentia. Ele escondera seus sentimentos por ela por tanto tempo, e não queria mais fazer isso. Para ele, aquele não era exatamente um novo relacionamento, mas apenas um que tinha levado um tempo muito longo para iniciar-se concretamente.

Mas como estaria sendo para Gabriella?

– Dá para ouvir seus pensamentos daqui – ela brincou, usando a frase dele.

Zach riu.

– Desculpe. – Ele a puxou para mais perto. – Estou apenas me perguntando por que não fizemos isso antes.

Agora era a vez de Gabriella rir.

– Provavelmente porque você passou muito tempo apenas me dando ordens.

Esse era um bom argumento. Zach sentiu uma pontada de culpa.

– Sinto muito, Gabriella. Você não tem ideia de quanto eu sinto. Não consigo acreditar no tempo que isso nos custou.

Levantando-se, ela olhou para ele, sua expressão suave.

– Não vamos fazer isso. Não vamos ficar olhando para trás. Não há como isso nos fazer algum bem. Acho que há muitas lembranças ruins para nós dois, e não vejo por que desperdiçarmos nosso tempo com elas. Devemos olhar para a frente.

Hmmm... aquela havia sido uma boa abertura, ele pensou, sem conseguir deixar de tocá-la. Seus dedos deslizavam pela lateral de seu rosto, e ele observava, encantado, os olhos dela se fechando com o movimento.

– Você está certa. Temos muito para olhar para a frente.

– Hmmm... – ela ronronou.

– Eu quero que você saiba – ele começou, cautelosamente – que isso não é algo passageiro.

Gabriella abriu os olhos e afastou-se um pouco, mas ficou em silêncio.

– Desejei você por muito tempo, mais do que já desejei qualquer outra mulher. E agora que finalmente conversamos e estamos na mesma página, quero mais. Quero seguir em frente com você. Com a gente. – Ele esperou que ela dissesse algo, mas Gabriella permaneceu em silêncio. – Por favor, me diga que você quer a mesma coisa.

Custou-lhe todo o seu orgulho fazer aquele pedido. Zach não estava acostumado a ser o lado vulnerável em um relacionamento, em nenhum tipo de relacionamento. E agora que se expusera completamente para ela, sentia um certo pânico de que ela não estivesse procurando algo mais.

– Por favor, diga alguma coisa – ele finalmente disse, odiando a súplica.

– Tudo isso está acontecendo tão rápido.

– Não, não está – ele assegurou. – Já faz cinco anos. Não quero perder mais tempo, Gabriella. Quero ver aonde isso pode nos levar.

Ela balançou a cabeça lentamente e se afastou.

– Eu não sei se posso fazer isso, Zach.

– Por quê? Por que não?

– Há muita coisa em jogo.

– Como o quê?

– Bem... tem a sua família – ela disse, enquanto se sentava e puxava o lençol para se cobrir.

– Minha família te ama – ele disse com firmeza. – Próximo.

Ela fez uma careta para ele.

– Ok, tem também o trabalho. Eu não quero ser objeto de fofoca no escritório. Não gosto disso. Sou uma pessoa reservada, Zach, e eu... eu não gosto que as pessoas fiquem falando de mim pelas costas. E você se lembra como...

– Eu despedirei qualquer um que falar qualquer coisa. – Zach empilhou os travesseiros atrás de si, sentando-se ao lado dela.

– Você não pode sair demitindo todo mundo. Isso é ridículo.

– Não vai ser todo mundo, mas apenas quem falar pelas nossas costas.

– Zach, não temos como saber. Anos atrás, você pegou alguns dos caras conversando e não havia nada acontecendo entre nós.

– Sim, tratava-se de um bando de idiotas que estava deixando a imaginação correr solta. Não vamos esconder nada de ninguém e não vamos nos esgueirar. Então, realmente, não haverá nada para se falar. Não haverá motivo para qualquer especulação, porque tudo estará declarado, aberto para que o mundo veja.

Ela olhou para ele por um momento, antes de se largar sobre os travesseiros.

– É... inapropriado – ela finalmente disse.

Inclinando-se sobre Gabriella, Zach acariciou seu braço.

– Querida, não há nada inapropriado aqui. Nós nos conhecemos há anos e temos sentimentos um pelo outro há anos. Acho que, na verdade, vai ser uma alegria pra muita gente se, finalmente, nos juntarmos. – Ele sorriu. – Sério, eles podem fazer um desfile em sua homenagem, porque eu vou ser um homem muito mais feliz e legal com todos no escritório.

Gabriella revirou os olhos.

– Vai ter bolo – ele disse. – E eu sei que você gosta de bolo.

– Bem, agora você está sendo completamente ridículo.

Zach a manteve presa em seu olhar.

– Eu não vejo assim. Tudo sobre nós faz sentido e todos sabem disso. Estou dizendo: vai ser uma alegria geral, um alívio, quando não estivermos mais discutindo no trabalho.

A risada saiu antes que Gabriella pudesse conter.

– O que foi? O que é tão engraçado?

– Zach, é da sua natureza argumentar – Gabriella respondeu quando parou de rir. – As coisas podem ser muito mais agradáveis, mas você nunca vai parar de discutir comigo ou com qualquer pessoa.

– Acho que vamos ter de esperar e ver, não vamos?

Abaixando-se para alcançar seu pescoço Zach sentiu Gabriella relaxar e suspirar debaixo dele. Ele mordiscou e, beijou o corpo dela, desde a coluna esbelta até seu pescoço e, quando seus lábios finalmente cobriram os dela, sentiu como se estivesse voltando para casa.

Lentamente, os braços dela o envolveram, e logo foram seguidos pelo deslizamento sedoso de suas longas pernas.

Perfeito.

– Zach – ela sussurrou seu nome em um suspiro, arqueando-se para pressionar seu corpo mais firmemente contra ele.

Zach sabia que deveriam estar cansados e que, provavelmente, deviam descansar, mas sua necessidade por ela era muito grande. Tinha-lhe sido negado o prazer de tocá-la e beijá-la por muito tempo, e Zach estava ansioso por compensar o tempo perdido. Então, cobriu a boca de Gabriella com outro beijo.

Desta vez, não houve insegurança. Desta vez, Zach tinha toda a confiança que um homem pode sentir. O pensamento de possivelmente não ser capaz de seguir adiante não passou por sua cabeça. A única coisa em sua mente era a mulher que se movia, agitada, sob ele, e a necessidade de agradá-la, de amá-la.

De tê-la para sempre.

•

– Pela décima vez: eu não me importo.

– Não é nada de mais, posso cancelar a sessão.

– Zach, você está evoluindo tanto com o seu tratamento – Gabriella disse. – Agora não é a hora de começar a relaxar. Além disso, eu realmente não estava... preparada para o que aconteceu aqui hoje. Tenho coisas a fazer.

– Você vai voltar, certo?

Não era que ela não quisesse voltar. Ela queria, mas era preciso algum tempo e espaço entre eles para ser possível digerir os acontecimentos daquele dia.

– Por que não deixamos as coisas acontecerem? Sabe, veja como se sente depois da sessão. – Caminhando até ele, Gabriella deu um beijo em seu rosto e terminou de abotoar sua blusa. – Além disso, você pode estar muito cansado. Já teve bastante atividade por hoje.

Ela esperava que seu tom irônico aliviasse o clima, mas não funcionou.

– Você acha que eu ainda estou fraco demais para lidar com sexo e uma sessão de fisioterapia? – Zach retrucou.

Em vez de discutir, Gabriella virou-se para ele e disse:

– Me apoio em minha teoria anterior a respeito de seu poder de argumentação.

Zach passou uma mão pelo cabelo.

– Você está certa. Sinto muito. Eu só... – Ele fez uma pausa e suspirou alto. – Eu só não quero que você tenha pena de mim ou me ache incapaz.

Aquelas palavras fizeram Gabriella ficar mais calma. Aproximando--se dele, ela o envolveu em seus braços e beijou-o novamente.

– Acredite em mim quando digo que não sinto pena nenhuma de você, Zach Montgomery. Você é o homem mais forte que eu conheço.

Ele a beijou ferozmente. Um beijo quente e profundo que terminou tão rapidamente quanto começou.

– Volte mais tarde.

Ela riu.

– Veremos.

Sabendo que Alex chegaria em breve, Gabriella foi trabalhar, mas antes arrumou o quarto de Zach, para garantir que não parecesse que tinham passado o dia inteiro ali, fazendo amor. Quando ficou satisfeita, foi para a sala encontrar-se com Zach, que estava sentado no sofá e passava os olhos pelos arquivos que ela tinha deixado ali pela manhã.

– Espero que possamos começar a revisar isso amanhã – ela disse, fazendo o seu melhor para voltar ao papel de "assistente" antes de Alex chegar. – Há muitos arquivos, mas acho que juntos podemos resolver todos e conseguir dar um passo no sentido de alguns novos negócios para quando você voltar para o escritório.

Ela parou. Queria perguntar se ele tinha uma previsão de quando estaria pronto para dar aquele passo, mas tantas coisas já haviam acontecido naquele dia que ela imaginou ser melhor deixá-lo descansar por enquanto. Quando ele estivesse pronto, ela saberia.

– Como deixamos tantos clientes sem contato por tanto tempo?

Ela encolheu os ombros.

– Estávamos recebendo novos clientes o tempo todo, e alguns deles traziam grandes contas. Estes são relativamente pequenos. Não todos, mas a maioria deles. Acho que estávamos nos concentrando mais na expansão e trabalhando com os clientes que realmente precisavam de nós. Outro dia, quando eu estava revisando esses arquivos, pareceu-me que muitos se tratavam apenas de consultas ou de negócios pontuais. Mas já passou tempo demais, por isso acho que pode ser bom retomarmos contato com eles e ver se há alguma coisa que possamos fazer para ajudá-los em seus negócios.

– Não vai parecer que não nos importamos com o contato?

– De forma alguma. Não estamos chamando ninguém e... – Gabriella parou quando o celular tocou, informando que ela havia recebido uma mensagem de texto. – Desculpa. Preciso de um minuto.

Zach recostou-se e observou a expressão de Gabriella enquanto ela lia o texto, antes de enviar uma resposta rápida e colocar o telefone de volta em sua bolsa.

– Algum problema?

– Hmmm? O quê? Ãh... não. Não era nada.

– Gabs, vamos. Não vai conseguir me enrolar.

Suspirando, ela virou-se e olhou para ele.

– Quer que eu seja sincera? Era uma mensagem do seu tio.

As sobrancelhas de Zach se ergueram.

– Meu tio? William?

Gabriella assentiu com a cabeça.

– O que ele queria?

Ela, realmente, não queria conversar sobre isso com ele. Principalmente, não naquele momento, depois de um dia tão maravilhoso.

– Não é nada.

– Gabs? – Zach insistiu.

– Certo, tudo bem. Ele estava me informando sobre uma posição que acabou de abrir no escritório de San Diego. Você sabe, aquele que seu primo Christian coordena desde que Ryder voltou para a Carolina do Norte.

Com a boca firmemente fechada, Zach a estudou por um momento, como se estivesse tentando ler sua mente.

– Eu não estou interessada em me mudar para San Diego, Zach – ela finalmente disse, depois de deixá-lo suar por um minuto. – Não vou mentir para você que, algumas semanas atrás, eu teria agarrado essa oportunidade. Mas agora não estou pensando em ir a lugar algum. Estou exatamente onde quero estar.

Levantando-se do sofá, Zach aproximou-se e parou na frente dela.

– Tem certeza? – ele perguntou suavemente, seus olhos escaneando seu rosto. – Sei que não fui muito bacana e que usei todos os recursos possíveis para manter você aqui comigo.

– Incluindo a sedução? – Gabriella perguntou com o coração fortemente acelerado.

– Não. Eu implorei, me abri e pedi desculpas, e brinquei com a sua receptividade. Sei disso. Mas a parte da sedução não tinha nada a ver com negócios. O que sinto por você é uma coisa completamente diferente.

Gabriella engoliu em seco.

– E o que você sente por mim? – As palavras saíram muito suavemente de sua boca, tanto que ela teve dúvidas se ele as escutara.

Zach se aproximou.

– Estou apaixonado por você.

Gabriella ofegou. Não era possível.

– Você... você não pode. É muito cedo. Está...

Ele colocou um dedo contra os lábios dela.

– Já falamos sobre isso hoje. Eu não planejei dizer isso assim, mas... é isso aí. Estou apaixonado por você. – Zach afastou o dedo da boca de Gabriella, sentindo-se aliviado, e então riu de alegria. – Pronto. Agora eu disse. Finalmente disse isso em voz alta. Estou apaixonado por você, Gabriella Martine.

– Mas...

– Eu não estou te pressionando a dizer que também está apaixonada por mim. – Ele a beijou, e Gabriella sentiu toda a emoção e todo o amor envolvidos naquele ato.

Quando se separaram, ela deslizou as mãos pelo rosto dele até descansarem em seus ombros.

– Uau.

– Sim. Uau – ele respondeu com um sorriso de cumplicidade.

Gabriella não estava pronta para declarar seu amor por Zach; ainda assim, não podia negar quão forte era o que sentia por ele. Mas apenas para si mesma. Antes que ela pudesse dizer qualquer outra coisa, a campainha tocou.

– Deve ser o Alex – Gabriella disse sem conseguir esconder a ligeira decepção na voz, mesmo sabendo que estava na hora de ir embora. Minutos atrás, ela realmente queria ir, mas aquele beijo a havia feito reconsiderar.

– Eu sei – Zach assentiu sem sequer tentar esconder sua decepção. – Não é tarde demais para eu cancelar nossa sessão. Ele vai entender.

– Pare com isso. A fisioterapia é importante para você e, como eu disse antes, também tenho coisas para fazer.

Afastando-se dele, Gabriella caminhou até a porta e deixou Alex entrar. Então, ela rapidamente pegou suas coisas antes que Zach pudesse fazê-la mudar de ideia. Ele a alcançou na porta e a beijou com força.

– Volte mais tarde.

Atônita pela intensidade em seu olhar e em seu toque, ela respondeu:

– Ok, eu volto mais tarde.

•

Na verdade, Gabriella não tinha nada para fazer. Ela apenas precisava garantir que Zach continuasse comprometido com suas sessões de fisioterapia e, se ela não tivesse ido embora, ele teria cancelado a sessão. A última coisa no mundo que ela queria era ser responsável por qualquer tipo de atraso na recuperação dele.

Dirigindo sem rumo, ela riu. Mesmo se não soubesse a extensão de seus ferimentos, o desempenho dele teria sido espetacular. Mas sabendo detalhes de sua condição, sabendo que até algumas semanas atrás ele mal conseguia andar, aquilo a deixava ainda mais impressionada.

Ela nunca duvidou que Zach Montgomery seria fenomenal na cama. Além de ser incrivelmente atlético e fisicamente forte, ele exalava sexo. Gabriella tinha perdido a conta do número de vezes que, ao longo dos anos, fantasiara sobre como seria fazer amor com ele.

A lembrança da realidade era suficiente para fazê-la corar.

Era difícil para seu cérebro aceitar o fato de que ela e Zach eram amantes. Inferno, era ainda um bocado mais confuso lidar com o fato de que seguiam trabalhando civilizadamente um com o outro. Mas ver Zach dizer que estava apaixonado por ela a deixara completamente sem palavras.

Um ataque de pânico estava começando a fazê-la contrair-se, e ela sabia que precisava conversar com alguém.

Summer era a primeira pessoa que lhe vinha à mente, mas, como o assunto era Zach, aquilo parecia um pouco estranho. Infelizmente, ela era a única pessoa que poderia entender o que Gabriella estava passando.

Dez minutos depois, ela tirou os sapatos e se jogou no sofá de sua casa. Gabriella fechou os olhos e começou a imaginar uma conversa com Summer. Ela explicaria como as coisas tinham progredido com Zach, sem muitos detalhes íntimos porque... bem... porque não vinha ao caso. Então, Summer ficaria muito animada com a aproximação dos dois e, em seguida, perguntaria como Gabriella se sentia e se estava apaixonada por Zach.

Estava?

Poderia estar? Seria possível, depois de todo esse tempo? Não parecia possível. Ela podia ser assistente de Zach e até mesmo sua amiga. Mas sua amante? Sua... Ela interrompeu o pensamento. Era naquilo que ela não conseguia acreditar. Se Zach estivesse realmente apaixonado por ela – e ela não tinha nenhum motivo para duvidar da palavra dele –, o próximo passo seria se tornarem... um casal.

Gabriella estremeceu.

– Preciso falar com Summer – ela murmurou, enquanto se sentava novamente e pegava o telefone.

Gabriella quase deu um grito quando o aparelho tocou assim que ela colocou a mão sobre ele.

O nome e o número de William Montgomery apareceram na tela. Ela tinha enviado uma mensagem para ele mais cedo, dizendo que apreciava a oferta para a posição em San Diego mas que agora estava tudo bem entre ela e Zach. Ou ele não acreditava nela ou estava se certificando de que ela realmente tinha dito a verdade.

– Boa noite, senhor Montgomery – ela disse ao atender a ligação.

– Gabriella! O que é isso agora? Pensei que tínhamos acabado com toda essa formalidade. Insisto que me chame de William.

Ela não pôde deixar de sorrir. O homem simplesmente tinha uma habilidade incrível para fazê-la sorrir, independente do que estivesse acontecendo. Talvez fosse sua voz ou apenas seu entusiasmo contagiante por quase tudo. De qualquer maneira, a tensão parecia liberar-se de seu corpo enquanto ela se ajeitava e relaxava.

– Está bem... William – Gabriella disse, mas ainda sentia como se estivesse sendo um pouco desrespeitosa. – O que posso fazer por você?

– Bem, eu estou ligando para saber como você está. Na última vez que nos falamos, você estava praticamente decidida a se afastar de Zach e parecia aberta a uma mudança ou mesmo uma promoção dentro da empresa. As coisas estão realmente melhores entre vocês dois?

Você não tem ideia, ela queria dizer.

– Na verdade, Zach e eu finalmente tivemos uma conversa intensa e honesta há algumas semanas. Chegamos à raiz do nosso problema um com o outro e decidimos seguir sendo uma boa equipe.

– Mesmo? Bem, isso é maravilhoso! Embora eu tenha de admitir que fico um pouco chateado por você não ir para San Diego.

– Oh? Por quê?

Ele suspirou.

– Acho que você não conhece meu sobrinho Christian, filho do meu irmão Joseph. Ele dirigiu nossa divisão europeia nos últimos seis anos. Nós não achávamos que alguma coisa poderia trazê-lo de volta aos Estados Unidos, mas, por alguma razão, quando Ryder precisou de uma pausa e quis tirar uma licença, Christian ofereceu-se para voltar para casa.

Gabriella já tinha ouvido aquela história antes, mas não tinha certeza do que William queria com tudo aquilo.

– Não entendo o que isso tem a ver comigo, William. As últimas informações que tenho são de que ele estava cuidando bem do escritório de San Diego. Conversei com a assistente dele muitas vezes, principalmente depois do acidente de Zach. O que eu poderia fazer lá?

– Na verdade, como você deve estar sabendo, a Beth, assistente dele, está grávida.

– Eu sei. – Era possível ouvir o sorriso na voz de Gabriella. – É o seu primeiro filho e ela tem dito a todos como está animada.

William riu.

– É um momento emocionante, com certeza. Quando descobriu a gravidez, ela planejou voltar ao trabalho depois da licença-maternidade. – Ele fez uma pausa. – Mas mudou de ideia: quer ser mãe em tempo integral e ficar em casa, e, honestamente, acho uma ótima escolha.

– Eu também. – Gabriella realmente pensava assim. Não lhe passava pela cabeça não ficar em casa com seu bebê, se e quando tivesse um, independente de quanto isso fosse ser inconveniente para Zach ou para quem quer que fosse com quem ela estivesse trabalhando no momento. – Então Christian vai precisar de uma assistente.

– Exatamente. Acho que ele está fazendo um bom trabalho na Califórnia, mas... estou preocupado. Ele não está realmente... comprometido. Você me entende?

– Mais ou menos. Beth não disse que ele está tendo problemas. De fato, ela ficou meio impressionada sobre como toda a transição foi tranquila.

– Bem, Ryder comandava tudo a rédeas curtas e trabalhava de perto com Christian para certificar-se de que tudo funcionasse. Mas a vida é mais do que apenas o negócio, Gabriella. Tudo o que ele está fazendo é trabalhar! Ele não sai para conhecer pessoas. Eu só pensei que, se você aceitasse o cargo, ajudaria ele a...

– Espere um minuto, William – Gabriella disse, interrompendo-o rapidamente. – Está tentando me juntar com seu sobrinho?

Ele riu novamente.

– Não sei se eu diria isso...

– Nem tente isso comigo, William – ela retrucou, com bom humor. – Sabe muito bem que é exatamente isso o que está fazendo. É o que você gosta de fazer! É o que faz! O que eu não entendo é o motivo...

– O motivo? – ele repetiu. – Você mesma acabou de dizer: é o que eu faço!

Ela riu da capacidade dele de zombar de si mesmo.

– Sim, mas o que eu quis dizer foi... por que Christian? Quer dizer, eu teria pensado que você tentaria me juntar com o Zach.

– Será? – William perguntou, maliciosamente. – Boa ideia.

– William? – Gabriella o chamou com cuidado, repentinamente buscando em seu cérebro indícios de que isso tivesse acontecido.

– O que foi? O que eu fiz?

Gabriella pensou nos últimos meses e em suas interações com William, que começaram no Alasca, enquanto esperavam para saber o que tinha acontecido com Zach. Tudo o que ela conseguia lembrar-se era de William tentando convencê-la a afastar-se de Zach.

– Você não me acha boa o suficiente para o Zach?

Ele riu de todo o coração.

– Talvez eu não ache Zach bom o suficiente para você!

Ela estava começando a sentir como se aquela conversa estivesse dando voltas.

– William, estou falando sério. Por que anda se esforçando tanto para me convencer a me afastar de Zach?

– Talvez eu só esteja curioso para saber quão comprometida você está com isso tudo.

Gabriella revirou os olhos. A conversa não ia a lugar nenhum, e aquilo começava a deixá-la nervosa.

– As coisas estão indo muito bem agora – ela disse vagamente. – Espero que encontre alguém para ocupar o lugar de Beth, mas não serei eu. Espero que entenda.

– Há um grande aumento envolvido, se você mudar de ideia. Além disso, a empresa pagaria todas as suas despesas de mudança e sua moradia durante o primeiro ano. Pense nisso, Gabriella. Zach está bonzinho agora, mas ele está se recuperando. Como vai ser quando estiver melhor e pronto para enfrentar o mundo de novo? Tem certeza de que quer lidar com o humor dele?

Houve um tempo em que ela teria questionado sua disponibilidade em aceitar aquela mudança e o quanto a oferta de William, realmente, teria virado sua cabeça. Mas agora? Depois de hoje? Gabriella sabia exatamente onde queria estar e com quem queria estar. E por quê.

– Obrigado por pensar em mim e na oportunidade, William. Estou realmente feliz com a minha decisão de ficar com Zach. Somos uma boa equipe e, quando ele se recuperar completamente – ela fez questão de enfatizar –, vou continuar feliz por estar aqui.

– Tem certeza? – ele perguntou, mas, pela voz dele, Gabriella pôde perceber que ele estava satisfeito com o que tinha acabado de ouvir.

– Sim. Tenho certeza.

Eles desligaram e Gabriella olhou para o telefone em sua mão. Pensou em ligar para Summer. Só que… não era mais necessário. De alguma forma, sua conversa com William Montgomery tinha sido muito útil para limpar sua cabeça e ajudá-la a enxergar o que buscava saber.

Aquele homem era mais do que esperto. Ele era absolutamente engenhoso.

Colocando os pés sobre a mesa de centro, Gabriella soltou uma respiração profunda. Agora, mais do que nunca, ela estava certa sobre sua decisão. Era ali que deveria estar, era ali que queria estar.

Porque estava apaixonada por Zach Montgomery.

Capítulo 12

Durante duas semanas, Gabriella sentiu como se estivesse vivendo um sonho.

Um sonho erótico.

De início, ela esforçou-se ao máximo para conseguir dividir seu tempo com Zach entre compromissos profissionais e prazer. Mas não era nada fácil, porque Zach sempre queria que ela ficasse para dormir. Ela sentia que era importante eles terem um tempo separado, mas, por fim, ele venceu, e ela, basicamente, mudou-se para a casa dele.

Enquanto ele fazia suas sessões com Alex, ela fazia as suas coisas. Eles haviam mudado os quartos, como Zach queria; então, enquanto ele estava na academia, fazendo fisioterapia, ela ficava no quarto principal organizando as coisas para o dia. Gabriella queria manter seu profissionalismo. Durante as sessões noturnas de exercícios dele, ela preparava o jantar ou organizava algumas outras coisas de trabalho.

Ela mal se lembrava de como era o relacionamento deles antes. Gabriella se sentia uma nova mulher, e essa era a sua nova vida. Eles estavam muito felizes. Zach ficava mais forte a cada dia. Usava apenas uma muleta, e isso se fizesse esforço demais durante o dia.

Isso não quer dizer que já estivesse totalmente recuperado. Às vezes, ele perdia o equilíbrio, e o puxar da perna seguia bastante pronunciado. Embora ele nunca tenha mencionado, Gabriella suspeitava de que era o motivo pelo qual ele ainda não havia voltado ao escritório. Ela o conhecia bem o suficiente para saber que ele precisaria estar perfeito antes de se sentir confortável para trabalhar com outras pessoas novamente. Gabriella desejava que ele não se sentisse assim, pois sabia que ninguém iria olhar para ele como se fosse inferior, mas era seu próprio demônio que ele tinha que derrotar.

Não que ela estivesse particularmente ansiosa para retornarem ao escritório. Trabalhando em casa, eles estavam conseguindo resolver muita coisa e sempre podiam interromper qualquer tarefa na hora que bem entendessem para fazer amor.

Ao terminar uma anotação na pasta de um cliente, Gabriella olhou para cima e captou o olhar familiar nos olhos de Zach.

Ela adorava aquele olhar.

– Terminou esse arquivo? – ele perguntou, lentamente se levantando de seu assento na frente dela.

Gabriella escolheu não responder de imediato. Em vez disso, fechou a pasta e colocou-a sobre a pilha na mesa de café. Então, ajeitou-se, olhou para ele e sorriu.

– Terminei.

– Estava pensando que gostaria de almoçar mais cedo – ele disse, sua voz profunda e incrivelmente sexy. – Quer se juntar a mim?

Ela fingiu ter dúvidas.

– Depende… Onde é que vamos comer hoje? – Ela mal conseguia disfarçar a excitação em sua voz.

Lentamente, Zach se agachou diante dela. Suas mãos imediatamente se colocaram sobre seus joelhos e começaram uma lenta viagem por suas coxas, sob sua saia.

– Estava pensando bem aqui.

Gabriella corou fortemente. Nenhum homem tinha sido tão… claro… sobre sexo como Zach. No começo, aquilo a fazia ficar um pouco chocada, mas com o tempo passou a achar muito excitante. Sua saia lápis não permitia demasiada liberdade de movimentos, então ela fez o melhor que pôde para permitir que as grandes mãos de Zach deslizassem por baixo dela, acariciando suas coxas.

– Hmmm… bem aqui? – ela ronronou. – Isso soa muito… delicioso.

Zach respirou profundamente ao ver a calcinha vermelha-escura que ela usava.

– E é mesmo, acredite em mim – ele rosnou bem antes de começar a abaixar a cabeça para beijar suas coxas.

Gabriella não conseguiu evitar o gemido baixo que escapou à sensação da respiração quente e dos lábios de Zach em sua pele sensível. Era sempre assim, Zach Montgomery era um amante habilidoso, e não importava como a tocasse ou quantas vezes tivessem feito amor, ela perdia completamente o controle com as sensações que ele lhe provocava.

No começo, Gabriella pensou que era porque estavam começando uma relação e que, por fim, o ritmo iria diminuir ou ficar um pouco menos… intenso. Mas, se alguma coisa havia mudado, ela só podia dizer que tinha sido para melhor. Nunca antes tinha perdido o controle nem sido muito participativa no sexo.

Com os poucos amantes anteriores que tinha tido, Gabriella sempre fora reservada. Não gostava da sensação de perder o controle ou de deixar que alguém o assumisse, mas Zach não lhe deixou nenhuma escolha, e ela lhe entregava tudo o que tinha de boa vontade e ainda pedia mais.

E era exatamente isso o que estava prestes a fazer naquele momento, quando ele puxava sua calcinha pelas suas pernas e a jogava por cima do ombro com um sorriso perverso no rosto. Ela devolveu-lhe o sorriso.

– Sabe, isso realmente não é adequado para um ambiente de trabalho.

Com força, ele acariciou a parte interna da coxa de Gabriella, observando atentamente seu rosto.

– Que bom que eu sou o chefe. Posso mudar as regras.

Ela riu.

– Hmmm… isso é mesmo muito bom. Mas me faz pensar… como é que vamos conseguir trabalhar se você fica fazendo isso comigo? – ela disse com um gemido gutural, à medida que os dedos dele começaram a fazer mais do que apenas provocá-la.

– Acho que vamos ter de trabalhar até mais tarde – ele disse, voltando a beijar a perna de Gabriella, começando pelos joelhos e seguindo para cima. – Até bem tarde da noite.

Já não eram mais os dedos de Zach que a faziam gritar, mas sua boca, e todos os pensamentos de trabalho foram esquecidos por um longo tempo.

•

– Acho que você me estragou – disse Gabriella muito mais tarde, quando se sentaram para o jantar.

– Como assim? – Zach disse, arqueando uma sobrancelha para ela.

– Sou uma pessoa muito metódica. Tenho uma rotina, uma agenda. Você arruinou completamente isso. Eu mal sei que dia é hoje, porque perdi a noção do meu horário.

– E isso te incomoda? – ele perguntou com um sorriso.

– Não sei se incomodar é a palavra certa, mas… eu… não sei. Eu meio que me sinto mal.

Zach olhou para ela e percebeu que ela falava sério. E, para ser sincero, ele sabia que esse assunto surgiria em algum momento próximo. Conhecia Gabriella há muito tempo para pensar que ela seria capaz de mudar sua vida sem nenhuma dificuldade. Ele colocou uma mão sobre a dela.

– Não é um sentimento ruim, é?

– Não, não é ruim – ela começou lentamente –, mas me deixa um pouco nervosa. Você me conhece, Zach. Eu gosto de ordem. Gosto que as coisas estejam organizadas, e, agora, eu meio que me sinto como uma criança correndo sem rumo.

– Não estou conseguindo acompanhar você, Gabs.

Ela suspirou.

– Eu fico muito tempo aqui, passo as noites aqui, mas ainda tenho o meu apartamento. Algumas das minhas coisas estão aqui, outras estão lá. Vivo carregando uma mala e minhas roupas ficam amassadas e… – Ela levantou as mãos. – Isso me deixa irritada, porque fica tudo desorganizado.

– Eu tenho um ferro – Zach disse em tom de brincadeira, mas o olhar azedo no rosto de Gabriella o fez perceber que a situação era um pouco mais complexa do que apenas o fato de as roupas estarem amassadas.

– As coisas entre nós dois estão maravilhosas. Eu sei disso. É tudo tão novo e emocionante. E adoro estar com você.

– Mas… – ele a interrompeu.

– Mas… eu sinto que estou perdendo um pouco de mim mesma. Fui para casa na outra noite e não havia nada para comer na minha geladeira. A lavanderia estava cheia de coisas, e tinha uma pilha enorme de correspondências para eu ver.

– O que está querendo dizer?

– Eu acho que precisamos… Não sei… voltar um pouco ao normal.

Zach não gostou de ouvir aquilo. Teve a sensação de que o que Gabriella entendia como normal incluía mais trabalho e menos diversão, e ele não estava preparado para isso. Estava gostando da maneira como as coisas estavam indo entre os dois. Havia uma incrível sensação de liberdade por estarem ali, sozinhos, e ele ser capaz de tocá-la sem ninguém para bisbilhotar. Seu horário de trabalho modificado significou que eles podiam sair para uma caminhada, uma volta de carro ou fazer amor no chão da sala. Tudo isso iria desaparecer rapidamente se eles voltassem ao "normal".

Mas ele queria ser justo com ela. Aquilo não era apenas sobre ele e seus desejos.

– E o que você está chamando de "normal"? – ele perguntou, esperando que aquilo não demonstrasse o tanto que estava nervoso.

– Bem… – ela começou, afastando a comida em seu prato. – Eu acho que preciso passar um pouco mais de tempo em casa. Preciso ir ao mercado, lavar roupa, pagar contas, limpar a casa… É importante para mim que a minha vida não fique fora de controle porque estou ficando aqui o tempo todo.

A inquietação começou a dominá-lo.

– Não percebi que você estava infeliz ficando aqui – ele disse calmamente. – Eu não pretendia monopolizar seu tempo.

Agora era a vez de Gabriella consolá-lo.

– Não, não é assim, Zach. Não mesmo. É só… você me conhece. Eu me sinto bem mantendo as coisas em ordem. E não estou acostumada com isso. Parece estranho.

– Estranho nem sempre quer dizer ruim, Gabs. – Ele apertou a mão dela. – Eu gosto de ter você aqui. E acho que também gosto do caos que isso gerou.

Ela sorriu.

– Eu gosto de estar aqui com você, Zach, mas não posso mudar quem sou.

Ela, gentilmente, soltou sua mão da dele e ambos voltaram a comer. Terminaram sua refeição em um silêncio de companheirismo, e então começaram a limpar a mesa.

– Você poderia se mudar para cá.

O garfo na mão de Gabriella caiu no chão.

– O quê?

Zach pegou o garfo do chão, colocou-o de volta na mesa, e puxou Gabriella para perto de si.

– Você poderia viver aqui. Comigo. O tempo todo.

– Eu… eu não sei. Acho que…

– Não pense, Gabs – ele disse suavemente. – Podemos compartilhar todas as responsabilidades: o mercado, a roupa, o correio. Sem confusões. Sem roupas amassadas. Apenas… você e eu.

Seus olhos se arregalaram.

– Não sei o que dizer.

Zach apertou as mãos dela e aproximou-se, fazendo seus corpos se tocarem da cabeça aos pés.

– Diga sim. Diga que vai morar comigo.

Zach observou Gabriella passando os olhos por seu rosto e viu sua boca se mover. Mas não saiu nenhuma palavra.

– Apenas pense a respeito, ok? Você não tem de responder agora. – Ele beijou-a gentilmente na testa. – Apenas me prometa que, pelo menos, vai pensar a respeito.

Ela assentiu, antes de dar um passo para trás.

– Deixa eu limpar isso aqui.

– Não precisa se preocupar. – Zach a observava e podia ver que ela estava bastante nervosa. – O que está acontecendo, Gabs? Algo está se passando em sua mente. Dá para notar.

Gabriella se virou e encarou Zach, sua expressão séria.

– Eu acho que é hora de você começar a sair mais.

Aquilo era a última coisa que ele esperava que ela dissesse. Zach imaginou que a tinha assustado com o convite para que se mudasse para sua casa, mas nem considerava a possibilidade de que ela dissesse aquilo.

– Eu estou saindo. Fomos ao cinema na outra noite, e fizemos um piquenique no parque outro dia.

Gabriella suspirou e deixou sua expressão suavizar.

– Suas sessões de fisioterapia estão indo muito bem. Sua mobilidade está incrível, e é fantástico que confie na bengala que Alex te deu.

Zach sorriu.

– Gosto mais da bengala que da muleta, mas ainda odeio o fato de precisar de um apoio.

– Esse é o ponto. Você quase não precisa usar apoio algum e, ainda assim, continua escondido aqui dentro de casa. Sua família está morrendo de vontade de encontrar você e, no entanto, você recusa todos os convites deles. Não quer que venham todos aqui, mas também não quer ir na casa de ninguém.

– Falo com eles por telefone o tempo todo. Não vejo essa importância toda em nos vermos.

– Zach – Gabriella disse com uma pitada de exasperação –, eles são a sua família. Eles amam você. E você não vê a maioria deles desde que começou a trabalhar com Alex. Seus irmãos estão curiosos sobre a sua recuperação, sobre como está evoluindo. A única razão pela qual Summer te viu foi porque ela decidiu vir aqui por conta própria, afinal, estava cansada de esperar por um convite.

– Isso não é verdade. Ela tinha alguns contratos para eu assinar. Foi uma visita de trabalho.

– Você realmente não acredita nisso, não é?

Zach franziu o cenho.

– Como assim? Ela trouxe alguns contratos aqui e eu os assinei.

Gabriella sorriu e balançou a cabeça.

– Ela poderia ter enviado os contratos por e-mail ou mandado um portador. Veio aqui porque queria ver você. Nem sempre tudo é sobre trabalho, Zach. – Ela fez uma pausa. – E tem mais uma coisa.

Zach estava quase arrependido de ter dado espaço para aquela conversa.

– O quê? – ele perguntou, soltando um suspiro.

– Está na hora.

– Hora de quê? – A expressão de Zach denunciava a confusão em sua mente.

– Está na hora de você voltar para o escritório. Não há nenhuma razão para não estar lá ainda. Você pode seguir com suas sessões com Alex em casa, mas não há nada impedindo que volte a trabalhar no escritório. Mesmo que seja apenas parte do dia.

O pânico quase o sufocou. Zach não sentia aquilo há algum tempo. Gabriella estava certa, ele estava melhor e não havia razão para não voltar a trabalhar, mas... a dúvida e a insegurança travaram sua garganta.

– Eu não estou pronto – ele disse.

– Você tá falando sério? Vai mesmo usar essa desculpa? E pra cima de mim? Zach, esta manhã nós fizemos sexo bastante intenso no chuveiro. Você me segurou. É mais forte do que pensa que é. Do que tem medo?

De tudo.

– Eu... Eu nem mesmo voltei a dirigir. Preciso dirigir se vou voltar para o escritório. Não quero que ninguém veja você levando meu carro, como se eu fosse um inválido.

– Então, o que o impede de voltar a dirigir? Os médicos já autorizaram que você o fizesse há uma semana. Você não tem nenhum sinal da paralisia temporária já há algum tempo. Por que ainda não entrou no carro e tentou dirigir? Eu pensei que estivesse ansioso para fazer isso.

– Não é tão fácil – ele rebateu, passando uma mão pelo cabelo.

Zach começou a andar de um lado para o outro, e Gabriella saiu da sala brevemente.

– Pega! – ela disse ao voltar, arremessando o molho de chaves para ele.

O instinto fez Zach pegar as chaves. Gabriella se virou e saiu:

– Vamos.

Zach foi atrás dela.

– E para onde nós vamos?

Ela já estava na porta, pegando o casaco.

– Para onde você quiser nos levar.

Zach olhou para as chaves em suas mãos como se fossem explosivos.

– Eu... eu não posso, Gabriella. Não estou pronto para isso.

– Sim, você está – ela disse, e, aproximando-se dele, acariciou-lhe suavemente o rosto. – Hoje me convidou para morar com você. Isso me assusta até a morte. Nas últimas semanas, deixei a minha zona de conforto por você de diversas maneiras diferentes. Estou pedindo para fazer uma única coisa. Por mim.

Se fosse qualquer outra pessoa, Zach teria discutido e mandado para o inferno. Mas o olhar no rosto de Gabriella e a sinceridade em seu tom lhe disseram que ela estava fazendo aquilo porque era preciso.

– E se... e se algo acontecer?

– Não vai acontecer nada. Vamos dar uma volta de carro. Vamos tomar sorvete e voltar para casa.

– E se... e se minha perna se paralisar e eu não puder sentir o pedal do freio?

– Sua perna não falhou em semanas, e não vai ser agora que isso vai acontecer. Vamos pegar o Lexus, porque é automático; assim você não terá de se preocupar com a embreagem e vai ser mais fácil. Com o tempo chegaremos no Porsche, certo?

Zach odiava sua falta de confiança. Relutantemente, ele assentiu com a cabeça. Gabriella segurou a porta da frente aberta, enquanto ele colocava sua jaqueta, e os dois caminharam juntos em direção ao carro. Zach não olhou para ela quando abriu as portas e entrou. Ele não disse uma palavra enquanto afivelava o cinto de segurança e dava partida no carro. Sua mão branca, apertada em torno do volante, já dizia o suficiente.

– Relaxe – ela disse delicadamente ao seu lado, com a mão sobre a dele. – Estamos apenas indo tomar sorvete. São apenas dez minutos até chegarmos lá. E quando chegarmos, se você achar que foi muito esforço, eu dirijo na volta, ok?

Ele assentiu com a cabeça e ligou o carro.

•

– Zach, já é quase meia-noite. Podemos ir para casa, por favor? – Gabriella disse, rindo, bocejando em seguida.

O passeio de dez minutos até a sorveteria tinha se transformado em uma excursão de três horas por Portland.

– A ideia foi sua, querida – ele disse com uma piscadela e um sorriso. – Não posso acreditar que tinha me esquecido como me sinto bem dirigindo! Sério, Gabriella, obrigado. Eu não tinha ideia de quanto estava sentindo falta disso. Eu me sinto como... me sinto como se tivesse conquistado minha liberdade de volta!

Zach relaxou no banco do motorista e tomou a saída que os levaria para casa. Esta era uma parte de sua vida que ele havia perdido: sua independência, sua liberdade. Agora que sabia que podia, de fato, entrar no carro e dirigir, sem incidentes, ele sabia que estava de volta.

Fisicamente, admitia ainda estar em noventa e cinco por cento. Não parecia que iria deixar de mancar em breve, assim como seus médicos e Alex já o tinham avisado. Ele não gostava nada daquilo; na verdade, odiava. Odiava ter uma marca que o lembrasse constantemente de um momento em que sua vida estivera em sua fase difícil e vulnerável. Mas, de resto, ele estava muito bem.

Zach só tinha de lidar com o fato de não ser mais o atleta que um dia havia sido.

Rapidamente, ele afastou o pensamento de sua mente. Aquela noite havia sido uma revelação. Gabriella tinha depositado sua confiança nele e o havia convencido a arriscar-se, algo que antes ele costumava fazer sem pestanejar. E, graças a ela, Zach tinha chegado a uma nova conquista. Não havia mais motivos para olhar para trás. A partir daquele momento, ele só precisava olhar para a frente – e aprender a aceitar as coisas que não podia mudar.

Quando voltaram para casa, desceram do carro e Gabriella foi abrir a porta da frente. Os movimentos de Zach estavam um pouco rígidos. Ele não sabia com quanta tensão tinha lidado. Zach parou e se esticou, virando-se para ver Gabriella parada na porta, esperando por ele.

Ele gostava da visão dela em pé ali.

Fechando a porta do carro, Zach caminhou lentamente em direção a ela, seus olhos nunca se desviando do rosto dela.

– Obrigado.

Gabriella sorriu, um pouco sonolenta.

– De nada.

Tomando-a pela mão, Zach puxou-a para dentro e fechou a porta. Então, ele a levou para o quarto, de onde também fechou a porta. Virando-a para si, Zach a envolveu em seus braços e, então... as palavras simplesmente lhe falharam.

Ela era perfeita.

Ela era tudo.

Ela lhe dera a vida de volta de um milhão de maneiras diferentes, e ele não fazia ideia de como poderia começar a agradecer-lhe. Só havia uma coisa que podia fazer, e isso era amor. Lenta e completamente.

Ele acariciou o rosto de Gabriella e sorriu quando a cabeça dela se inclinou para trás e um suave gemido escapou de seus lábios. Zach, gentilmente, baixou as mãos até a cintura de Gabriella e simplesmente as manteve ali por um momento, antes de começar a deslizá-las sob o suéter dela.

– Hmmm... Zach – ela sussurrou, sua cabeça ainda para trás, os olhos fechados.

A blusa de Gabriella caiu no chão enquanto Zach a enchia de beijos no rosto, no pescoço, nos ombros. Enquanto se dedicava a explorar o corpo dela com os lábios, mantinha as mãos firmes em seus quadris.

E quando sentiu que ela tentava se mover contra ele e aproximar-se, as mãos dele se movimentaram e agarraram o traseiro dela antes de seguirem para o zíper de sua saia e baixá-lo lentamente.

– Você está me matando – ela gemeu, mas deixou que ele continuasse o que estava fazendo. Quando a saia caiu em volta de seus pés, ela a chutou de lado sem sair do alcance de Zach.

Aquela era uma visão da qual Zach sabia que nunca se cansaria: Gabriella vestindo nada além de rendas e salto alto. Não havia um modelo vivo de *pin-up* que fosse páreo para ela. Por fim, ele deixou as mãos vagarem pelo corpo dela, percorrendo-lhe as costas, o traseiro, e contornando seus seios – tudo isso enquanto continuava a explorar o corpo dela com a boca, os lábios e a língua.

Até aquele momento, ou melhor, até Gabriella, Zach não era muito entusiasta de preliminares. Ele adorava sexo, mas tudo era com um claro objetivo final. Mas ali, vendo como Gabriella reagia ao seu toque, vendo como a pele dela corava, e ouvindo seu ronronar, seus gemidos e sua respiração acelerada... Bem... aquilo estava se tornando viciante. Ele a soltou abruptamente e levantou-a nos braços, num movimento que nem sequer consideraria algumas semanas antes, e levou-a para a cama.

Afastando-se, Zach ficou maravilhado ao ver como ela ficava espetacular deitada ali, sobre o enorme colchão. Seus olhos estavam vidrados e ela estendeu a mão para ele. Pode ser que tenha sussurrado seu nome, mas o sangue latejava em seus ouvidos e ele não podia ter certeza. Rapidamente, Zach tirou os sapatos, despiu-se e deitou-se ao lado dela para retomar suas explorações.

Gabriella gritou o nome dele de novo e de novo, e toda vez Zach se enchia de prazer por saber que poderia fazer aquilo por ela. E quando ela gritou que não podia esperar mais e que precisava dele, que precisava dele por completo, ele a atendeu alegremente.

Mais tarde, com nada além de um luar brilhando através da janela, Zach percebeu que, finalmente, tinha o que sempre quis. Durante anos, ele fez esportes radicais e continuou desafiando a si mesmo em busca de algo que o fizesse se sentir completo, mas não sabia bem o que buscava.

Beijando o topo da cabeça de Gabriella enquanto ela dormia encolhida ao seu lado, Zach sabia que agora, de fato, tinha tudo o que sempre quis: Gabriella.

•

– Eu me sinto ridículo.

– Está tudo bem.

– Não quero ficar exposto como se fosse uma aberração em um espetáculo.

– Não acha que está exagerando um pouco?

Zach bufou.

– Pra você é fácil, ninguém vai estar atento para ter certeza de que você está andando, falando e se movendo como uma pessoa normal.

– Oh, por favor. Você me observa andar e me mover o tempo todo!

Ele riu.

– Sim, mas não porque acho você uma aberração. Só gosto de te olhar. – Zach balançou as sobrancelhas até ela rir com ele.

– Ok, você ganhou. Você é ridículo.

Eles estavam indo jantar na casa de Ethan e Summer. Depois da conversa, uma semana antes, Zach finalmente concordou em aceitar o convite. Assim que obteve a confirmação, Summer esforçou-se ao máximo para organizar um jantar com toda a família Montgomery, incluindo seus pais e irmãos, todos vindos do outro lado do país.

– Parece um exagero Ryder e James virem até aqui apenas para um jantar. É tudo o que estou dizendo.

– Eles queriam vê-lo já faz semanas, Zach. Você deveria se sentir bem por saber que tem uma família que te ama tanto, a ponto de viajar de última hora para um encontro.

– Mas eles têm filhos em casa. Têm coisas mais importantes para fazer com seu tempo do que vir até aqui para ver se eu posso andar.

Gabriella revirou os olhos.

– Se acha que é por isso que eles cruzaram o país, então talvez devêssemos cancelar o jantar, porque, claramente, você ainda está sofrendo de algum tipo de lesão na cabeça que os médicos falharam em diagnosticar.

– Ha, ha, ha... muito engraçado – ele disse, secamente. – Eu só acho que eles deveriam estar em casa com suas famílias.

– A família deles está aqui com eles – disse Gabriella.

Os dois haviam discutido a respeito desse jantar a semana toda. Gabriella sabia que Zach estava apreensivo com o evento.

– Casey e Selena estão chegando, e as crianças estão vindo com eles para que ninguém perca nada.

– Que sorte a minha.

– Não seja assim.

– Eu não sou o tipo de cara que se anima muito com grandes reuniões de família.

– Vai ser divertido.

– Diz aquela que não vai estar em destaque...

– Oh, então você acha que eu não vou estar em destaque?

– Querida, eu sei disso.

Apoiando a mão em seu banco, ela o encarou.

– Será que você percebe que este é o primeiro encontro de qualquer tipo em que vamos nos apresentar como um casal?

– E daí? Não é como se eles não te conhecessem – disse ele.

– Sim, eles me conhecem, mas me conhecem como sua assistente. Há toda uma nova dinâmica agora, e você pode ter certeza de que nós dois estaremos sendo observados da mesma maneira. O destaque hoje não é só seu, meu caro. Eu estarei lá com você.

– Agora é que eu não quero ir mesmo.

Depois de verbalizar aquelas palavras, Gabriella não tinha mais tanta certeza de que quisesse ir. Eles estavam tão envolvidos no fato de que Zach, finalmente, havia cedido e concordado em se encontrar com todos, que ela se esquecera completamente como o relacionamento deles seria observado a partir de um novo ângulo. Ela segurou a mão dele e, então, dirigiu o resto do caminho em silêncio.

Quando pararam na entrada, havia mais carros do que qualquer um deles esperava.

– Quantas pessoas a Summer convidou? – Zach perguntou.

– Seus pais, Ryder e Casey, James e Selena, e nós. Pelo menos, isso é tudo o que sei – Gabriella respondeu enquanto desciam do carro.

– Não se esqueça de me lembrar de matar a minha irmãzinha. Não era assim que eu queria que fosse – Zach resmungou quando pegou a mão de Gabriella e começaram a andar em direção à casa.

A mãe dele surgiu na porta da frente primeiro, e foi rapidamente seguida por Summer, Casey e Selena. A empolgação que as três mulheres demonstraram foi suficiente para fazer Zach encolher-se, mas ele aceitou os abraços, os beijos e os elogios sobre sua aparência, e também os comentários sobre como todos estavam felizes em vê-lo. Olhando para dentro, ele viu seus irmãos e Ethan, que exibia um enorme sorriso, claramente dizendo: "Melhor você do que eu, cara".

Ele falaria com eles mais tarde.

Quando, finalmente, conseguiu um pouco de espaço ao seu redor, Zach imediatamente alcançou a mão de Gabriella como se fosse um salva-vidas, e ela não pôde deixar de sorrir. Ele precisava dela. Aquele homem forte precisava dela. Isso a fazia se sentir bem. Não se tratava apenas de negócios ou de sexo; ele realmente necessitava de sua companhia, e isso fez Gabriella se sentir absolutamente entregue.

– Obrigada por convencer o meu irmão a, finalmente, fazer isso – Summer disse enquanto entravam na casa.

– Você me deve uma – Gabriella disse com uma risada.

Ao lado dela, Zach estava andando com sua mãe, o braço dela enganchado no dele. *Então é assim que é ter uma família normal*, Gabriella pensou consigo mesma.

– Bem, eu gostaria de dizer que fiz tudo isso por ele, mas eu tinha meus próprios motivos secretos – Summer revelou.

– Diga.

– Bem, você sabe que Ethan e eu queríamos ter uma festa de noivado e tudo mais... mas queríamos esperar até que Zach estivesse melhor. – Elas subiam os degraus da frente da casa e cumprimentavam os homens que estavam ali antes de Summer continuar. – Então decidimos fazer desse jantar uma festa de noivado!

– Summer! Por que não me disse? Não trouxemos nada!

– Você trouxe o meu irmão – disse Summer, com um enorme sorriso no rosto. – E isso é realmente tudo o que Ethan e eu queríamos. – Ela abraçou Gabriella. – Eu sabia que você seria boa para ele. Sabia que tinha de ser você.

Gabriella não tinha ideia de como responder àquilo. Felizmente, foi salva de ter de improvisar uma resposta quando Janice, a mãe de Zach, veio cumprimentá-la.

– Eu tenho de concordar com a minha filha. Estamos todos muito felizes e gratos a você. Por um tempo, cheguei a acreditar que Zach não fosse sair do fundo do poço, que não fosse mais sair de casa. Mas você conseguiu ajudá-lo a fazer isso! – Ela deu um beijo no rosto de Gabriella. – Sinceramente, não tenho como agradecer-lhe o suficiente!

– Ok, mãe! – Zach disse ao ouvir a conversa. – Já chega. Acredite ou não, eu tenho a minha própria cabeça e Gabriella não toma todas as decisões por mim. – Ele virou-se e piscou para Gabriella. – Só a maioria delas.

Gabriella se sentiu muito aliviada ao perceber que Zach não estava chateado com o que todo mundo estava dizendo, e conseguiu rir da situação. Eles ficaram um tempo na sala, até que, por fim, ele soltou a mão de Gabriella tempo o suficiente para ela ir à cozinha ajudar as meninas com a comida.

– Não posso acreditar como você conseguiu organizar isso com tanta rapidez, Summer. Realmente, gostaria que tivesse me deixado ajudar.

– Como eu disse, você trouxe o Zach, e isso era tudo o que queríamos.

Gabriella olhou ao redor da sala, tentando fazer uma rápida contagem de cabeças.

– Quantos somos? – ela perguntou. – Parecia haver mais carros lá fora do que pessoas aqui dentro.

– Oh! Isso é porque o tio William e a tia Mônica acabaram de chegar. Eles estão no quarto de hóspedes, se refrescando. O voo deles chegou há cerca de uma hora.

Gabriella se viu um pouco nervosa. Uma coisa era falar com William por telefone sobre sua relação de trabalho com Zach, e outra, muito diferente, era ele testemunhar que, agora, eles eram mais do que colegas de trabalho.

– Que surpresa agradável – ela conseguiu dizer antes de agarrar uma garrafa de água.

Por alguns minutos, Gabriella conversou com Casey e Selena e teve a chance de realmente se familiarizar com elas. Os bebês de ambas estavam dormindo, mas Gabriella não podia esperar para vê-los e pegá-los no colo. Gabriella nunca se vira como um tipo maternal, certamente não de acordo com o exemplo que tinha em casa, mas algo nela se derretia com o simples pensamento de se aconchegar com os dois bebês quando acordassem.

– Zach! É bom ver você se parecer novamente com seu antigo eu! – A voz de William surgiu do quarto ao lado.

Gabriella caminhou em direção à sala de estar e parou para assistir a cena que se desenrolava diante dela. Ela não tinha certeza de quanto William sabia sobre ela e Zach, e queria ter um pouco mais de informações a respeito antes de chamar a atenção para si.

– É bom ver você, tio William. Não achei que também fosse vir – Zach disse com um sorriso genuíno no rosto.

– Bem, não tínhamos certeza se conseguiríamos. O aniversário da filhinha de Lucas e de Emma foi ontem e não queríamos perder a festa, mas conseguimos um voo para esta manhã e decidimos vir. Sua tia queria ver por si mesma que você estava melhor.

Mônica caminhou e abraçou Zach. Ela estendeu as mãos e tocou seu rosto.

– Você não tem ideia de quanto tenho me preocupado com você – ela disse, beijando-o com força na bochecha antes de afastar seu rosto para enquadrá-lo melhor. Ela tinha pouco mais de um metro e meio de altura, em comparação com o "quadro" de mais de um metro e oitenta, mas, naquele momento, parecia o contrário.

– Você foi nosso primeiro sobrinho. Foi o primeiro bebê que tive em meus braços. Vi você dar os primeiros passos. Vejo você da mesma forma como vejo meus três filhos. Quando está sofrendo, sofremos junto. – Ela puxou o rosto dele para perto. – Nunca mais me assuste assim. Então ela o abraçou de novo e Zach a envolveu em seu abraço, ficando ali por algum tempo.

O silêncio encheu a sala por um longo momento antes de Ryder resolver quebrá-lo:

– Nossa, tia Mônica, que maneira de fazer o resto de nós se sentir especial.

Todos riram.

– Oh, silêncio, Ryder – ela disse brincando antes de voltar sua atenção para Zach. – Eu tinha acabado de descobrir que estava grávida de Mackenzie quando Zach nasceu. Eu não sabia nada sobre bebês ou ser mãe, e você, meu doce Zachary, foi uma completa bênção para mim e para o seu tio. Ainda é. – Ela o abraçou novamente. – Fico muito feliz de ver você parecendo tão feliz. Nada é mais importante para mim do que você estar feliz e bem resolvido. Nunca gostei muito de suas aventuras. Quero ver você seguro e saudável.

– Então, tia, só para ficar claro... você continua dizendo que Zach é o seu favorito – Ryder soltou, fazendo com que todos caíssem na risada.

Zach soltou sua tia depois de dar-lhe um beijo no rosto, e foi ficar ao lado de Gabriella. O braço dele facilmente encontrou caminho em torno da cintura dela, para mantê-la perto. Ambos soltaram um leve gemido quando viram que William se aproximava.

– É bom ver vocês dois finalmente juntos – ele disse quando estava diante do casal. – Eu estava começando a pensar que realmente seria preciso mandar Gabriella para San Diego e aproximá-la de Christian!

Zach olhou para o seu tio bastante confuso.

– Do que você está falando?

Antes que William pudesse responder, James se aproximou.

– Zach, Zach, Zach – ele disse com um sorriso satisfeito. – Você não estava prestando muita atenção às atividades de nosso querido tio antes do seu acidente, não é mesmo?

Zach olhou para o seu irmão, depois para o tio e para Gabriella antes de, finalmente, admitir que não tinha a menor ideia do que James estava falando.

– Parece que o tio William se especializou em formar casais. Ele acha que é responsável por Lucas, Jason e Mac encontrarem suas esposas e, como isso não era o suficiente, ele resolveu assumir o crédito por Ryder e Casey, e por mim e Selena. Era apenas questão de tempo até ele se meter na sua história com Gabriella.

– Oh, e não se esqueça de mim e de Summer – Ethan disse, juntando-se ao grupo.

– Então… espere um minuto, tio. Você está tentando dizer que a responsabilidade por eu e Gabriella estarmos juntos é sua? – Zach perguntou com uma risada.

– Me declaro culpado! – William disse, dando um tapinha amigável nas costas de Zach. – Bem, eu sabia que vocês dois já estavam bem encaminhados, que precisavam apenas de um… empurrãozinho. E foi o que fiz. Não digo que sou o único responsável por encontrar a pessoa certa para vocês, jovens, mas eu presto atenção às mulheres que estão ao redor e ajudo vocês a começarem a prestar atenção. É realmente algo muito simples.

– Ele está dizendo que foi ele, não está? – Ryder perguntou, enquanto se aproximava.

Zach e Gabriella riram de todas as alfinetadas bem-humoradas entre William e seus sobrinhos. Na verdade, Gabriella estava nervosa, porque estava com medo de Zach ficar chateado com as coisas que estavam sendo ditas. Ela sabia quanto ele odiava a interferência da família em qualquer situação, e havia uma boa chance de se sentir ofendido por ver William afirmando ter orquestrado qualquer coisa entre eles.

– Não me interpretem mal – disse William. – Eu posso não ter sido tão ativo como fui com os meus meninos, mas vocês também foram casos bastante desafiadores!

– Bem, eu, por exemplo, sou grato, tio – disse Zach, levantando o copo. – E gostaria de propor um brinde ao meu tio. – Ele olhou para seus irmãos, para Ethan e para os demais na sala, esperando até que todos tivessem um copo na mão. – Obrigado por nos dar todos os empurrões de que precisávamos.

Gabriella notou lágrimas brilhando nos olhos de William. Incapaz de se conter, ela deu um passo à frente e lhe deu um beijo suave no rosto.

– Obrigada.

O restante da noite foi de comemoração ao noivado de Summer e Ethan, mas Zach, claramente, foi a estrela do jantar. Gabriella ficou espantada com a transformação dele. Em todos aqueles anos, desde que conhecera Zach, não achava que já o tivesse visto tão feliz ou relaxado. Ele estava rindo e brincando com seus irmãos, e ela se encheu de orgulho por saber que tinha uma parcela de responsabilidade naquilo.

Mas ela também era um pouco mais hábil que ele em perceber quando algo estava errado. Não era nada importante, mas, depois de algumas horas, ela percebeu que ele estava ficando mais sentado e que, de vez em quando, seu sorriso escapava ligeiramente. Aquele não era um evento que exigisse esforço da parte de Zach, mas era muito mais atividade e interação do que ele tinha tido em um bom tempo. A coisa que ela mais temia era que ele estivesse sentindo dor – e se sentindo desanimado que algo tão pequeno quanto uma reunião familiar pudesse lhe causar dor –, pois ele usaria isso como desculpa para se manter escondido por mais tempo.

Desculpando-se, Gabriella interrompeu a conversa com Summer e Casey e foi até Zach, sentando-se ao lado dele e segurando sua mão com força. Ele percebeu que ela estava preocupada e a gratidão brilhou em seus olhos.

– Ei, olha quem finalmente acordou! – disse Selena com seu bebê nos braços. – Prometi que você ficaria com ele quando estivesse acordado – ela disse, colocando o bebê nos braços de Gabriella. – Se puder segurá-lo enquanto eu providencio a mamadeira, agradeço muito.

Gabriella olhou para o pequeno bebê em seus braços e se sentiu estranhamente emotiva.

– Claro – ela sussurrou suavemente, seus olhos fixos no rosto do bebê. Seu dedo deslizou sobre a pele macia da bochecha dele, enquanto o olhava com admiração. Tão pequeno. Tão precioso. Seu coração apertou forte e isso a assustou um pouco.

– Isso combina com você, Gabs – Zach sussurrou em seu ouvido.

Ela não podia olhar para ele. Não naquele momento. Ele veria através dela, e seria muito fácil ficar presa no momento e começar a planejar uma cena como esta, mas segurando seu próprio bebê, seu filho com Zach.

Ter uma família nunca fizera parte dos planos de Gabriella. Ela havia aprendido desde cedo que casamento e filhos nem sempre eram exatamente como se imaginava que seriam. Sua família era completamente desajustada, e o pensamento de se tornar parecida com eles era aterrorizante. Mas sentada ali, naquele momento, cercada pelos Montgomery enquanto segurava aquele bebê encantador em seus braços, sua convicção começou a desmoronar.

– Você está bem? – Zach perguntou calmamente, como se sentisse seu repentino desconforto.

Ela assentiu com a cabeça.

– Ownn. – Gabriella respirou firme e disse: – Ele é tão pequeno. É difícil acreditar que uma coisinha tão pequena e frágil é também responsável por aquele choro feroz de pouco tempo atrás.

Zach riu.

– Sim, James disse que ele tem bons pulmões, e eu disse que era justo. James era um pirralho chato demais. Espero que este pequeno sujeito o atormente como ele me atormentava, ou mais!

Nesse momento, Selena reapareceu.

– Ei! E por que eu também tenho de sofrer com isso? – ela perguntou, rindo.

– Vem no pacote – Zach disse, ainda rindo. – Sinto muito.

– Sim, sim, sim – Selena disse, puxando uma cadeira ao lado deles e testando a temperatura da mamadeira, antes de entregá-la a Gabriella.

– Quer dar mamadeira pra ele?

Gabriella arregalou os olhos.

– Eu? Tem certeza? Ele não... não vai ficar chateado se não for você quem estiver dando de mamar para ele?

Selena riu suavemente.

– Está de brincadeira? Ele está confortável aí nos seus braços e você está prestes a alimentá-lo. Agora, você é a nova melhor amiga dele.

Devagar, Gabriella pegou a mamadeira da mão de Selena e ofereceu-a ao bebê. Ela ofegou de surpresa quando ele imediatamente se agarrou ao bico e começou a mamar.

– Oh! Ele está mamando! Ele está me deixando dar de mamar para ele! – As palavras dela foram ditas com muita suavidade, mas a emoção era palpável.

Selena apertou o braço de Gabriella com tranquilidade.

– Se me derem licença por um minuto, acho que vou pegar mais alguns daqueles miniquiches antes que não sobre nenhum. Posso pegar alguma coisa para vocês?

– Estamos bem – Zach respondeu por eles, colocando um braço em volta dos ombros de Gabriella.

Nenhum deles notou que todos na sala lhes dirigiam sorrisos. Os dois só tinham olhos um para o outro e para o bebê nos braços de Gabriella. E, certamente, não notaram quando William se aproximou de seu irmão Robert, todo cheio de si, e murmurou:

– Fui eu que fiz ele ficar assim.

Capítulo 13

Zach Montgomery não era conhecido por sua paciência. Mas se havia uma coisa que todo mundo lhe dizia ao longo dessa experiência, era para ser paciente. Assim, nos últimos tempos, ele vinha sendo o homem mais paciente que conseguia. Merecia um maldito prêmio. Gabriella ainda não respondera ao convite para morarem juntos, mas Zach não pretendia tocar no assunto. Não queria pressioná-la, mas estava ficando cada dia mais aflito.

Ela ainda dormia na casa dele pelo menos duas vezes por semana e, para Zach, aquelas eram as melhores noites. Ele estava se esforçando muito para respeitar os limites dela, mas morarem juntos, de fato, facilitaria a sua vida ao ter tudo em casa. Para uma mulher tão focada em eficiência, ela, por certo, não estava sendo muito eficiente na resolução desse processo de convívio e trabalho.

Zach gostava de como as coisas funcionavam em sua casa. Sentia-se confortável sem olhos curiosos os observando. Além disso, agora ele sabia que o esforço físico não era o seu único inimigo. O esforço para aparentar estar totalmente curado em sua visita à festa de Summer e Ethan fora tanto que o preço foi cobrado dias depois.

Lição aprendida.

Aquele era o primeiro dia de Zach de volta ao escritório. Alex estava trabalhando com Zach, para que a confiança dele atingisse um patamar que lhe permitisse relaxar o suficiente no trabalho para não se sentir desconfortável, mesmo com plateia. Ainda assim, ele odiava não ter uma garantia.

Gabriella sentou-se no carro ao seu lado. Se estava percebendo qualquer sinal das coisas que passavam pela mente de Zach, ela não demonstrou. Ele não conseguia saber exatamente o que era, mas algo se modificara em Gabriella naquele dia na casa de Summer. Talvez fosse o fato de eles, finalmente, terem aberto o relacionamento para a sua família ou talvez ela apenas estivesse se sentindo pressionada por toda essa coisa de família. Os Montgomery formavam um grupo bastante barulhento e intimidador, mas ele acreditava que Gabriella já estivesse acostumada.

Também podia ter sido o contato com Jamie, o filho de James e Selena. Zach ainda podia ouvir o encantamento na voz de Gabriella quando lhe dava mamadeira, e ver o olhar sereno em seu rosto tendo o bebê no colo. Ele se deu conta de que, até então, não sabia se ela era o tipo de pessoa que gostava ou não de crianças. Em todos aqueles anos de convívio, o assunto nunca havia surgido. Mas algo sobre a reação de Gabriella em relação ao bebê demonstrou a Zach como aquilo a havia encantado e sido um sentimento novo.

Aquele era apenas um dos diversos assuntos que ele tinha para conversar com ela. Talvez ela soubesse disso, porque, ultimamente, cada vez que ele queria ter uma conversa mais séria e pessoal, ela o distraía com sexo. Não que ele estivesse reclamando. Não mesmo. Gabriella tinha uma capacidade de deixá-lo de joelhos apenas com um olhar. Ela conseguira tirá-lo do sério e o deixar completamente esgotado mais vezes do que ele se importava de admitir.

Mas Zach precisava de respostas, e precisava delas logo.

Estava cansado de viver na incerteza. Ele, finalmente, havia descoberto o que queria da vida, e não queria perder mais tempo. Tudo estava indo bem e ele estava aprendendo a ser mais paciente do que costumava ser, mas a proximidade da morte lhe ensinara que o tempo é precioso. Zach estava pronto para ter o que seus irmãos tinham: amor, casamento, esposa e filhos. Nenhuma dessas coisas lhe importara antes, mas agora Zach estava ansioso para começar uma vida com Gabriella.

Se ao menos Gabriella parasse de ser tão *sexy* o tempo todo, ele poderia conversar com ela sobre isso tudo… Ele bufou, zombando de si mesmo por ser tão fraco.

– Você está bem? – ela perguntou, virando-se para encará-lo.

– Sim. Por quê?

– Parecia que alguma coisa o estava irritando.

Aquela era a sua deixa. Era a chance de ter a conversa que desejava, mas não queria começar com uma nota de irritação. Além disso, aquele não era o momento. Estavam prestes a parar no estacionamento da empresa, e ele precisava concentrar-se em passar pela porta e receber as boas-vindas e as saudações de todos sem ficar tenso.

Droga.

Maldito *timing*.

– Estou bem. De verdade. – Zach estacionou o carro e levou um minuto para tomar uma respiração profunda e colocar a cabeça no lugar. Finalmente, ele aproximou-se e tomou uma das mãos de Gabriella na dele. – Pronta?

Seu sorriso era deslumbrante.

– Absolutamente – ela disse. – E você? Este é um grande dia.

Zach assentiu.

– Apenas prometa que conseguirá que fiquemos a sós um pouco e possamos realmente fazer algum trabalho.

Brincando, ela soltou-lhe a mão e abriu a porta.

– Eu tenho feito isso há anos. Vai ser moleza.

•

Às cinco horas, a cabeça de Gabriella latejava. O dia parecia ter durado uma eternidade. Por mais que amasse o fato de que quase todos os funcionários tivessem vindo dar as boas-vindas a Zach, ela estava um pouco cansada de sorrir e responder às mesmas perguntas sobre como se sentia por estarem de volta.

– Parece que sair para tomar alguma coisa lhe cairia muito bem – Summer disse, enquanto caminhava em direção à mesa de Gabriella.

– Eu acho que preciso mais de uma cartela de aspirina. E talvez de uma massagem.

– Humm... isso soa bem. Acha que podemos dar uma escapada para fazer uma massagem? Posso pedir para Ethan levar Zach para casa.

Era uma proposta tentadora.

– Não sei. Nós viemos juntos, no carro dele. Você teria de me levar para casa depois.

Ao dizer aquelas palavras, Gabriella se deu conta de que seria a desculpa perfeita para passar uma noite em sua casa. Ela não era tonta. Sabia que Zach estava esperando uma resposta sobre o convite para mudar-se para a casa dele, mas não conseguia encontrar tempo para ficar sozinha e pensar concretamente nessa proposta.

Não era que ela não amasse Zach, pois o amava, mas eles tinham passado tantos anos brigando, que tinha receio de confiar nessa fase de lua de mel que estavam vivendo atualmente. Era importante que voltassem a ter uma rotina normal para ver como tudo funcionaria com eles como casal. Agora que Zach havia dado o primeiro passo e voltado ao escritório, eles estavam evoluindo. Claro, se ela mencionasse suas questões, ele provavelmente argumentaria que não importava onde trabalhavam. Diria que, se ela realmente quisesse viver com ele, isso não teria a menor importância. E talvez estivesse certo. Talvez não importasse. Mas o fato era que importava.

– É claro que posso levar você para a sua casa – disse Summer, interrompendo os frenéticos pensamentos de Gabriella.

– E acha que pode convencer Ethan a levar Zach para tomar alguma coisa, para que não fique parecendo tanto que...

– Que você precisa de um tempo longe dele? – Summer perguntou com um sorriso no rosto. – Não há nada para se envergonhar. É completamente normal.

Gabriella sorriu de alívio.

– Eu me sinto meio culpada. Este foi um grande dia para ele, e eu deveria querer estar com ele e comemorar.

Summer balançou a mão.

– Não. Ele vai querer comemorar e conversar com Ethan. É a última peça do quebra-cabeça. Agora eles podem fazer planos para o futuro da empresa, e espero que alguns deles incluam Ethan e eu termos tempo para voltar para a Carolina do Norte por mais de dois dias para acompanhar as obras da casa e planejar o nosso casamento.

– Agora é que precisamos mesmo sair! Estive tão envolvida com o seu irmão que me esqueci completamente de que há um casamento para planejar! Quero saber de tudo!

Summer correu para o escritório de Ethan e cinco minutos depois ele cruzou a recepção e saudou Gabriella com um grande sorriso no rosto.

– Vá se divertir. Eu cuido dele – Ethan disse ao bater na porta de Zach e entrar.

Não havia chances de ela simplesmente sair sem se despedir. Então, Gabriella arrumou a mesa, enquanto Summer a esperava com um enorme sorriso no rosto.

– Liguei para o salão e temos horário em trinta minutos.

Gabriella olhou para o escritório de Zach e disse:

– Ethan já saiu?

– Ainda não.

– Humm... Vamos entrar para nos despedirmos juntas.

– Certo, assim fica mais difícil de Zach fazer você se sentir culpada.

Gabriella pegou sua bolsa e riu.

– Às vezes você é assustadora, Summer.

Com seus grandes olhos azuis e um sorriso deslumbrante, Summer olhou por cima do ombro e disse:

– Confie em mim, aprendi com os mestres.

Summer abriu a porta de Zach imediatamente depois de bater e aproximou-se de Ethan, envolvendo seus braços em torno dele.

– Gabs e eu estamos saindo para um passeio de meninas. Vamos fazer massagem e, talvez, sair pra jantar. – Ela o beijou intensamente nos lábios. – Ligo quando voltar para casa.

Zach sentou-se na mesa e fitou sua irmã e Ethan por um momento, antes que seu olhar se dirigisse para Gabriella.

– Massagem?

Ela assentiu com a cabeça.

– Depois do dia que tivemos, acho que é tudo de que preciso.

Ele sorriu e levantou-se, indo para perto dela.

– Bem, então, vá se divertir. Summer leva você para a minha casa depois, certo?

– Na verdade, é mais fácil eu dormir na minha casa esta noite. Estaremos mais perto de lá. Você pode me pegar de manhã, no caminho para cá? Meu carro está na sua casa.

– Você sabe que há uma solução para isso – ele sussurrou em seu ouvido, e a sensação de seu hálito quente deixou Gabriella arrepiada.

Sabia exatamente o que ele estava propondo, mas ela, definitivamente, não estava no clima. Além disso, elas tinham marcado massagem e precisavam se apressar. Ela o beijou nos lábios.

– Vejo você de manhã.

Summer agarrou a mão da amiga, puxando-a para fora da sala.

– Vamos, menina! A massagem nos aguarda!

•

– Ok, agora que somos família, por que não me conta como estão as coisas entre você e meu irmão?

Elas estavam no restaurante japonês preferido de ambas depois de terem recebido uma hora de massagem.

– Ele quer que moremos juntos.

– Certo – Summer disse, como se estivesse esperando por algo mais.

– Como assim?

Ela suspirou.

– Gabs, vocês já estão praticamente vivendo juntos. Por que você não entrega o seu apartamento? É um baita transtorno ficar morando em dois lugares diferentes, com suas coisas espalhadas entre eles. Credo! Eu odiava essa fase do meu relacionamento.

– Hmmm, odeio fazer você se lembrar disso, Summer, mas essa situação nunca aconteceu na sua vida... Você e Ethan moraram separados por uns dois minutos, até ele sequestrar seu caminhão de mudança e vocês irem morar juntos. Então, deixa disso.

– Está bem, está bem. Vamos apenas dizer... Credo, eu realmente odeio a ideia de ter que fazer isso. Assim ficou melhor?

– Você fica tão bonitinha quando resolve ser sarcástica – Gabriella disse, enquanto pegava um pedaço de salmão. Então, ela suspirou. – Bem... ok. Ok. – Outro suspiro. – Estou com medo.

Summer olhou para ela meio sem graça.

– Vai ter de se esforçar mais... Você não tem medo de nada.

– Olha quem fala.

– Bem, é sempre assustador ver um relacionamento atingir o próximo nível – disse Summer, tranquilamente. – Eu fiquei nervosa quando fui morar com Ethan, e o conhecia desde que éramos crianças. Passamos da fase de nos ignorar para a de ficar juntos todo o tempo, voltamos a nos ignorar, e, depois, fomos viver juntos em questão de semanas. Foi como um passeio de montanha-russa do qual eu não podia descer. Mas quando nos instalamos... oh, Gabs. É simplesmente a melhor coisa do mundo. Não aguento quando ele tem de viajar e não pode dormir ao meu lado.

– Sei o que quer dizer. Voltar pra casa e passar uma noite sozinha está ok, mas... Eu, de fato, sinto falta de Zach quando estou lá.

– Então, por que fazer isso?

– Porque estamos juntos o tempo todo. O. Tempo. Todo. Não há descanso. Não há escapatória. E isso não é saudável para nenhum tipo de relacionamento. Quando estávamos trabalhando na casa dele, quase nunca tínhamos de sair. Ficávamos desligados do resto do mundo. Enquanto Zach estava mais do que feliz em viver desse jeito, as paredes começavam a se fechar sobre mim. Eu não consigo viver assim.

– Sim, mas foi uma coisa temporária. Agora que ele está dirigindo e trabalhando no escritório novamente, tudo vai ser melhor. Não serão mais só vocês dois o tempo todo. – Summer colocou gentilmente a mão sobre a de Gabriella. – Vocês estão juntos há tanto tempo, e agora, finalmente, as coisas estão seguindo seu caminho. É natural que algumas coisas mudem à medida que forem avançando. Você quer morar com ele?

– Acho que sim – a hesitação estava ali.

– Ok – Summer começou diplomaticamente. – Você quer continuar seu relacionamento com ele?

– Claro que quero! Mas continuar o relacionamento não deve depender de morarmos juntos.

– Claro que não, mas é um assunto que vai continuar vindo à tona, quer você queira, quer não. Pense nisso de uma forma bem prática: você está pagando seu apartamento apenas para ter um armário, pois é isso que sua casa é neste exato momento. Suas coisas estão lá, mas você está a maior parte do tempo na casa dele.

– Isso foi por causa do processo de recuperação de Zach, fechado em casa. Eu não tinha escolha além de estar ali. Agora que estamos de volta ao escritório, podemos dar um passo para trás e ter nossos espaços separados novamente, ao menos por um tempo.

Summer recostou-se no assento.

– É a sua família, não é? Você não tem ideia do que é estar em um relacionamento normal e saudável, porque nunca viu um.

Gabriella pegou um sushi da bandeja. Apontando seus pauzinhos para Summer, ela disse:

– Odeio quando você entra na minha cabeça.

– Bem, você fez isso comigo muitas vezes, então aguente – ela respondeu com um sorriso. – Gabs, estou falando sério. Não pense na sua família. Você precisa quebrar esse ciclo. Zach sempre teve o referencial de relacionamentos bons e saudáveis. Nossos pais, nossos tios... todos eles são histórias de sucesso. Ele vai estar lá com você, e não estou dizendo isso só porque é meu irmão, mas... vale muito a pena. Você realmente deveria se dar uma chance.

– E se... e se as coisas não funcionarem? Aí eu não vou ter uma casa, provavelmente vou perder o emprego, e terei toda a família Montgomery atrás de mim... É um grande risco.

– Se a sua preocupação é a possibilidade de seu emprego depender de você estar ou não com o meu irmão, a solução é simples: arranje outro emprego. Não venha com essa de que quer ser assistente do Zach pelo resto da vida.

Gabriella encolheu os ombros, mas não ergueu os olhos para encarar Summer.

– Você já tem algo em mente, não é? – Summer perguntou. – Zach sabe? Você falou com ele sobre como se sentiria melhor se os dois não estivessem trabalhando juntos? Sobre como se sentiria mais confortável em se mudar para a casa dele se não fosse mais sua assistente?

– Ok, você está indo um pouquinho longe demais. Não, eu não falei com ele sobre isso e não tenho outro emprego em mente. Não há nada concreto. Bem... mais ou menos.

– Pode me contar! – Summer exigiu, pulando em seu assento com emoção.

Gabriella contou resumidamente para a amiga sobre sua ideia de abrir uma agência de assistentes executivos.

– Eu sou muito boa em treinar pessoas, e sei que sou boa no que faço. Ao longo dos anos, recebi dezenas de ofertas de outras empresas e de *headhunters* que gostariam de me tirar da Montgomerys, mas eu nunca quis sair.

– Você treinaria os melhores assistentes do mundo! E sabe que se divulgasse o serviço por intermédio da Montgomerys, conseguiria uma lista impressionante de clientes. Eles poderiam até mesmo contratá-la para entrar e treinar os profissionais que já têm.

– Uau. Eu nem tinha pensado nisso – comentou Gabriella, enquanto as engrenagens em sua cabeça começavam a girar. – Mas seria... – Ela parou e balançou a cabeça. – Não importa. Não estou preparada para dar um passo desses agora. Quero dizer, se eu fosse forçada a... se as coisas não funcionarem com Zach, então talvez...

– E se as coisas funcionarem? E se as coisas funcionarem tão bem, que você fique realmente feliz? Por que está procurando problema onde não tem?

– Confie em mim, eu não procuro problemas, mas eles geralmente me encontram.

– Bem, é hora de parar de pensar assim. É hora de ter uma perspectiva positiva. Eu vi essa transformação em Zach, Gabs, e você foi a responsável! Se der uma chance a ele, ele poderia fazer a mesma coisa por você.

Summer lançou seus grandes e tristes olhos azuis em Gabriella.

– Com o Ethan funciona o pacote completo? – Gabriella perguntou com um sorriso afetado.

– O quê? Os olhos tristes? As pestanas batendo?

– Sim, isso.

– Quase sempre. Às vezes uso o recurso quando estou apenas de lingerie, e costumo conseguir o que quero.

– Bem, mantenha-se vestida. Você me deu muito em que pensar.

– E...?

– Está bem. Vou tentar. Amanhã vou falar com o meu senhorio.

Summer deu um salto e foi até o outro lado da mesa para abraçar a amiga.

– Que maravilha! Eu sabia que você faria isso! E olha só que legal, logo seremos parentes!

Gabriella quase engasgou com o sushi.

– Uma coisa de cada vez, olhos azuis. Uma coisa de cada vez.

– Ai, como você é sem graça.

– Volte pra sua cadeira, vai. Já chega de falarmos de mim. Quero ouvir tudo sobre os planos de casamento e saber como vai a obra da sua casa.

Felizmente, Summer não se incomodou com a mudança de assunto. A mente de Gabriella estava girando com a ideia de dar esse salto com Zach. Ela sabia que ele ficaria emocionado, mas ainda lutava com a ideia de se perder de si mesma. Zach gostava das coisas do seu jeito. Eles estavam vivendo um momento de equilíbrio na relação de trabalho, mas estavam apenas começando a encontrar esse mesmo equilíbrio na vida pessoal. O fato de namorarem e trabalharem juntos fazia com que fosse necessário lidar com algumas questões.

E, gostasse ou não da ideia, Gabriella iria descobrir quais eram essas questões mais cedo do que imaginava.

•

– Não posso acreditar que deixei você me convencer a fazer isso. Toda a massagem e o relaxamento já eram... Vou precisar de outra massagem amanhã.

– Ei, calma aí. Isso foi ideia sua – Gabriella lembrou Summer.

– Como é? Nada disso! Eu disse que você deveria ir morar com Zach. Não quis dizer que deveríamos arrumar todo o apartamento para você se mudar em uma única noite.

– E o prêmio de pessoa mais exagerada do mundo vai para...!

– Ok, tudo bem. Não estamos arrumando todo o seu apartamento, mas montamos malas suficientes para justificar o comentário. Espero que caiba tudo no meu carro.

Gabriella parou e passou os olhos pelos volumes.

– Nesse ponto você pode ter razão. Não tinha pensado nisso. Ok, vamos começar com as malas maiores e a gente vê o que cabe.

Durante meia hora, as duas levaram malas para o carro de Summer. Por fim, sobrou espaço apenas para elas entrarem no carro.

– Só para você saber – Summer disse ao fechar a porta do carro –, quando Ethan e eu nos mudarmos para nossa nova casa, você será a encarregada de carregar o caminhão.

– Não foi tão ruim assim.

– Oh, não foi o que eu quis dizer. É que não acredito que colocamos quatorze malas no meu carro. Você é como uma feiticeira da organização de bagagens.

– Não foi tão difícil, e, além disso, algumas eram bem pequenas. Não são apenas malas...

– É um elogio. De verdade. Você tem um dom.

– Por favor, estou ficando sem graça... – Gabriella brincou, antes de as duas caírem na gargalhada. – Vamos. Eu sei que é tarde, e Ethan, provavelmente, vai ficar bravo comigo porque você não está em casa. Além disso, Zach já ligou três vezes e eu deixei todas as chamadas irem direto para a caixa-postal. Ele deve estar tendo um ataque.

– Vai valer a pena quando chegarmos lá. Estou feliz por estar presente para ver o olhar de surpresa no rosto do meu irmão. Posso tirar uma foto?

– Não cutuque a onça com vara curta – disse Gabriella com uma risada. – Ele não gosta de surpresas, e tenho certeza de que vai precisar de um minuto para digerir tudo isso. Afinal, eu não conversei com ele a respeito, nem mencionei o assunto em semanas.

– Eu vou tirar uma foto, sim! E ainda vou usar de descanso de tela.

– Você acha que ele vai ficar assustado? No mau sentido, eu digo.

Summer riu.

– Eu acho que ele vai ficar muito feliz, isso, sim. É por isso que quero tirar uma foto. Tem sido uma raridade ver Zach sorrindo. Vai ser quase como se ele visse o pé-grande.

As duas percorreram o curto caminho até a casa de Zach e pararam na entrada. Quando desligou o carro, Summer virou-se para Gabriella e perguntou, animada:

– Está pronta para isso?

– Acho que sim.

Summer sacudiu a cabeça.

– Resposta errada. Você está pronta para isso? – ela perguntou, soando como um palestrante motivacional tentando acender a plateia.

– Ok, eu estou – Gabriella disse com um pouco mais de entusiasmo.

– Não consigo te ouvir!

– Ah, Summer, por Deus! – Gabriella murmurou, antes de se virar para a amiga e dizer, em tom de continência militar: – Sim, senhora, estou pronta para isso!

Summer teve um ataque de risos.

– Assim está melhor. Agora, vai lá e bate na porta. Não vai usar a chave, hein! E me deixe com um bom ângulo de visão.

– Você vai mesmo tirar essa foto?

– Tenho esse direito como irmãzinha. Estou considerando, inclusive, todas as vezes que ele me provocou quando éramos crianças. Eu não tive muitas oportunidades para aprontar algo assim com ele. É divertido!

– Sim, bem, tomara que continue se divertindo quando ele se irritar e mandar nós duas embora. Você vai ter de levar essa bagagem toda de volta para o meu apartamento!

– Duvido muito. Agora vá!

Gabriella desceu do carro e ficou um pouco receosa à medida que caminhava em direção à porta da frente. Aquela era a escolha certa. Ela, realmente, queria estar com Zach e, se conseguisse parar de pensar por um tempo, tudo ficaria bem.

Ela suspirou, ergueu a cabeça, tocou a campainha e esperou.

E esperou. E esperou.

Zach abriu a porta com uma aparência um pouco cansada.

– Gabriella? – ele perguntou, parecendo preocupado. – Você está bem? Aconteceu alguma coisa? Estou ligando para você faz horas!

– Na verdade... está tudo... ótimo. Mais do que ótimo.

A expressão no rosto de Zach era de pura e total confusão.

– O que foi? – Ele olhou por cima do ombro dela e viu o carro de Summer parado. – Você pegou o carro da minha irmã para vir até aqui? Ela está bem?

– Zach Montgomery – Gabriella começou a falar com um tom sério –, eu queria saber se ainda está procurando alguém para dividir a casa com você.

Um sorriso lento brincou nos lábios dele.

– Alguém para dividir a casa? Bem, não exatamente. – Ele balançou sua cabeça. – O que eu tinha em mente era algo muito mais... íntimo.

– Humm... Gosto disso – Gabriella ronronou, aproximando-se dele. – Gosto muito disso. Se ainda estiver procurando alguém para preencher essa... posição..., realmente gostaria que considerasse a possibilidade de esse alguém ser eu.

– Você se mudaria para cá mesmo? Ou seja, traria todas as suas coisas para cá?

– Bem, então hoje é a sua noite de sorte, porque eu tenho uma tonelada de coisas minhas ali no carro da sua irmã e precisamos trazê-las para dentro.

Zach arregalou os olhos.

– Está falando sério? Você realmente está com as suas coisas no carro da Summer?

– Sim. E se não tirarmos tudo de lá em breve, o carro dela vai explodir.

Gabriella não teve a chance de dizer mais nada, porque Zach a ergueu em seus braços e a girou no ar.

– Acho que isso significa que você está feliz, certo? – ela perguntou.

– Você não tem ideia de quanto – disse ele. – Tão feliz que quero levá-la para dentro agora mesmo para irmos para...

– Podem parar com isso! La la la la la! – A voz de Summer surgiu detrás dos arbustos. – Eu não quero ouvir mais nada. Silêncio!

Zach olhou para a irmã e riu.

– Posso perguntar o que você estava fazendo atrás dos arbustos?

– Eu ia tirar uma foto sua para provar ao mundo que você realmente sabe sorrir. Mas então você começou com essa conversa *sexy* e agora eu quero arrancar os ouvidos. Eca! – Summer estremeceu e começou a caminhar na direção do carro. – Vamos lá! Venha nos ajudar com toda essa bagagem para eu poder ir para casa e pedir uma massagem para Ethan.

– Oh, então pode falar sobre você e Ethan, mas eu não estou autorizado a mencionar nada que envolva cenas sensuais entre mim e...

– Está fazendo isso de novo!

– Mas eu ainda não disse nada!

– Mesmo assim, estava pensando! – Summer disse, apontando um dedo para o irmão. – Simplesmente... pare de falar. Apenas pegue as malas e leve para dentro de casa, sem me dizer nada do que vai acontecer depois!

Zach fez o que Summer acabara de lhe pedir. Quer dizer, mais ou menos. Ele pegou várias malas, mas a cada respiração murmurava sobre o fato de aquela ser a sua casa e de ele ter o direito de falar o que quisesse, sem se importar com o que sua irmã mais nova pensasse. Tanto Gabriella como Summer ficaram rindo antes de começarem também a levar as malas para dentro de casa.

Quando terminaram, Summer despediu-se. Assim que a porta se fechou, Zach se aproximou de Gabriella e a envolveu em seus braços.

– Ei, colega de quarto.

– Ei, para você é colega íntima de quarto – ela disse, rindo.

Ele estendeu a mão e acariciou o rosto dela.

– Não, isso também não serve. Você é muito mais do que isso.

Gabriella suspirou e descansou a testa contra o peito dele.

– Uma coisa de cada vez, Zach. Este foi um grande passo para mim. Eu… preciso que nos acomodemos um pouco antes de conversarmos sobre algo mais. – Ela olhou para ele. – Está tudo bem?

Ele assentiu.

– Você sabe como eu sou, Gabs. Sou um homem de ação, e normalmente vou atrás do que quero com força total. Não sou conhecido por ser muito paciente, mas estou tentando. Por você. Nós vamos descobrir como levar as coisas adiante do jeito que for melhor para nós dois juntos. Você só precisa ser paciente comigo também.

– Feito. – Eles ficaram lá enrolados um no outro até que Gabriella começou a observar o entorno. – Eu nem sei onde vamos guardar todas essas coisas. Acho que vamos ter que construir um puxadinho.

Ele riu.

– Não é tanta coisa assim.

Gabriella inclinou-se para trás e olhou para o belo rosto de Zach.

– Querido, isso não é nem metade…

Zach empalideceu ligeiramente.

– Está bem, então. Só temos de entender que não vamos conseguir achar lugar para tudo esta noite. Há dois *closets* no quarto principal e um deles guarda apenas o meu equipamento esportivo. Posso levar tudo isso para a academia amanhã, e ele fica livre para você. Então, se não for suficiente, há armários no quarto de hóspedes que você pode usar.

– Me parece um bom plano. Mas, como você disse, é muita coisa para se pensar nesta noite. Trouxe coisas o suficiente para ir trabalhar a semana toda. Então, vamos tirar essas malas do meio do caminho, e cuidamos dessa mudança toda no fim de semana. O que acha?

– Que você é uma mulher incrível e que eu te amo – ele respondeu, seu tom profundo e sério.

– Zach…

– É como me sinto, Gabs, e vou compartilhar com você. Acostume-se.

Zach beijou a ponta do nariz de Gabriella e começou a tirar as malas do caminho. Quando terminou, os dois caminharam de braços dados para a sala de estar e se sentaram no sofá. Ela apoiou a cabeça no ombro dele e ele disse, suavemente:

– Bem-vinda, Gabriella.

– Hmmm... gosto do som dessas palavras.

Era a verdade. Desde que fora morar sozinha, Gabriella havia se concentrado tão fortemente em trabalhar e em separar-se de sua família, que sua casa era apenas um lugar para dormir. Mas isso? Aquela casa? Isso sim seria uma casa de verdade. Um lugar onde ela teria uma vida, uma vida com Zach.

– Que bom. Eu quero que você goste. Tudo aqui é nosso. Não vai haver nada daquela besteira de "isso é meu e aquilo é seu". Não quero viver assim. Esta é a nossa casa, certo?

Ela balançou a cabeça, mas não olhou para ele. Era como no dia da festa na casa de Summer, quando ela segurou o bebê James em seus braços. Suas emoções estavam muito à flor da pele, e ela não estava pronta para chorar na frente de Zach ou para mostrar suas fraquezas. Talvez isso fosse uma besteira, ou talvez fosse inútil, afinal, com o tempo ele a veria chorando ou vulnerável... Por enquanto, porém, ela preferia assim.

– Acho que precisamos comemorar! – ele disse animadamente.

– Temos champanhe?

– Não foi bem isso que eu havia pensado.

– Oh, não? – Gabriella disse com a voz suave e a mão acariciando o peito de Zach. – E o que você tinha em mente?

– Eu acho que precisamos fazer algo para batizar o lugar como "nosso".

Ela riu.

– Já fizemos amor por toda esta casa. Acho que ela já foi devidamente batizada.

Zach colocou um dedo sob o queixo de Gabriella e, gentilmente, forçou-a a olhar para ele.

– Isso foi antes. Estamos recomeçando bem aqui, neste exato momento.

– E ficarmos nus no sofá vai nos ajudar a fazer isso? – Seus lábios se contraíram.

– Garanto que mal não faz.

Gabriella endireitou-se e afastou-se um pouco antes de se levantar. Mantendo os olhos nos dele, ela desabotoou a blusa e jogou-a no chão. Em seguida, deixou que sua saia deslizasse. Zach colocou as mãos em sua cintura e a puxou entre suas pernas abertas, enchendo a barriga dela de beijos.

– Eu sei que está errado, mas, se pudesse, faria deste o seu uniforme de trabalho.

Ela fez um som gutural.

– Então teríamos de mudar o escritório de volta para cá em tempo integral.

Zach ergueu a cabeça.

– Você... você realmente trabalharia usando apenas salto alto e lingerie... se trabalhássemos em casa?

Ela fingiu considerar.

– Bem, talvez não todos os dias. Mas toparia um showzinho uma vez por semana.

Ele gemeu.

– Você acaba comigo. Acaba de me fazer voltar para o escritório e agora me lança essa?

– Você nunca perguntou – ela o provocou.

– Inferno, se eu soubesse que você consideraria a possibilidade, teria implorado há muito tempo. Você não tem ideia de quantas vezes fantasiei isso. Você e eu, meu escritório... minha escrivaninha... – Ele gemeu de novo e voltou a passar a boca pela barriga dela.

Gabriella passou as mãos pelo cabelo de Zach e puxou-o suavemente para que ele voltasse a olhar para ela.

– Você tem uma escrivaninha aqui. – Ela indicou por cima do ombro. – Poderíamos... praticar. Pode ser divertido voltar ao clima de trabalho por um momento, e então batizar a mesa.

Zach rapidamente levantou-se e tomou Gabriella pela mão, levando-a para o escritório.

– Se eu já não estivesse apaixonado por você, agora não haveria mais escapatória.

•

Na sexta-feira à tarde, Zach estava destruído. Era difícil aceitar o fato de que costumava trabalhar duas vezes mais horas do que havia trabalhado naquela semana sem nenhum problema até poucos meses atrás. Agora, tudo que ele queria era ir para casa e ter uma noite tranquila com Gabriella. Zach gostaria de dizer que era simplesmente por querer ficar com sua amada, mas a verdade é que ele também sentia como se tivesse corrido uma maratona.

Olhando para o relógio na parede, viu que eram apenas quatro horas. Ainda faltava mais de uma hora para ele poder considerar um dia de trabalho. Havia um jornal sobre a sua mesa. No início da semana, o jornal local enviara alguém para entrevistá-lo sobre o acidente e seu retorno ao trabalho. Apesar de não ser algo que realmente o motivasse, Zach sabia que era bom para a imagem da empresa, então ele acabou aceitando.

Examinando as páginas do periódico, ele encontrou a matéria e começou a ler. Não estava ruim. Não ficara muito invasiva nem estava cheia de detalhes sobre sua vida pessoal, mas havia uma bela foto dele com Ethan, Summer e Gabriella. Ele sorriu. Todos pareciam bem e felizes. Naquele momento, Ethan e Summer estavam a caminho do aeroporto para, finalmente, voltarem para a Costa Leste e desfrutarem de uma semana de férias, durante a qual poderiam supervisionar a construção de sua casa e começar a planejar o casamento.

Zach estava feliz por eles, apesar de sentir um pouco de inveja. Esperava que ele e Gabriella estivessem prontos para esse passo em breve. Zach não queria tirar o brilho do grande dia de sua irmã, mas também não queria esperar muito tempo antes de pedir Gabriella em casamento. Ele sabia, no fundo do seu coração, que era isso o que queria.

Vozes altas vindas da recepção o assustaram. Não havia nenhuma reunião na agenda, e, numa tarde de sexta-feira, parecia improvável que fosse uma visita casual. Quando abriu a porta, Zach viu Gabriella indo para a sala de reuniões com um homem. Mais do que um pouco preocupado, ele os seguiu. Provavelmente, ela acreditou ter trancado a porta ao fechar, mas não foi o que aconteceu. Então, Zach ficou do lado de fora e escutou a conversa.

– O que você está fazendo aqui, Alan?

– Como assim? Um cara não pode visitar a cunhada? Sabe, houve um tempo em que você e eu éramos amigos.

– Sim, houve. E foi há muito tempo – Gabriella murmurou.

– Não tem de ser assim. Você nunca nos visita.

Zach ouviu a frustração na voz de Gabriella.

– E todos sabemos o porquê, não é mesmo? Então, por que não me diz de uma vez o que está fazendo aqui? Por algum motivo, eu duvido que seja para falar sobre quanto todo mundo sente a minha falta.

– Pois é aí que você se engana – Alan disse.

O tom de sua voz deixou Zach irritadíssimo, mas ele esperou o cara concluir para ver para até onde tudo aquilo chegaria.

– Sério, Alan…

– Eu cometi um erro, Gabby. Escolhi a irmã errada. Nunca deveria ter me casado com a sua irmã.

– Você só pode estar de brincadeira – Gabriella rebateu. – Nunca houve escolha a ser feita. Eu nunca me senti atraída por você. Nós éramos amigos. E só!

– Não – disse Alan com desdém. – Você me desejava. Eu sei que me desejava. Sua tensão era muito palpável naquela época. Você não sabia como relaxar e se divertir. – Ele emitiu um som no fundo de sua garganta antes de prosseguir. – Mas agora é diferente. Eu vi aquela foto sua no jornal e entendi. Percebi que você estava finalmente pronta para mim.

Zach já tinha ouvido o suficiente.

– Com licença – ele disse suavemente, entrando na sala. – Está tudo bem? Você está bem, Gabriella? – ele perguntou, sentando-se ao seu lado e passando o braço protetoramente em torno da cintura dela.

Alan olhou para os dois.

– Encontrou outro, não é? – ele disse, dirigindo-se a Gabriella. – Não conseguiu com um chefe então partiu pra cima de outro... – Ele, então, virou-se para Zach. – Eu li no jornal sobre o seu acidente e sobre a sua notável recuperação. Fantástico. Claro que a fantástica Gabriella estava ao seu lado. – Ele respirou fundo e quase parecia orgulhar-se do papel de Gabriella na reabilitação de Zach.

Zach apenas olhou para Alan, que continuou, como se ouvir as suas lembranças fosse a coisa mais importante para o casal:

– Sabe, quando minha esposa me deixou, fiquei destruído. Mas, felizmente, eu tinha Gabriella lá para... me ajudar. – Seu olhar se deteve no corpo de Gabriella antes de dirigir-se a Zach. – Tenho certeza de que ela foi muito útil para você também. Ela é uma grande... motivação.

– Acho que já está na hora de você ir embora, Alan – disse Zach, sentindo como Gabriella estava tensa ao seu lado.

– Bobagem – ele respondeu. – Gabriella e eu somos da família. Sabe a importância disso, não é, Zach? Quero dizer, você trabalha com a sua. Certamente, não abriria mão de nenhum deles. – Alan o desafiava, buscando em seu firme olhar até onde poderia pressioná-lo.

– E aí é que temos o ponto interessante quando falamos de família – Zach começou, mantendo-se firmemente abraçado com Gabriella. – A família deve apoiar e ajudar. E, pelo que vi da sua família, vocês apenas ofendem Gabriella. Não sei por que você está aqui e também não quero saber, mas vou dizer uma coisa: você não é bem-vindo. Não aqui neste escritório, nem mesmo neste estado. Se eu fosse você, sairia por aquela porta sem olhar para trás.

As palavras de Zach e seu tom deixaram pouco espaço para discussão. Um homem inteligente simplesmente admitiria a derrota e iria embora.

– Acho que você não sabe quem eu sou para Gabriella – Alan disse. – Eu realmente poderia ir embora agora, mas, como disse, somos família. Da próxima vez que eu voltar, trarei a irmã e os pais dela comigo. Tenho certeza de que eles vão morrer de orgulho quando descobrirem como Gabriella está prosperando.

Gabriella soltou-se do abraço de Zach.

– O que há de errado com você? O que eu posso ter feito para você desejar arruinar minha vida dessa maneira?

Ele aproximou-se.

– Você sempre pensou que era melhor do que todos, e nem a sua família quer contato com você. Achava que eu não era bom o suficiente para você ou para sua irmã, mesmo sendo ela quem corria atrás de mim. E, depois, ainda tentou atrapalhar o nosso relacionamento.

– Você estava traindo ela! – Gabriella gritou.

– E daí? Ela continuava louca por mim mesmo assim. Vai ser muito diferente entre nós dois, Gabby.

– Você me dá nojo, Alan. Saia.

– Vamos. Pare com isso. Não está falando sério – Alan disse, dando um passo para trás e olhando para o casal. – Estou me oferecendo para deixar sua irmã. Já formamos uma boa equipe no passado. Podemos repetir a dose.

Quando Gabriella não se afastou de Zach, Alan arqueou as sobrancelhas com ceticismo. Ele girou a cabeça na direção de Zach.

– Quanto tempo acha que ele vai fazer você feliz? Esse aí nunca vai ser homem o suficiente para você. Dá pra ver pelo jeito que entrou aqui e...

Imediatamente, Zach saltou na direção da garganta de Alan, soltando um rosnado feroz que vinha de sua alma, mas sua perna cedeu e ele perdeu o equilíbrio.

– Zach! – exclamou Gabriella, estendendo a mão para mantê-lo firme.

Alan retomou sua postura arrogante, enquanto arrumava o casaco.

– Viu, Gabby? Você precisa de um homem como eu. Esse aí precisa de uma mulher para segurá-lo quando cai. – Ele sorriu para ela, muito satisfeito. – Me ligue quando voltar à razão.

Alan virou-se e foi embora.

Gabriella fez o que pôde para ajudar Zach a recuperar o equilíbrio, mas ele afastou seus braços.

– Não! – ele disse, irritado. – Apenas... apenas não.

– Você está bem?

– Você se refere a um cara que não é homem o suficiente para defender uma mulher? – ele zombou.

– Eu não disse isso, Zach! Nem pensaria isso!

– Sim, bem... mas é a verdade, não é? – Ele virou-se e caminhou alguns metros, distanciando-se dela. – Que diabos esse cara estava fazendo aqui?

– Não sei! – ela disse, inclinando-se contra a mesa de reuniões. – Eu estava digitando o último contrato de hoje e, quando olhei para cima, lá estava ele.

– Então você não o convidou para vir aqui?

Ela olhou para ele, incrédula.

– Convidá-lo para vir aqui? Você está louco? Zach, eu não convido minha família para se aproximar de mim desde aquele dia em meu apartamento, anos atrás. Não faço ideia do motivo pelo qual Alan escolheu esse momento para aparecer.

Zach pensou nisso por um instante.

– O artigo. O maldito artigo – ele esbravejou. – Ele disse que leu o artigo.

– Sinto muito, Zach. Eu... nem sei o que dizer. Estou tão envergonhada.

– Por quê? – ele perguntou, sentando-se e flexionando a perna para aliviar a câimbra.

– Por quê? Não ouviu todas as coisas horríveis que ele disse? E você sabe que ele vai contar tudo para a minha família, distorcendo os fatos e me fazendo parecer uma louca! – Gabriella começou a andar. – Ele vai dizer que eu entrei em contato com ele e que estou querendo terminar essa relação e...

– E você está?

Ela parou de andar e olhou para Zach.

– Estou o quê?

– Querendo terminar essa relação. Te incomoda que eu não seja o mesmo homem que era antes do acidente? Que eu manque? Que eu provavelmente nunca me recupere por completo?

– Zach – ela disse suavemente, aproximando-se dele. – Eu acho que você é um homem melhor agora do que antes do acidente. Um homem melhor. Eu não estou querendo terminar nada.

Zach não tinha tanta certeza. Tudo, nos últimos minutos, estava fazendo as coisas que ele pensava ficarem confusas, e as inseguranças e dúvidas estavam surgindo intensamente. Ele poderia dizer que estava bem com o seu estado geral, mas o simples fato de não haver conseguido defendê-la quando ela precisou dele o estava matando. Ele não era um homem melhor. No momento, não se sentia nem mesmo um homem.

– Talvez Alan tenha razão.

– Do que está falando?

– Talvez esta seja a sua... coisa. Talvez você goste da ideia de perseguir seus chefes. Naquela época, talvez tenha se incomodado com o fato de ele ter escolhido a sua irmã e criou todo esse drama para se fazer de vítima.

Ela recuou, como se ele a tivesse esbofeteado.

– Como pode dizer isso? Como pode pensar isso? Sempre fui honesta com você, Zach. Eu nunca menti.

Ele encolheu os ombros.

– Talvez. Mas, agora que ele está vindo atrás e você pode ter o que obviamente queria, deveria ir atrás dele.

Os olhos de Gabriella se arregalaram antes de se encherem de lágrimas.

– O que está querendo dizer?

– Acho que seria melhor se nós... se fôssemos honestos um com o outro. Eu não gosto de ser a segunda opção.

– Mas você não é! Zach, não quero nada com o Alan! Nunca quis! Essa foi uma história que ele inventou para se proteger das besteiras que fez! Você me conhece o suficiente para fazer um julgamento melhor do que esse!

Zach não conseguia olhar para Gabriella. Estava concentrado em suas mãos, que apertava sobre o colo enquanto falava.

– Eu não gostei quando os caras do escritório fizeram fofoca, e também não gostei de vir aqui e ouvir o que Alan disse.

– O que está falando não faz nenhum sentido. – Ela soluçou, e as lágrimas começaram a cair livremente. – Este foi apenas o ato de um homem patético, rancoroso. Ele não significa nada para mim. Você sabe disso. É você que eu quero, Zach. É você que eu amo!

Ele balançou a cabeça.

– Pensei que eu estivesse pronto para tudo isso, Gabs, mas não estou. Não gosto de drama, e, certamente, não quero perguntar se é comigo que você realmente quer ficar ou se está comigo por piedade ou... ou se está em busca do próximo executivo.

– Pare com isso! – ela gritou. – Por favor! Vamos para casa. Vamos conversar. Não deixe que ele arruíne esse relacionamento também!

– Então agora você vai culpá-lo por arruinar seu relacionamento com a sua famíl ia? Pensei que as coisas já fossem difíceis muito antes de ele aparecer na sua vida.

– E eram... eram – ela balbuciou, enxugando as lágrimas. – Mas ele fez tudo piorar muito. – Gabriella estendeu a mão para Zach, mas ele se afastou. – Você não está sendo justo, Zach. Está dando ouvidos a acusações de um sociopata sobre mim! Pensei que tivesse dito que me amava!

Aquilo estava acabando com ele. Naquele instante, Zach apenas queria acalmar os demônios que estavam agitados dentro dele, fazendo-o duvidar de tudo o que ele tinha vindo a acreditar.

– Eu estava errado – ele disse sem rodeios, e então forçou-se a olhar para ela com o coração dilacerado.

A expressão de completa devastação no rosto de Gabriella o fez amaldiçoar a própria existência. Ele teve a certeza de que ela iria brigar com ele.

Mas não foi o que aconteceu.

Gabriella se transformou diante de seus olhos. Ela enxugou a última de suas lágrimas e endireitou sua postura perfeitamente. E com nada mais do que um aceno de sua cabeça, ela virou-se e saiu da sala.

E da sua vida.

Capítulo 14

– Mas... precisa ir ao meu casamento, Gabs. Você simplesmente tem de ir!

Elas tinham tido essa conversa por telefone pelo menos uma dúzia de vezes nos últimos três meses, mas não importava quanto Summer tentasse, Gabriella se mantinha firme.

– Acredite em mim, eu adoraria ver você e Ethan dizendo "sim". Adoraria mesmo. Mas, infelizmente, não consigo tirar esses dias de folga.

– Eu ainda não entendo por que você não considerou a oferta do tio William. Se estivesse trabalhando para qualquer outro ramo da Montgomerys, sua presença no meu casamento seria obrigatória. – Summer parou antes de suplicar. – Vamos, Gabriella! Você deveria ser a minha madrinha! Nós conversamos sobre isso, você se lembra? Naquela noite em que fizemos massagem e fomos jantar sushi... você me prometeu!

Gabriella era normalmente uma pessoa bastante paciente com Summer, mas não estava mais conseguindo. Nos três meses, desde que ela tinha abandonado o escritório da Montgomerys, em Portland, praticamente havia se isolado de tudo e de todos. Era o melhor a ser feito; afinal, aparentemente, ela não podia confiar em ninguém.

Nem mesmo na pessoa que dizia que a amava.

– Prometo que nos reuniremos quando vocês voltarem da lua de mel. Sinto muito, querida, mas tenho que ir. Minha hora de almoço acabou e eu preciso voltar ao trabalho.

Summer ficou em silêncio por um longo momento.

– Você não vai pelo menos me dizer onde está? Faz meses, Gabs. Estou preocupada com você. Odeio saber que está por aí, sozinha.

Ela também odiava. Ser independente tinha sido divertido e revigorante quando ela era mais jovem, mas no atual cenário, que incluía um isolamento autoimposto, aquilo realmente era desgastante.

– Não faz diferença, Summer. Não quero que se preocupe comigo. Estou bem. Mesmo. Quero que se case com seu belo homem e seja muito feliz. – Ela sufocou um soluço e levou um momento para se recompor e concluir: – Está bem?

– Sabe que ele também está péssimo, não sabe? – Summer perguntou calmamente. – Zach. Ele está pior agora do que ficou depois do acidente.

Aquilo não deveria ter feito Gabriella se sentir melhor, mas fez. Um pouco.

– Ele… ele perguntou sobre mim? – Assim que fez a pergunta, Gabriella se arrependeu. Ela tinha conseguido se controlar em todas as conversas anteriores com Summer, mas, por algum motivo, naquele momento, precisava saber.

– Não diretamente. Mas sempre que o seu nome aparece, eu comento que você deve ter iniciado a agência com a qual sempre sonhou. Sabe, né? Aquela que você nunca contou para ele.

– Havia uma razão para eu não contar nada para ele, Summer – Gabriella defendeu-se.

– Sim, sim, sim… que seja. O fato é que o olhar dele quando eu contei do seu sonho foi muito bonito.

– E você tirou uma foto? Aquela, sabe, que você queria para usar de descanso de tela…

Summer riu.

– Eu te amo, você sabe disso, certo? E sinto muito a sua falta.

– Mande fotos do Havaí. E tente não fazer nada muito louco, como saltar em um vulcão.

– Por favor! Acho que Ethan adoraria esse programa se fosse um ano atrás, mas agora estamos os dois muito ansiosos para estar longe de tudo e, finalmente, casados. – Ela suspirou. – Sinto que esperei a minha vida inteira por isso.

– E esperou – Gabriella disse, tristemente. – Você foi apaixonada por ele toda a sua vida, lembra? Vá viver o seu "felizes para sempre", olhos azuis. Ninguém merece mais do que você.

Gabriella desligou rapidamente, antes que Summer pudesse continuar falando. Ela guardou o telefone na bolsa e caminhou duas quadras para voltar ao seu escritório. O clima estava agradável e as pessoas estavam sorrindo. Aquilo deveria ter contribuído para melhorar seu estado geral, mas Gabriella simplesmente não tinha energia para sorrir.

Sua posição na pequena companhia de seguros estava bem abaixo de suas habilidades, o que fazia seus dias serem um tédio. Mas, depois de anos no mundo corporativo e de tudo o que havia vivenciado, aquela era a solução perfeita. Zach mandara entregar sua bagagem no dia seguinte ao rompimento, e Gabriella basicamente se enfiou no primeiro voo para o Leste. Não havia como voltar para Seattle, e ficar em Portland estava fora de questão.

Ela não ligou para William Montgomery. Não queria ter mais nenhuma relação com a empresa dos Montgomery e nem queria que Zach soubesse da sua vida. Ela precisava, realmente, romper aqueles laços.

A Carolina do Sul não foi exatamente uma escolha. Mas Summer falava tanto sobre a casa que ela e Ethan estavam construindo na Carolina do Norte, que ela sabia que ali, ao menos, estaria perto o suficiente para poder ver sua amiga com alguma frequência. Quando seu coração estivesse curado.

Mas, talvez, isso nunca fosse acontecer.

North Myrtle Beach ficava perto o suficiente da costa para ela poder ir à praia, e havia sido fácil se entrosar sem chamar a atenção para si. Ela baixou um pouco o patamar de seu guarda-roupa, saindo do perfil executiva *sexy* para simplesmente executiva. Sentia falta de usar seus sapatos de salto fino. Sentia falta de se maquiar. Mas, para não chamar a atenção, o melhor era se manter o mais básica possível. Aquele não era exatamente o cenário que imaginara para a sua vida, mas estava servindo para deixar todo aquele sofrimento para trás. Assim como o seu trabalho sem graça em uma cidade turística onde ninguém sabia o seu nome. Basicamente, Gabriella rendeu-se a uma vida de total tédio.

– Sim, estou vivendo o sonho. – Ela suspirou quando colocou a bolsa em cima da mesa e voltou a trabalhar.

Era quinta-feira. O casamento de Summer era sábado. Ela odiava não estar lá. Odiava estar perdendo algo de que realmente gostaria de participar porque... por quê? Covardia ou autopreservação? Era uma incógnita.

O plano de Gabriella era dirigir até Wilmington e estacionar um pouco afastado, na esperança de que pudesse ao menos ver Summer e Ethan quando saíssem da igreja. Summer tinha dado todos os detalhes sobre o casamento para a amiga, então, Gabriella sabia exatamente como seria o evento e qual seria seu itinerário. Ela suspirou ao pensar no vestido que esperava usar. Sem alças. Azul-escuro. Saltos finos.

Tudo acabaria no fundo do armário. Gabriella não tinha a menor ideia do motivo de ter comprado o vestido. Era uma mulher prática e, quando ela viu o vestido em uma pequena boutique, um mês antes, já sabia que nunca iria usá-lo. Nem sequer era um vestido de madrinha, mas ela sabia que seria perfeito para o casamento de Summer. Como estava se sentindo com pena de si mesma, o simples fato de ter o vestido lhe fazia bem.

Gabriella estava perdendo a cabeça. Lenta e dolorosamente.

Talvez, um dia, ela tivesse a oportunidade de usar o vestido novo. Claro que para isso seria preciso uma rotina que fosse além de comer sozinha em seu pequeno apartamento, o que, em comparação com outras épocas, era bastante deprimente.

O dia chegou ao fim e, às cinco da tarde, quando Gabriella finalmente estava pronta para ir embora, parou diante da mesa de seu chefe.

– Senhor Anderson?

– Sim? – Ele era um homem mais velho, com um casamento feliz e avô de cinco netos. A agência tinha sido fundada pelo avô dele.

– Gostaria de saber se amanhã eu poderia tirar o dia de folga. Sei que está em cima da hora, mas terminei todos os processos acumulados e fiz a atualização do software sobre o que havíamos conversado, então, o novo site estará no ar até segunda-feira. Estou realmente adiantada.

Ele tirou os óculos do rosto redondo e sorriu para Gabriella.

– Acho que não será um problema, senhorita Martine. Se alguma coisa surgir, você sabe que a minha Norma não se importaria em vir me ajudar. Vá e tenha um bom fim de semana.

– Obrigada, senhor – ela disse com um sorriso tímido. – O senhor também.

Assim que saiu do escritório, Gabriella deixou escapar um enorme suspiro de alívio. Aquele trabalho estava sugando lentamente sua vontade de viver. Colocando a alça da bolsa sobre o ombro, ela respirou o ar do fim da tarde e jurou que tentaria estar mais animada na segunda-feira.

O apartamento de Gabriella ficava a apenas quatro quarteirões de distância do trabalho – uma feliz coincidência –, e ela gostava da caminhada. Era incrível o que sapatos confortáveis permitem que você faça! Ao chegar em casa, ela pensou na conversa que tinha tido mais cedo com Summer. Apesar de odiar manter sua amiga no escuro, Gabriella ainda não estava preparada para enfrentar ninguém ou, mais especificamente, não estava preparada para enfrentar nenhum Montgomery. Summer tinha ficado louca quando descobriu que a amiga partira de Portland sem falar nada, mas Gabriella argumentou que não queria atrapalhar a semana de folga do casal.

Era verdade. Assim como era verdade que Gabriella não queria que ninguém se intrometesse em sua decisão.

No fundo, ela continuava acreditando que Zach fosse ligar, estender a mão, nem que fosse apenas para falar de trabalho. Mas isso não aconteceu. Mesmo quando Zach mandou todas as coisas de Gabriella de volta para o apartamento dela, não houve comunicação. Ela simplesmente abriu a porta e encontrou uma equipe de mudança, à qual agradeceu pelo serviço.

Desgraçado.

Ela o conhecia. Ou pelo menos achava que o conhecia. Sabia como era o humor de Zach e sua forma de pensar, e, realmente, não conseguia entender como as coisas haviam saído tão rapidamente do controle. A aparição de Alan, embora tenha sido um fato terrível e irritante, não deveria ter sido responsável por aquela reação. Durante semanas, Gabriella recusou-se a acreditar que Zach tivesse mentido sobre o fato de amá-la. Mas depois de tanto tempo ter passado sem uma palavra dele, ela não tinha escolha a não ser aceitar que ele tinha, sim, mentido.

Apenas o fato de pensar naquilo tudo fazia o coração de Gabriella ficar apertado.

Coração estúpido, ela pensou. *Lição aprendida.*

•

Não era verdade que Zach Montgomery odiasse todo mundo, mas, no momento, era mais ou menos isso. Era como se, para ele, o mundo inteiro tivesse esquecido como fazer o seu trabalho, porque estavam todos muito ocupados rindo, sorrindo e brincando. Ou preparando um casamento.

– Cara, vamos lá – Ethan disse, colocando a cabeça para dentro do escritório de Zach. – Você já está com as malas prontas, não está?

– Já disse que sim. – Zach bufou e beliscou a ponta do próprio nariz.

– Bem, o carro estará aqui em quinze minutos. Mas, por favor, melhore esse astral. E se a sua irmã for alvo de um dos seus comentários sarcásticos, vou chutar o seu traseiro.

– Ela não está na Carolina do Norte?

– Por quê? O passeio de avião vai ser tipo uma poção mágica pra fazer você melhorar de humor?

– Vá à merda – Zach murmurou ao se levantar da cadeira e desligar o computador. Quando levantou o olhar, deu de cara com Ethan bem na sua frente. – O que foi?

– Eu já fiz essa pergunta antes, mas vou repetir: você não está cansado desse absurdo?

– De que diabos você está falando? Não temos um voo para pegar?

– Sim, nós temos, isso é um fato. Mas estou cansado disso. Este último ano foi realmente muito difícil, e você foi o principal responsável. Já chega, cara. Você estragou tudo. Jogou fora a melhor chance que teve na vida e não conta para ninguém o motivo. Está bem. Mas se a decisão foi sua, precisa seguir em frente e parar de punir todo mundo pelo fato de as pessoas terem uma vida!

Zach passou a mão pelo cabelo, afastando-se.

– Sabe de uma coisa, Ethan, você está cansado de mim? Então, amigo, empatamos, porque eu também estou cansado de você e todo mundo ficarem tentando me dizer como viver a minha vida! Eu passei pelo inferno e voltei. Estou aqui, fazendo o meu trabalho, como todo mundo queria e esperava. Ninguém disse que eu tinha de fazer isso com um maldito sorriso na cara!

– Não estou nem aí pro seu sorriso, Zach. Apenas deixar de ser um babaca por cinco minutos seria um grande começo!

– Quer saber? Pra mim já deu. Vá. Pegue o seu avião. Vá se casar. Seja feliz para todo o maldito sempre. Se incomodo tanto, vou fazer um favor a todos vocês e ficar em casa.

Ethan suspirou alto, e então começou a bater palmas.

– Isso é maravilhoso. De verdade. Bravo. Se eu tivesse uma espada à mão, iria prepará-la para que você pudesse se matar.

– Estou falando sério, Ethan. Eu não vou.

– Hmmm... Sim. Você vai, sim.

– Por quê? Se sou tão insuportável, por que faz questão que eu vá?

– Talvez porque eu vá me casar com a sua irmã! Ou, talvez, porque somos melhores amigos desde sempre e você é como um irmão para mim. Pode escolher, cara. Você vai entrar naquele avião. Não me importo como e o que vai fazer depois que partirmos para nossa lua de mel, mas no casamento... Bem, no casamento, você vai estar com a sua família.

Zach olhou para ele. Duro.

– Eu... eu não posso. Não consigo, cara. Todo mundo continua me perguntando, querendo saber o que aconteceu. – Sua voz estava trêmula. – Eu... eu simplesmente não posso.

Ethan sentou-se em uma cadeira e olhou para o seu melhor amigo.

– Então, me conte. Conte o que aconteceu e vou me certificar de que ninguém encha o seu saco.

– Não é tão fácil.

– Faça ser fácil. Tem a minha palavra, Zach, pode confiar. Você me conta o que aconteceu e eu me certifico de que todos saibam que o assunto está proibido durante o fim de semana. Trabalhe comigo aqui.

Largando o corpo no sofá de couro que ficava no canto do escritório, Zach finalmente contou tudo. Ele contou tudo o que tinha acontecido, o que tinha dito, como havia se sentido. Então, simplesmente deixou a cabeça cair contra as almofadas e fechou os olhos. E ficou em silêncio por um tempo.

– Você sabe que nada disso importa para ela, certo? – Ethan perguntou.

– Agora, eu sei. Na época, eu não conseguia ver. Não queria ver.

– Quando você estava fazendo a escalada e estávamos todos esperando por notícias suas, ela estava um lixo. Honestamente, havia momentos em que estava mais perturbada do que a Summer. Ninguém ali gostava da ideia de você se arriscar nessas viagens, mas Gabriella? Cara, ela... ela não podia suportar a ideia de que você pudesse se machucar. E sempre que alguém tentava nos enrolar ou não nos dava informações suficientes, ela virava uma leoa. Eu tenho muito respeito por ela.

– Existe algum motivo para você estar me contando essa história?

– Ela ficou, Zach. Ela ficou mesmo depois que você a tratou como lixo. Aguentou todo o seu mau humor, e lutou por você quando o resto de nós estava se sentindo muito sobrecarregado para pensar a respeito. E mesmo depois que você basicamente a chutou para fora do estado do Alasca, o que aliás não foi nada bacana, ela continuou ao seu lado. Ela poderia ter vindo trabalhar para mim, as coisas teriam sido muito mais fáceis para ela. Mas Gabriella não escolheu o caminho mais fácil.

– Ela se foi.

Ethan assentiu com a cabeça.

– Todo mundo tem seus limites, Zach. Ela confiava em você. Confiava que você a amava e, quando realmente precisou do seu apoio, você escolheu o pior momento possível para ser um total idiota.

– Não era sobre ela, era sobre mim!

– E esse é o problema! Ela precisava de seu apoio, mas você estava centrado em si mesmo e no fato de não conseguir estrangular o cara. E como lidou com isso? Disse pra ela o que aqueles caras tinham dito pelas suas costas. Isso fez você se sentir melhor? Se sentiu melhor, colocando-a para baixo?

Zach não podia falar, mesmo que quisesse. Ele apenas balançou a cabeça.

– Particularmente, não consigo acreditar que ela aguentou o tempo que aguentou. É uma coisa boa ela não ter dito que amava você, porque…

Zach olhou para cima, com uma expressão sombria.

– Ela me disse, naquele dia. Ela disse que me amava.

– E você não acreditou nela?

– Não consegui. Eu estava tão fora de mim que simplesmente não ouvia o que ela estava dizendo.

– Uau.

– Eu sei.

Ethan olhou para o relógio.

– Vamos. O carro já deve estar lá embaixo. Vamos.

– Não quero estragar o seu casamento, Ethan. Não seria capaz de viver comigo se fizesse isso.

– Não me parece que, neste exato momento, você esteja, de fato, conseguindo viver consigo mesmo. Você poderia vir e, pelo menos, tentar superar um pouco a situação.

Zach sabia que era a coisa certa a ser feita. Ele devia isso a Ethan. E a Summer. Eles tinham suportado quase o mesmo que Gabriella. Com um suspiro cansado, ele caminhou até seu armário, pegou a mala e a jaqueta e saiu do escritório. A área de recepção estava tranquila. Estava em silêncio há três meses. Ele não tinha contratado uma substituta. A assistente de Gabriella cuidava de tudo, mantendo uma grande distância de seu chefe.

As portas do elevador se abriram e Ethan ficou ali esperando.

– Você vem?

Um rápido aceno de cabeça foi a única resposta de Zach.

•

Gabriella não se propusera a isso, mas acabou acontecendo uma maratona de filmes para tirar de sua mente o foco em sua vida maluca. Eram todos filmes sobre empoderamento feminino: *Jogos vorazes, Uma equipe muito especial, Valente*... Quando *Erin Brockovich* estava começando, Gabriella notou o padrão.

– Por que estou me escondendo? – ela se perguntou em voz alta. – Por que sou a única a sacrificar a própria vida por causa das besteiras que os outros fazem?

Gabriella desligou a TV e pegou o telefone, discando o primeiro número que lhe veio à mente.

O telefone de sua irmã.

– Ei, Mel – ela disse, quando sua irmã atendeu. – Como você está?

– Gabby? Oh, meu Deus! Bem. Como... como você está? Espere... por que está me ligando? Você nunca me liga.

– Eu sei. Normalmente tento não me meter na sua vida, mas tenho algumas coisas para dizer e, dessa vez, você vai me ouvir.

– Bem, sinceramente, Gabriella, por que eu deveria ouvir o que você quer dizer se está me ligando apenas para me provocar? O que quero dizer...

– Não, não é isso. Apenas quero que você fique quieta uma vez na vida e me escute.

– Que seja. Tanto faz.

Durante a hora seguinte, Gabriella contou a Melissa o que ela sentia, como se sentia por não ter sido a irmã mais velha que queria ter sido para Mel, e sobre a visita de Alan em Portland.

– Mas... mas ele me disse que estava em San Francisco. Por que mentiria para mim?

Gabriella deu um longo suspiro.

– Ele é um mentiroso. É um trapaceiro. Tenho dito a verdade há anos, apesar de você continuar escolhendo não acreditar em mim. Você é minha irmã e, acredite ou não, eu te amo. Merece mais do que isso. Merece estar com um homem que a ame e respeite. E Alan não é esse homem. Nunca foi. Você não está cansada de aguentar um homem que pensa tão pouco em você e que, ainda por cima, trai com outras mulheres?

– Claro. Mas por que ele iria atrás de você, especificamente? A menos que… houvesse algo acontecendo entre vocês.

– Esse nunca foi o caso, Mel. Eu nunca tive sentimentos por Alan que superassem o de amizade. Acredite, fiquei chocada, e ele acabou se mostrando um verme. Mas você já não aguentou o bastante?

Melissa ficou em silêncio por um longo momento.

– Eu… no começo pensei que você estava só… você sabe, com ciúme. No início… admito que no começo eu só queria sair com ele para te provocar. E, então, quando você foi embora, eu meio que me senti vitoriosa. – Melissa fez uma pausa. – Aí percebi que ele era um idiota completo, mas pelo menos eu tinha alguém. Além disso, a mamãe e o papai adoram o Alan, o que me fez achar que eu tinha feito a escolha certa. Eles acham o Alan incrível.

– Diga ao papai como o incrível genro dele está gastando o dinheiro da família e traindo você para ver o que eles vão continuar achando do Alan.

– Gabby… Eu… Eu não sei o que dizer. Quero dizer, por que está fazendo isso? Por que agora?

– Estou cansada de viver assim. Cansada de ser uma vítima da cabeça pequena das pessoas. Eu nunca quis te machucar, mas também estou cansada de me machucar.

Melissa ficou em silêncio por um momento.

– E agora, Gabby? O que vamos fazer com tudo isso?

– Depende de você. Se fosse comigo, eu chutaria o Alan. Mas primeiro me certificaria de ter tudo pronto para não o deixar com nenhum centavo depois do divórcio.

Mel e Gabriella riram.

As irmãs conversaram por mais alguns minutos e, quando desligaram, ambas se comprometeram a tentar melhorar sua relação. Apenas o fato de estarem dispostas a tentar deixava Gabriella muito aliviada.

Aquele foi o primeiro dos três telefonemas que Gabriella fez. O segundo foi para o seu chefe, o senhor Anderson, para avisá-lo que entregaria sua carta de demissão e trabalharia para ele apenas por mais duas semanas. Ele não pareceu surpreso com a notícia.

– Obrigado por estar disposta a ficar mais duas semanas, mas não será necessário. Minha amada esposa de uma vida toda está aqui para ajudar – disse Anderson com tanta ternura em sua voz que Gabriella ficou em dúvida se queria vomitar ou chorar. Ou ambos. – Posso perguntar o que você vai fazer agora? Suponho que tenha encontrado um emprego melhor. – Não havia condenação em sua voz, apenas curiosidade.

– Na verdade, não encontrei outro emprego ainda, mas acho que já é hora de ir atrás de algo que realmente me apaixone. Alguma coisa minha.

– Bem, seja lá o que for, senhorita Martine, sei que vai ter sucesso. Boa sorte para você.

– Obrigada, senhor Anderson. Obrigada por tudo.

A terceira ligação foi para os seus pais. Gabriella certificou-se de que eles estivessem disponíveis para conversar e, em seguida, soltou os cachorros por eles terem escolhido uma filha para ser a preferida e por não estarem ao lado dela quando ela mais precisou deles. A discussão não chegou a ser tão grande quanto ela imaginou que seria. Era quase como se seus pais soubessem há muito tempo que tinham feito algo errado e não soubessem como consertar. Gabriella contou aos pais sobre a conversa com Melissa, para que pudessem estar preparados para o que viria a seguir.

Quando desligou, Gabriella sentia-se capaz de conquistar o mundo. Ninguém fora muito gentil com suas palavras inicialmente ásperas, mas, no final de cada ligação, ela conseguira colocar para fora todos aqueles anos de dor e de ressentimento, assim como conseguira expor o papel de cada um em todo aquele sofrimento.

Sentada em seu sofá, Gabriella se sentia muito bem. Havia enfrentado os seus demônios e o mundo não acabara por isso. Ela não podia dizer que estava pronta para voltar para Seattle, mas sabia que as coisas ficariam bem. Seus problemas não tinham mais controle sobre ela, e isso significava que ainda havia uma última ligação a ser feita.

Respirando fundo, Gabriella pegou o telefone novamente, percorreu seus contatos e discou. E esperou.

– Olá?

– Ei, sou eu – ela disse. – Acho que é hora de conversarmos.

•

A gravata de Zach o estava sufocando, e o sorriso que ele imprimira em seu rosto durante as últimas vinte e quatro horas começava a doer. Apenas mais algumas horas e ele poderia pegar um avião de volta para Portland e nunca mais se preocupar com essas besteiras de casamento. A única coisa boa sobre o fim de semana inteiro era que Ethan tinha se mantido fiel à sua palavra e ninguém havia mencionado o nome de Gabriella. Ele podia perceber alguns olhares tristes e piedosos, mas aquilo era bastante fácil de ignorar.

O casamento aconteceria em menos de uma hora e, como ele estava no canto, assistindo a toda a movimentação que acontecia à sua volta, seus pensamentos se desviaram para Gabriella. Como evitar? Ela deveria estar ali com ele. Deveriam estar comentando todas as escolhas que Ethan e Summer haviam feito para seu casamento e pensando em como seria no casamento deles.

Zach suspirou.

– Você está muito elegante hoje, Zach – William disse ao se aproximar com uma taça de champanhe na mão. – Consegue acreditar que sua irmãzinha vai se casar?

Tema seguro, pensou Zach.

– É mesmo bem estranho.

– Hmmm... Posso imaginar. Fico feliz por ela se casar com um bom homem como Ethan. Ele já faz parte da família há anos. Eles vão fazer bem um para o outro.

Zach acenou com a cabeça e pegou a sua taça. Seu tio prosseguiu:

– Acho que eles vão ter uma certa dificuldade para encontrar o equilíbrio entre as duas costas. Você está preparado para a possibilidade de Ethan se mudar para cá?

Zach ainda não havia pensado nessa possibilidade; então, encolheu os ombros.

– Eu não o reteria, se é isso que quer saber. Quero que ele e Summer sejam felizes. – Ele tomou um gole de champanhe. – Pode levar algum tempo para eu me acostumar a trabalhar com alguém novo, afinal de contas, Ethan e eu nos conhecemos desde crianças. Nós nos entendemos quase sem ter de dizer nada. Temos muitos talentos dentro da empresa, mas, ainda assim, não será fácil encontrar um substituto para ele.

William deu uma risadinha.

– Certamente, não. Não é fácil encontrar as pessoas certas, ponto. – Ele fez uma pausa. – Posso contar um segredinho para você, meu sobrinho?

Zach sufocou um grunhido de irritação. Ele realmente não queria se socializar e já esgotara sua cota de interação familiar, mas também não ia ser rude.

– Claro.

– Sua tia Mônica e eu somos assim. Essa mulher vive na minha cabeça; ela sabe o que estou pensando quase antes de eu mesmo saber. Às vezes, chega a ser assustador.

Zach riu.

– Bem, vocês estão casados há muito tempo. Acho que isso é um fator que contribui para essa sintonia.

William sacudiu a cabeça.

– É assim desde o começo. Mônica trabalhava para a Montgomerys quando meu pai estava no comando. Ela era secretária, lá nos tempos em que ainda se podia usar essa palavra. Ela trabalhava no departamento de recursos humanos. – William sorriu com a lembrança. – Eu me apaixonei por ela assim que a vi, e vivia procurando razões para ir até a sala dela. Claro que ela percebeu as minhas intenções. Ela parecia saber o que eu queria, e fazia questão de acompanhar as coisas que achava que eu deveria estar fazendo em vez de ficar vagando pelo escritório.

– Consigo imaginar a tia Mônica fazendo isso tudo – Zach disse.

– Finalmente, um dia, eu a convidei para sair. Estava tão nervoso que mal conseguia fazer o convite, e sabe o que ela disse para mim?

– O quê?

William riu baixinho.

– Sem se levantar da cadeira, ela olhou para mim e disse: "William Montgomery, se você não tivesse perdido tanto tempo me trazendo esse monte de papéis sem sentido, já estaríamos namorando há um mês!". Ela me conquistou imediatamente. – Ele suspirou feliz. – Claro, isso foi apenas o começo. Ela estava em absoluta sintonia com os meus pensamentos e sonhos. Nós éramos amigos, antes de sermos qualquer outra coisa. Ainda somos. – Ele aproximou-se de Zach e deu um tapinha amigável nas suas costas. – O que quero dizer é que, quando for procurar alguém para substituir Ethan, caso tenha de substituí-lo, certifique-se de que realmente goste da pessoa. Não basta olhar os currículos. Dedique um tempo para realmente conhecer os candidatos. – William tomou outro gole de champanhe. – Isso é um bom conselho, independente de qual seja o tipo de relacionamento, certo? – William apertou suavemente o ombro de Zach antes de se afastar e juntar-se aos demais convidados.

– Bem, se eu já não estivesse meio deprimido, agora ainda tenho de me preocupar com a possibilidade de Ethan também me deixar – Zach murmurou.

A única diferença é que Zach sabia que, se Ethan o deixasse, Summer ficaria feliz. E isso era algo que realmente o agradava. Ele olhou para o relógio. Só mais quarenta minutos. Ele não queria mais conversar com os parentes, e não conseguia pensar em outra solução que não fosse esconder-se em um armário.

Ligue para ela.

Ele balançou a cabeça. Não conseguiria. Não naquele momento. Havia grandes chances de brigarem novamente. Ele ligaria para ela quando chegasse em casa e tentaria fazer as coisas terem algum sentido. Ethan estava certo, ele precisava deixar de ser um idiota. Estava cansado de ser um babaca. No entanto, simplesmente não sabia como corrigir essas coisas sem piorar tudo ainda mais.

A organizadora do casamento – sua cunhada Casey – entrou na sala.

– Ok, cavalheiros, estamos quase lá. Em poucos minutos, vocês devem ir para a igreja e alinhar-se diante do altar, como ensaiamos ontem à noite. O fotógrafo vai fazer algumas fotos e, em seguida, os convidados serão encaminhados para os seus assentos, e eu avisarei o momento para voltarem para a fila. – Casey olhou em volta, contando os presentes. – Nesse ponto, as madrinhas começarão sua caminhada e, então, Summer e Robert virão caminhando até você, Ethan. Depois, acontece a cerimônia. Então, Ethan e Summer serão declarados marido e mulher. Cada um de vocês forma pares com as respectivas madrinhas, e todos saem da igreja. Vamos tirar fotos na frente da igreja. O restante das fotos será tirado no local da recepção. – Ela olhou para a lista que tinha em mãos. – Por favor, terminem suas bebidas agora... Se precisarem, usem o banheiro, e estejam prontos quando eu voltar para buscá-los!

Então, ela se foi.

Zach olhou para o irmão, Ryder, e se aproximou.

– Ela comanda tudo a rédeas curtas.

– Não é seu primeiro casamento – Ryder disse, com um sorriso. – Ainda me espanta que tenha organizado tudo.

– Casey estava vestida em trajes profissionais. Ela vai colocar o vestido de madrinha depois que terminar de dar todas as coordenadas?

– Ah, não. Aqui ela está estritamente no papel de organizadora do evento e convidada. A filha da assistente dela ficou doente e não pôde vir trabalhar. Então, Casey não vai poder assumir o papel de madrinha.

– Oh, cara. Summer deve ter ficado desapontada.

– De início, sim, mas ela entendeu a situação. Além disso, acho que foi reconfortante para ela saber que Casey cuidaria de tudo.

– Então, isso significa que temos uma madrinha a menos?

– Na verdade, não. Uma das colegas de quarto de Summer, da época da faculdade, vai cobrir a vaga. Ela já vinha como convidada, e seu manequim é parecido com o de Casey, então, deu certo. – Ryder riu. – Imagine se a minha esposa conseguiria lidar com casais incompletos em uma festa de casamento... Isso arruinaria as fotos!

Ambos riram.

– Acho que já ouvi esse tipo de coisa antes.

– Eu aprendi mais sobre casamentos nos últimos dois anos do que em algum momento quis saber. E culpo Mac por me fazer ajudar com o casamento dele com a Gina. – Ryder sorriu. – Mas, realmente, foi a melhor coisa que já aconteceu comigo. Eu poderia não ter tido a oportunidade de me casar com Casey, se não tivesse tido essa desculpa para vê-la.

Desgraçado sortudo, Zach pensou.

– Sim, bem, contanto que você continue na empresa e não tenha de sair para montar bufês ou para levar padrinhos para experimentar seus ternos, todos ficaremos bem.

– Você está brincando? O que a minha esposa faz é dez vezes mais estressante do que qualquer coisa que fazemos. Mais pontos para ela. Meu trabalho é praticamente um período de férias em comparação com o dela. As noivas podem ser um pesadelo.

– Tenho certeza de que não foi diferente com a Summer.

– Não. A Summer só queria se casar. Casey disse que ela foi uma das noivas mais fáceis com quem já trabalhou.

– Isso é surpreendente. Em geral, a Summer é bem difícil.

– Ethan realmente ajudou nossa irmã a se acalmar. Ele a ajudou a encontrar um foco. – Ryder sorriu ao olhar para o futuro cunhado, do outro lado da sala. – Ele tem sido bom para ela.

Os dois ficaram em silêncio por um momento, cada um terminando sua bebida.

– Agora, se me dá licença, vou ver se consigo ficar um pouco com a minha mulher antes do início da festa. Nos vemos mais tarde.

– Sim. Até já.

E lá estava Zach sozinho de novo. Não era isso que ele queria apenas alguns minutos atrás?

Sim, e você não queria passar a vida com Gabriella apenas alguns meses atrás? Se ele pudesse dar um soco no meio da cara do próprio subconsciente, teria feito exatamente isso. Aquele não era o momento de lembrá-lo desse assunto.

Zach, então, ficou vagando pela sala, recusando-se a parar e realmente conversar com qualquer um. Ele sorria. Assentia. Fingia beber. Foi quase um alívio quando Casey entrou de volta na sala com um grande sorriso no rosto e Ryder bem atrás dela.

– Ok, pessoal! É hora do show!

Capítulo 15

– Você sabe que está roubando o meu protagonismo, certo?

– Só por um breve momento. Uma vez que todo mundo te vir, vão se esquecer de mim.

– Acho que não… Você vai ser o tema da noite.

– Eu posso desistir, Summer. Estou falando sério. A última coisa que quero é me tornar o centro das atenções no seu lugar. Não foi por isso que vim.

– Oh, cale a boca – Summer disse, dando um tapinha no braço de Gabriella. – Você está me fazendo um grande favor! Meu pai não para de chorar, está à beira de um ataque de nervos, e eu sinto que vou vomitar a qualquer momento. Então, de verdade, quando entrar naquela igreja, se quiser sair dançando ou cantando, fique à vontade! Vale qualquer coisa para manter os olhos dos quinhentos convidados longe de mim até eu estar ao lado de Ethan.

– Você vai ficar bem. Este é o seu grande dia. Finalmente, vai se casar com seu príncipe encantado. Olha só como tem sorte! – A emoção fechou a garganta de Gabriella ao pronunciar aquelas palavras. Ela, realmente, queria dizer cada uma delas, mesmo sentindo inveja por sua amiga ter encontrado um amor tão perfeito.

– Eu sei – disse Summer, suavemente. – Mas não tem ideia do que significa para mim você estar aqui. Sei que não foi uma decisão fácil para você e…

– Por favor, nós duas sabemos que eu não poderia perder a chance de, pelo menos, ver você se casar. Eu estava pronta para me sentar atrás de uma árvore e assistir tudo de binóculos, se fosse o caso.

– Isso é muito mais digno – Summer disse. – Seu vestido é perfeito, e você está absolutamente deslumbrante.

– Não tem ideia de como amo usar meus sapatos agora. – Outro dia, durante a longa conversa telefônica, Gabriella compartilhara com a amiga a transformação que sofrera na tentativa de se ocultar por um tempo, então Summer entendia perfeitamente o comentário sobre os sapatos.

– Você é bonita demais para viver se escondendo. Vai dormir usando os sapatos esta noite?

– Pode ser.

– Ok, senhoritas! – Casey gritou quando entrou na suíte nupcial. – Os rapazes já estão todos alinhados e esperando por vocês. Vamos para o átrio e entramos. – Ela aproximou-se de Gabriella. – Estou muito feliz por você estar aqui. Foi bem difícil fazer o ensaio ontem à noite sem saber se você viria à cerimônia.

– Então ninguém sabe que estou aqui?

– Oh, por favor. Todo mundo sabe, menos o Zach. Na verdade, foi engraçado.

– Tenho certeza de que ele não vai pensar exatamente assim – Gabriella murmurou.

– Bem, mas isso é problema dele, não é? – Casey olhou ao redor. – Se todas puderem me seguir, vamos montar o alinhamento. Robert, você e Summer precisam aguardar mais um pouco. Quando as portas da igreja se abrirem, não quero que ninguém consiga ter o menor vislumbre de Summer. Ela precisa ter seu momento exclusivo para a entrada, ok?

Robert Montgomery assentiu, agarrando o braço de sua única filha como se fosse um colete salva-vidas.

– Acalme-se, papai – disse Summer. – Se não afrouxar o aperto, vou passar a recepção recebendo assinaturas no braço engessado.

– Desculpe, querida – ele sussurrou. – Eu só... eu simplesmente não posso acreditar que chegou o dia do seu casamento. E que, finalmente, todos os meus filhos se casaram.

Summer olhou para o pai com um certo estranhamento.

– Hmmm... Papai, Zach não está casado.

– Ainda não, mas assim que colocar os olhos em Gabriella com esse vestido, ele vai se ajeitar.

Summer apertou o braço dele e sorriu.

– Esperemos que sim.

•

O coração de Gabriella batia violentamente em seu peito. Era isso. Aquele era o último de seus demônios. Ela sempre conseguiu lidar com Zach, até o fim. Mas chegou um momento em que ela simplesmente estava muito machucada para enfrentá-lo. Agora era o momento de recuperar seu amor-próprio. Ela caminharia por aquele corredor com a cabeça erguida e nem sequer lhe pouparia um olhar. Então, ficaria ali, a menos de três metros de distância dele, com um sorriso sereno no rosto.

Ela apareceria sorrindo nas fotos.

Dançaria com uma dúzia de Montgomery diferentes e então iria embora, rezando para que ele a seguisse. Era um risco, mas, em sua mente, parecia valer a pena. Gabriella passara a vida deixando-se controlar por pensamentos e atitudes de outras pessoas. Ela sabia o que queria. Queria Zach Montgomery, mesmo com todo o mau humor dele.

Ela só queria que ele tivesse de se esforçar um pouquinho.

– E agora você, Gabriella – Casey sussurrou, encaminhando-a para a porta.

Com um sorriso deslumbrante e sincero no rosto, Gabriella começou sua caminhada lenta até o altar. Seu ritmo cardíaco havia diminuído um pouco, e ela não podia acreditar no amor que podia sentir naquele ambiente. Não apenas direcionado a Summer e Ethan, mas também a ela. Enquanto andava, recebeu vários sinais de apoio de membros da família Montgomery, mas o maior sorriso de incentivo veio de William. Ao passar por ele, ela deu-lhe uma piscadinha maliciosa.

Quando se aproximou do altar, Gabriella olhou para Ethan, que lhe deu uma piscadela, antes de espichar os olhos para ver Summer. Gabriella tomou sua posição ao lado das outras madrinhas e observou, maravilhada, a entrada da noiva, que parecia flutuar. Os olhos azuis de Summer brilhavam com lágrimas de felicidade, enquanto ela os mantinha em Ethan. Naquele momento, Gabriella teve certeza de que era aquilo que queria para si: queria conhecer a sensação de andar em direção ao homem com quem se quer passar o resto da vida.

Infelizmente, aquele homem estava olhando para ela naquele mesmo momento. Ela não precisava olhar para Zach para confirmar. Podia sentir. Ela o conhecia bem de verdade.

Durante toda a cerimônia, Gabriella manteve seu foco em Summer, arrumando a cauda do vestido, segurando as flores... a atenção era tanta que seus olhos realmente chegavam a doer por não olhar para Zach. Quando, por fim, o padre os declarou marido e mulher, Gabriella quase cedeu de tanto alívio. Ela entregou o buquê de volta para Summer e então a observou sair pelo corredor ao lado de Ethan.

Era hora de ir.

Avançando, ela uniu os braços com Zach, sem sequer olhar para ele. Ela sorriu durante todo o caminho até a saída da igreja, e tomou seu lugar na fila de cumprimentos. Zach ficou ao lado dela. Não estavam mais de braços dados, mas ele se mantinha firmemente ao seu lado. Talvez fosse por causa da grande festa de casamento ou do tamanho do salão, mas Gabriella sentia que ele pudesse se manter um pouco mais longe, apenas para ser adequado.

E desde quando Zach Montgomery se importava em parecer adequado?

Tudo em Zach tinha parado no momento em que ele viu Gabriella entrando na igreja. Ele não era o tipo de homem que gostava de fazer cena, mas sentiu vontade de ir até ela e agarrá-la, levando-a para fora da igreja.

E pedir perdão.

Mas se segurou e fez todo o possível para captar seu olhar, apesar de ela estar determinada a não olhar para ele.

Ele sabia que ela estava fazendo aquilo de propósito.

Quando os convidados começaram a sair da igreja e passar para a área da recepção, Zach se aproximou tanto quanto pôde de Gabriella. Ele a sentiu encolher-se ao seu lado e quase sorriu. Cumprimentaram os convidados do casamento, sorriram e conversaram. Quando Casey os chamou para se posicionarem para fotos, Zach lamentou ter de se mexer. As mãos dele estavam ansiosas para tocar Gabriella, para abraçá-la. Ele estava aflito para dizer em seu ouvido como estava linda.

– Zach, quero que você fique atrás de Gabriella, só um pouco à direita, para que apareça por cima de seu ombro – Casey orientou, antes de o fotógrafo assumir.

– Coloque a mão na cintura dela – ela disse, antes de começar a dirigir a cena dos demais casais.

Zach estava mais do que feliz; afinal, não era exatamente isso o que ele procurava? Incapaz de se conter, inclinou-se e aspirou profundamente. O perfume de Gabriella sempre o deixava louco, e com os ombros nus, o cabelo solto e… e aqueles saltos, ela era uma verdadeira tentação.

– Você está linda – ele murmurou no ouvido dela.

Ela não respondeu. Por um minuto, Zach pensou que Gabriella estivesse sendo tímida ou rancorosa, mas o fotógrafo estava voltando para fazer alguns pequenos ajustes antes de começar a tirar as fotos.

Aquela era a hora mais longa de sua vida e, naquele dia, sozinho, ele tinha experimentado várias horas sem-fim. Após as fotos tiradas na frente da igreja, foi a vez do passeio de limusine para o local da recepção. De algum modo, Gabriella havia conseguido se sentar do lado oposto ao dele no carro, e ele começou a achar o jogo de gato e rato excitante. Ela poderia escapar dele agora, mas não poderia fazê-lo para sempre.

Na próxima sequência de fotos, ele colocou a mão em sua cintura, seu quadril, seu braço… tudo por ordem do fotógrafo. Zach estava amando cada minuto. Ela ainda tinha de falar com ele e, uma vez que a recepção começasse, Zach tinha certeza de que isso aconteceria.

Quando Casey, finalmente, os orientou para a entrada do salão onde aconteceria a recepção, Zach deu o braço a Gabriella, enquanto escutava o que esperou serem as últimas instruções da noite.

– Ok, agora os casais vão entrar no salão. Ao chegar perto do DJ, devem se separar, damas para um lado e cavalheiros para o outro. Summer e Ethan, vocês entrarão pelo mesmo caminho dos padrinhos e o DJ vai tocar a música para sua primeira dança. – Ela sorriu para Summer. – Sua primeira dança como marido e mulher. O DJ vai indicar a vocês quando devem se juntar a eles na pista, depois vai chamar os convidados e então… podemos ficar tranquilos até o corte do bolo. Mas isso é apenas para a noiva e o noivo. Uma vez que a primeira dança termine, madrinhas e padrinhos estarão livres para desfrutar a festa!

Zach sentiu-se aliviado! Todos ficaram esperando até começarem a chamar os casais, um por um. Zach esperou até que Summer e Ethan começassem a dançar e, assim que o DJ convidou a todos para participarem da dança, ele imediatamente pegou Gabriella em seus braços e a puxou para perto de si. Ele pôde sentir o momento exato em que ela tentou se afastar e o momento exato em que ela simplesmente desistiu e relaxou contra ele.

Foi o melhor sentimento do mundo.

– Eu senti sua falta – ele disse suavemente contra sua orelha, e quase imediatamente se arrependeu quando sentiu Gabriella ficar tensa em seus braços. Ele passou a mão nas costas dela, enquanto a pista de dança se enchia de amigos e familiares. – Sei que você, provavelmente, não acredita em mim, mas é verdade.

Zach sentiu que Gabriella respirava com dificuldade e inclinou a cabeça para ouvir sua resposta.

– Não sei como fazer para acreditar em você, Zach. Mas este não é o lugar ou o momento de discutirmos isso. Por favor. Estou aqui por causa de Summer e Ethan. Apenas… deixe essa conversa para depois.

– Conversamos depois – ele sussurrou, puxando-a para mais perto de si, simplesmente aliviado por senti-la em seus braços novamente.

Quando a música terminou, no entanto, tornou-se quase impossível ficar ao lado dela. Entre todos os seus parentes, a pista de dança e muitas fotos, Zach não conseguia encontrar uma oportunidade de se aproximar de Gabriella. Mesmo no jantar, seus lugares eram muito distantes, e ele estava ficando cada vez mais frustrado.

Assim que viu o bolo sendo levado para fora, ele soube que chegara o momento de agir. A festa estava chegando ao fim e, se ele não fizesse algo, havia uma chance muito real de Gabriella ir embora, e ele não tinha a menor ideia de como encontrá-la novamente. Sabia que deveria ter procurado por ela antes e amaldiçoou-se mil vezes por ser tão teimoso.

– Então – disse James, que estava do lado esquerdo de Zach –, que dia, hein?

– Oh, sim. Como não amar esse casamento?

– Eu paguei um fotógrafo exclusivamente para registrar sua expressão quando Gabriella entrou na igreja – disse Ryder, à sua direita. – Já vi animais na pista, com o olhar iluminado pelos faróis, parecerem menos em choque. – Ele riu. – Acho que vai ser a nova foto do seu contato no meu celular.

– O que aconteceu para essa família ter verdadeira fixação com imagens minhas em situações bizarras? – Zach retrucou. – Primeiro a Summer, agora você.

– Nós apenas gostamos de ver você agindo como um ser humano de vez em quando – James interveio. – Além disso, é muito divertido.

– Sim, bem… encontrem outra maneira de se divertir. Não estou aqui para servir de entretenimento para ninguém.

Seus irmãos riram.

– Tem certeza? – Ryder perguntou. – Porque você foi a diversão desta noite. Por que não vai falar com ela? Que coisa! Faça-nos um favor e acabe logo com isso. Eu apostei cem dólares que você vai tomar um belo de um tabefe e que, na sequência, ela vai embora.

A cabeça de Zach virou para olhar para Ryder.

– Como é? Vocês estão fazendo apostas em mim?

– E na Gabriella – disse James. – Eu apostei que ela vai jogar um copo de bebida na sua cara. – Ele colocou as mãos nos bolsos e balançou a cabeça, antes de acrescentar: – E depois ela vai embora.

– E eu que sou o babaca da família... – Zach murmurou. – É bom saber que tenho o apoio de vocês agora, quando mais preciso.

– Fica difícil apoiar alguém que, claramente, vai estragar tudo de novo porque está disposto a não fazer nada enquanto a mulher que ama sai de sua vida mais uma vez sem que ele lute por ela – Ryder disse, passando a mão nas costas de Zach. – Pense nisso, mano.

Então, ele e James se afastaram.

Zach percebeu que o corte do bolo já havia acontecido e que as pessoas estavam dançando outra vez. E percebeu que tinha perdido Gabriella de vista.

– Droga – ele murmurou, antes de sair andando pelo salão em busca dela.

Mas Summer e Ethan o detiveram.

– Ok, já basta – Summer disse. – Não pode mais assustar os convidados com essa cara amarrada. Já deu. Admito que você fez sua parte, sorriu para as fotos, mas... por favor... vá atrás dela de uma vez!

– Eu iria, se soubesse para onde ela foi! – Zach gritou e, imediatamente, pediu desculpas. – A verdade é que passei a noite toda tentando falar com ela, mas ela tem sido meio evasiva.

– Está colocando a culpa nela? – perguntou Summer.

Ele suspirou com frustração.

– Você sabe onde ela está, Summer? Prometo que vou tirar a cara amarrada ou o que quer que seja que você diz que estou fazendo, mas tenho que saber onde ela está!

Summer parecia hesitante, mas, felizmente, Ethan sentiu pena de seu amigo.

– Ela está na suíte nupcial com Casey. Estão arrumando as coisas. – Ele colocou uma mão sobre o ombro de Zach. – Não estrague tudo.

Zach já havia saído correndo pelo salão quando Ethan baixou a mão.

De dois em dois degraus, Zach subiu a escada em espiral que levava à suíte nupcial, no segundo andar. E apenas quando chegou lá em cima é que se deu conta de que fizera aquela corrida sem sentir dor. Ele parou e flexionou a perna, sentindo-se completamente invencível.

Caminhou pelo corredor até chegar diante da porta da suíte, mais determinado do que nunca a convencer Gabriella a lhe dar outra chance. Ele sabia que não merecia. Inferno, sabia que, depois da maneira como havia se comportado, não deveria sequer pedir-lhe que considerasse tal possibilidade.

Mas era aquilo que iria fazer. Porque, no final das contas, independentemente de como olhasse para a situação, Zach sabia que sua vida não valia nada se não tivesse Gabriella ao seu lado. Ele parou na entrada da suíte e Casey o viu primeiro. Ela não disse nada para Gabriella, apenas pediu licença e saiu rapidamente.

– Não estrague tudo! – ela disse ao passar por Zach na entrada.

Ele riu da fé – ou da falta dela – que sua família tinha nele.

Lentamente, Zach entrou no quarto e parou a poucos metros de Gabriella. Ela estava colocando presentes em grandes sacos e, antes de se virar, parou e endireitou-se, como se sentisse a presença dele.

– Zach? O que está fazendo aqui em cima?

– Eu disse que queria falar com você. Deixei você sozinha durante toda a recepção, mas a festa já está chegando ao fim e não quero correr o risco de você sair antes que possamos conversar.

– Sinceramente, não sei o que poderia ter a me dizer. Acho que você disse tudo em Portland.

Ele suspirou.

– Sim, eu sei. Eu disse um monte de besteiras, e sei que não posso voltar no tempo para retirá-las nem fazer com que você não tivesse escutado nada daquilo, mas preciso que saiba que aquilo não tinha nada a ver com você.

– Parecia ter a ver comigo – ela respondeu.

Zach deu um passo hesitante para a frente.

– Você me conhece, Gabs. Me conhece melhor que ninguém. Naquele momento, eu me sentia completamente incapaz. A única coisa que eu queria era pegar aquele desgraçado pelo colarinho e encher ele de porrada por conta das coisas que tinha dito e...

– Oh, é mesmo? – ela o interrompeu. – Porque acho que consigo me lembrar de você concordando com tudo o que ele disse depois que ele foi embora.

– Só em relação às coisas que ele disse sobre mim! Eu não podia te defender! Eu, realmente, não tinha condições de defender você daquele desgraçado! Tem alguma ideia de como me senti?

Os olhos dela se arregalaram, o fogo brilhando.

– Você tem alguma ideia de como isso fez eu me sentir? Quero dizer, honestamente, Zach. Sua perna cedeu. Entendi. Mas você ainda estava se recuperando e não era algo que pudesse impedir! Mas o que você fez comigo? Isso sim poderia perfeitamente ter sido evitado!

– Gabriella, deixe-me...

– Não. Já terminei de ouvir sua explicação. E tenho escutado suas desculpas por meses... anos. Quer saber de uma coisa? Suas palavras significam muito pouco para mim. – Ela cruzou os braços sobre o peito, e apoiou-se sobre um dos lados do quadril, permitindo que a longa fenda de seu vestido exibisse boa parte de sua perna. – Eu ouvi você e acreditei no que dizia. Disse que me amava e, no momento em que realmente precisei de apoio, você recuou. – Ela aproximou-se de Zach, colocando um dedo em seu peito. – Eu estava lá quando você precisou de mim, e você não se dispôs a fazer o mesmo por mim. Isso não é amor, Zach. Isso é egoísmo.

Zach baixou a cabeça, derrotado.

– Gabriella, eu trabalhei tanto a vida inteira. Quando caí da montanha, queria morrer. Quando você foi até a minha casa e concordou em trabalhar comigo novamente, você me deu motivação para seguir em frente. Você me fez querer viver outra vez, e não viver a vida que eu tinha antes. Eu queria ser melhor. E, por um tempo, pensei que estivesse conseguindo. Mas tive um revés. Cometi um erro.

– Um erro dos grandes.

– Ok, sim. Dos grandes, mas... honestamente, eu não queria que você ficasse presa a um homem que não era... que não era um completo.

– Então acha que sou tão superficial a ponto de não querer estar com você, de não te amar, simplesmente porque você mancava? Ou porque não podia dar um soco na cara do idiota do meu cunhado? Zach, naquele momento, eu mesma poderia ter dado um belo de um soco na cara do Alan, mas não acredito que a violência resolva nada. E se você se desse ao trabalho de pensar em alguém que não fosse você mesmo, saberia disso.

– Eu cometi um erro. Sei disso. Estou pedindo desculpas. Juro que não vai acontecer de novo. Por favor, Gabriella, por favor, me dê outra chance – ele implorou, dando um passo à frente e tomando as mãos dela nas dele.

– São apenas palavras, Zach. Acho que já provou que pode dizer o que for necessário para conseguir o que quer. E eu cansei de acreditar nas suas desculpas. – Gabriella virou-se e pegou uma das sacolas antes de sair do quarto.

– Gabs, espere! Fale comigo! Me diga o que quer. Qualquer coisa... me diga o que quer que eu faça. Por favor. Não quero ir para casa sem você. Eu preciso de você!

Ela lançou-lhe um olhar sem graça.

– Mesmo? Você precisa de mim como sua assistente ou como sua namorada? Ou deveria ser uma coisa só? – Ela fez uma pausa. – Não posso mais, Zach. Estou cansada de ter de assumir tantos papéis e nem assim ser o suficiente. É cansativo, e eu mereço mais.

– Merece. E sei que merece. Você merece o melhor. Mas eu te amo e quero ser tudo o que você quer. Tudo de que precisa. Diga-me o que quer, Gabs. Por favor. – Zach odiava rastejar, odiava implorar, mas, naquele momento, se disporia a ficar de joelhos para conseguir outra chance.

– Durante anos, nós soubemos identificar os pensamentos um do outro. Terminávamos as frases um do outro. Eu não deveria ter de dizer o que quero, Zach. Deixei você e Portland porque sabia do que precisava naquele momento. – A expressão dela era triste. – Seria bom saber que você pensava em mim da mesma forma que eu pensava em você. – Ela fez uma pausa. – Adeus, Zach.

Desta vez, ele não podia suportar vê-la ir embora. Sentado em um dos sofás da suíte, ele desabou, soltando o peso da cabeça sobre as almofadas.

– Então, você estragou tudo? – Casey perguntou quando voltou para a suíte, para prosseguir com a organização.

– Parece que sim.

– Humm... é uma pena. Pode me entregar esses copos por favor?

Zach se sentou e olhou para a cunhada com curiosidade.

– É só isso? Isso é tudo o que você vai dizer sobre o que aconteceu? Nenhum sermão? Nada de "estou realmente decepcionada com você"?

Ela encolheu os ombros.

– De que adiantaria? Dá para ver que você já está se punindo o suficiente. Chutar cachorro morto é um exagero... é crueldade.

– Tente dizer isso ao resto da família antes de eu voltar lá para baixo.

Ela riu.

– Desculpe, Zach. Você está sozinho nessa. Eu estou trabalhando aqui e não tenho tempo para me envolver nesse drama familiar.

– Mas é um casamento familiar – ele disse.

Casey parou de guardar os presentes e deixou as mãos caírem ao lado do corpo.

– Bem, sim e não. Hoje estou aqui como Casey Montgomery, organizadora de casamentos. Eu não pedi um tratamento especial, e, caso não tenha notado, não vou deixar nenhuma das minhas responsabilidades de lado. Participei do jantar com a família, mas, logo a seguir, voltei ao trabalho. Meu papel como organizadora não está relacionado ao fato de eu ser casada com Ryder. Trabalho e família são coisas diferentes. Têm de ser. As coisas se misturam muito facilmente. Summer não pediu favores especiais e eu também não ofereci.

Zach relaxou quando Casey retomou suas tarefas. Logo ele se levantou e começou a ajudá-la a limpar a suíte.

– Então você nunca contrataria Ryder para trabalhar com você? – Zach perguntou.

Casey explodiu em gargalhadas.

– De jeito nenhum! Precisamos de um tempo longe um do outro. Eu amo seu irmão mais do que alguma vez pensei que fosse possível amar alguém, mas eu amo a minha privacidade também. Gosto de saber que quando ele me vê, ele vê sua esposa, sua parceira de vida, e não sua parceira de negócios. Eu já vi isso acontecer muitas vezes entre casais. Raramente é uma coisa boa trabalhar e viver juntos. Em geral, o sonho de alguém acaba sendo deixado de lado. – Ela balançou a cabeça. – Eu, definitivamente, não gostaria de passar por isso.

Os dois trabalharam juntos em silêncio, até o quarto ficar completamente limpo. Em seguida, Zach desceu todas as caixas e sacos pelas escadas e os colocou no carro que levaria tudo à casa de seus pais, onde ficaria guardado até Ethan e Summer voltarem da lua de mel.

Então, ele ficou sozinho.

Do lado de fora, olhando para as estrelas, Zach pensou em todas as conversas que tinha tido naquele dia, com seu tio, com seus irmãos e com Gabriella. Mas foi a conversa com a cunhada que, finalmente, o fez abrir os olhos. Correndo de volta para dentro do salão, ele despediu-se rapidamente de todos e, quando chegou até sua irmã, ela o abraçou e colocou um pedaço de papel em suas mãos.

– Vá atrás dela – ela disse, antes de beijá-lo carinhosamente e, na sequência, empurrá-lo para longe.

•

No hotel em que estava hospedada, Gabriella entrou no elevador, subiu até o andar do seu quarto e suspirou, cansada. Estava muito feliz por seus amigos e por ter sido capaz de participar daquele casamento, mas isso a deixava ainda mais vazia que antes.

Por que algumas pessoas conseguiam encontrar suas almas gêmeas, e outras não?

– Não é justo – ela murmurou ainda dentro do elevador, enquanto pegava o cartão para abrir a porta em sua pequena bolsa de festa.

As portas do elevador se abriram e Gabriella caminhou até o final do corredor. Estava sendo um presente passar a noite naquele hotel luxuoso. A casa dela ficava a uma hora de distância e, como não bebia, não teria sido uma grande dificuldade dirigir até lá, mas já fazia tempo que ela não se dava um mimo, e aquela parecia ser a oportunidade perfeita para isso.

Já em seu quarto, Gabriella acendeu apenas uma das pequenas luminárias da cabeceira e foi até a varanda. O hotel ficava na praia. O céu estava claro e havia uma brisa leve e agradável. Ao ver uma estrela cadente, ela decidiu fazer algo que não fazia desde criança: um pedido.

Gabriella fechou os olhos, respirou o ar da noite e pediu:

– Eu desejo... ser feliz. Quero encontrar um sentido na minha vida, quero descobrir de que eu preciso para, finalmente, ser feliz. – Ao abrir os olhos, Gabriella envolveu os braços em torno de si mesma e deixou a brisa fresca acariciá-la.

Ela não sabia por quanto tempo ficara parada lá fora, quando ouviu uma batida na porta. Antes de subir, Gabriella havia parado na recepção para pedir mais travesseiros. A enorme cama era fabulosa, mas havia poucos travesseiros, ela queria mais alguns.

Voltando para o quarto, ela fechou a porta da varanda e caminhou até a porta.

– Quem é?

– Serviço de limpeza.

Sem olhar pelo olho mágico, ela abriu a porta.

E quase caiu para trás ao se deparar com Zach.

– Como...? O que...?

– Posso entrar? – ele perguntou calmamente, e sorriu quando Gabriella se afastou para deixá-lo passar. Ele, imediatamente, atravessou a sala e olhou pela porta de vidro da varanda. – Bela vista.

– Como sabia que eu estava aqui?

Ele se virou para ela.

– Achou mesmo que ninguém ia me dizer onde você estaria hospedada?

Gabriella não pôde evitar a risada. Não, ela não estava surpresa, mas não tinha certeza do que mais havia para conversarem.

– O que está fazendo aqui, Zach? É muito tarde e o dia foi bem longo, e...

– Eu vim aqui para demitir você. Oficialmente – ele disse.

– Como é?

– Me dei conta de que nunca a demiti. Ao menos, não formalmente. E você também não pediu demissão, por isso estou aqui para que possamos resolver essa questão. Então... você está demitida.

Gabriella olhou para Zach, como se ele estivesse louco.

– Isso é algum tipo de piada sem graça? – ela perguntou, incrédula. – Porque, se não for, então é apenas cruel, Zach. Até mesmo para você.

Um sorriso lento se abriu no rosto de Zach enquanto ele caminhava na direção de Gabriella, até ficar frente a frente com ela.

– Não é uma piada e não estou aqui para ser malvado. Estou aqui para demitir oficialmente você de seu cargo de minha assistente...

Gabriella afastou-se dele com desgosto.

– Você é inacreditável, sabe disso, não sabe?

Zach sorriu pacientemente.

– Posso terminar?

Ela olhou para ele.

– Se eu deixar você terminar, você vai embora?

Em vez de responder, Zach simplesmente continuou a falar:

– Como eu estava dizendo, vim aqui para demitir você do cargo de minha assistente, para que eu possa contratar a sua empresa para ajudar a treinar o pessoal que vamos contratar para a expansão da Montgomerys.

A expressão de Gabriella, até então, hostil, passou a ser de cautela.

– Eu... o que você quer dizer?

– Eu sei que você pretende começar uma agência especializada em assistentes executivos e gostaria que aceitasse a Montgomerys como cliente.

– Cliente?

Ele balançou a cabeça, enquanto colocava as mãos nos bolsos das calças.

– Carolyn é uma boa assistente, mas poderia ser melhor, e agora vai precisar ter sua própria assistente. Ethan vai se mudar para a Carolina do Norte em breve, e são grandes as chances de que sua assistente se mude com ele. Isso significa que meu novo vice-presidente também vai precisar de um assistente bem treinado. Falando por experiência pessoal, encontrar o assistente certo é muito difícil.

Gabriella sentia os lábios se contraindo, tamanha a vontade de sorrir.

– É mesmo, especialmente quando o executivo é uma pessoa difícil.

Zach deu um passo na direção dela.

– Oh, eu sou muito difícil…

– … e mente fechada. É outra característica comum.

– Estou trabalhando nisso.

Outro passo.

– Mas a pior característica desses executivos é achar que podem tratar seus assistentes como bem entenderem, porque eles nunca vão abandoná-los. Vou precisar de uma prova de que os potenciais clientes estarão plenamente empenhados em ser o tipo de patrões que meus assistentes merecem.

– Eu estaria mais que disposto a demonstrar o quanto estou comprometido com qualquer coisa que você quiser.

Ele continuou caminhando, até que as costas de Gabriella encostaram na parede. Estendendo a mão, ele gentilmente acariciou o rosto dela.

– Qualquer coisa? – ela sussurrou ofegante.

Zach assentiu.

– Qualquer coisa. – A respiração de Gabriella era tão difícil quanto a dele. Zach sabia que ela estava tão excitada quanto ele. – Gabriella? – ele murmurou, inclinando a cabeça na direção dela.

– Me beija – ela disse tão suavemente, tão baixo, que não tinha certeza se se fizera escutar.

De repente, Zach a estava beijando, e as mãos dele pareciam estar em todas as partes de seu corpo ao mesmo tempo. Graças à fenda em seu vestido, Gabriella aproximou-se de Zach e pôde passar a perna em torno dele.

A mão de Zach estava na coxa de Gabriella, segurando-a contra si. Ela suspirava, enquanto a boca dele vagava por seus ombros nus e seu pescoço. Ela sussurrava o nome dele, enquanto ele passava as mãos por seu cabelo e pressionava os lábios contra os dela.

Aquilo era loucura, e Gabriella sabia que deveria comportar-se de maneira um pouco mais racional, mas não conseguia. Ela ficara sem o homem que amava por muito tempo. Zach a levantou, fazendo ambas as pernas de Gabriella se enrolarem em sua cintura. Então, levantou a cabeça e olhou para ela.

– Gabs?

– Sim. Por favor. – Ela ofegou e quase gemeu de alívio quando ele a colocou sobre a cama.

Alguém bateu na porta.

Zach olhou para ela.

– Você estava esperando alguém? – ele brincou.

– É da governança. Pedi mais travesseiros – ela explicou.

– Fique aí. Eu já volto.

Zach foi até a porta, pegou os travesseiros que estavam sendo trazidos, agradeceu, e fechou a porta em seguida.

Voltou para o quarto e jogou os travesseiros no chão.

– A gente vai usá-los mais tarde. Agora, só consigo pensar em você.

Gabriella sorriu timidamente e estendeu uma mão, puxando-o para a cama, para ficar ao seu lado.

– Isso é bom. Porque quero ser tudo o que você consiga pensar.

As mãos dele percorreram as pernas dela, dos tornozelos às coxas. E voltaram. Zach tinha um toque quente, e o deslizar da mão dele no corpo de Gabriella a deixava excitada.

– Não se preocupe – ela disse depois de um minuto. – Não vou tirar os sapatos.

Ele sorriu e apoiou um joelho na cama, antes de começar a abrir a fivela cravejada de *strass* do sapato dela.

– Zach?

Ele sorriu para ela. Sensualmente. Suavemente.

– Acho que hoje à noite deveríamos tirá-los.

Aquela era, possivelmente, a coisa mais doce que ele já tinha dito para ela.

•

O sol estava nascendo e Gabriella, deitada sobre o peito de Zach, observava a paisagem pelas portas da varanda.

– Então você realmente achou que me demitir era a melhor maneira de me fazer perdoá-lo? – ela perguntou, sonolenta.

Os dois haviam passado horas fazendo amor, com breves cochilos no meio. Aquela era a primeira oportunidade que tinham para, realmente, conversar.

– Em minha defesa, pensei que seria uma boa conversa inicial.

– Talvez você precise de alguém para cuidar do seu treinamento – ela o provocou.

Zach riu.

– Talvez. Mas eu queria que você soubesse que estou apaixonado, Gabriella, que te quero como mulher. Não é por causa do seu cargo de assistente ou por qualquer motivo relacionado com trabalho. Eu quero você como mulher. Não quero uma rotina em que você é a única a se sacrificar. Preciso melhorar muito a percepção que tenho de seus desejos, necessidades e sonhos. Você não tem de me aceitar como cliente, mas eu gostaria de ajudá-la a começar o negócio dos seus sonhos.

Gabriella se aconchegou.

– Eu agradeço, Zach. Agradeço mesmo. Significa muito que você confie em mim para fazer isso.

– E como eu poderia não confiar? Não há ninguém melhor que você nesse ramo. E se não pode mais ser minha assistente, então, gostaria que treinasse seu substituto.

– Bem… apenas gostaria que soubesse que meu substituto vai ser velho. Algo como uns sessenta anos. Vai ter um casamento feliz e, pelo menos, uns oito netos.

– Hein? Do que está falando? – Ele riu.

– Se você pensou, por um minuto sequer, que eu contrataria uma jovem, solteira e que usasse saltos altos para trabalhar para você, então está completamente louco. Você é meu, Zach Montgomery. Todo meu.

Epílogo

Seis meses depois...

– Humm… sim. Não vou fazer isso.

– Deixa disso, não seja tão infantil. Não é tão ruim.

– É fácil para você dizer. Uh-uh. Não posso. Vamos apenas voltar para o hotel e esquecer isso tudo.

– Não vai acontecer.

Zach tentou algo para distraí-los daquela situação.

– Você já tinha lido essa mensagem? O que ela quer dizer?

Gabriella olhou para ele por um momento, em dúvida.

– Oh, você se refere ao texto do seu tio?

– Sim. Parecia um pouco estranho. Até mesmo para ele.

Ela encolheu os ombros.

– Era algo sobre o nosso colégio favorito… Não sei. Disse a ele que pensaríamos a respeito.

– Talvez devêssemos pensar mesmo. Quero dizer, o que você acha das escolas da Ivy League?

Gabriella olhou fixamente para Zach por um minuto, antes de cair na risada.

– O que foi? – ele perguntou. – O que é tão engraçado?

– Você! Muito boa sua tentativa de distração! Acha que isso é muito simples, comparado com o que costumava fazer, e está tentando fugir.

Eles estavam em sua viagem de lua de mel, em pé no topo de um tobogã de nove metros de altura.

– Isso é loucura! Por que alguém iria querer cair livremente por nove metros? É insano!

– Disse o homem que costumava saltar de aviões! Sabe que nos saltos que você praticava a altura era bem maior, certo?

– Claro que sei. Mas havia paraquedas e instrutores... Era completamente diferente.

Gabriella se esticou, o tecido do minúsculo biquíni branco ficando praticamente transparente. Zach gemeu e ela sorriu.

– Vou dizer uma coisa: se você descer por esse tobogã comigo, a gente passa o resto do dia fazendo o que você quiser.

– Qualquer coisa?

– Qualquer coisa. – Ela sinalizou com a cabeça.

Zach estudou a expressão de sua esposa. Era uma oferta tentadora. Muito tentadora. Fazia muito tempo que ele não sentia vontade de realizar qualquer atividade extrema e, embora ela estivesse certa e aquela fosse uma opção bastante tranquila em comparação com as aventuras que costumava fazer, Zach já não sentia a necessidade de ultrapassar seus limites.

– Ok. Bem. Uma vez só e, então… vamos voltar para o quarto e você vai tirar esse biquíni.

– Humm… gosto disso.

– E vamos nadar em nossa própria piscina particular.

– Gosto disso ainda mais – ela ronronou, abraçando-o com força e beijando-o nos lábios, antes de se virar e se sentar no topo do tobogã. O monitor explicou a posição adequada para fazer a queda. Gabriella olhou para Zach, por cima do ombro. – Vejo você lá embaixo.

Ele assentiu.

– Vejo você lá embaixo.

Zach adorou o olhar de pura alegria no rosto de Gabriella enquanto ela se lançava. Sabia que, finalmente, tinha encontrado a maior aventura de todas estando ao lado dela. Ansioso e animado,